송연
이야기

콘스탄티노스 할바차키스 Konstantinos Halvatzakis

포케아스 2 칼라마리아 Fokaias 2 Kalamaria

테살로니키 55133, 엘라스(그리스) Thessaloniki 55133 Hellas

식민지 조선의 어느 마을에서 생긴 일

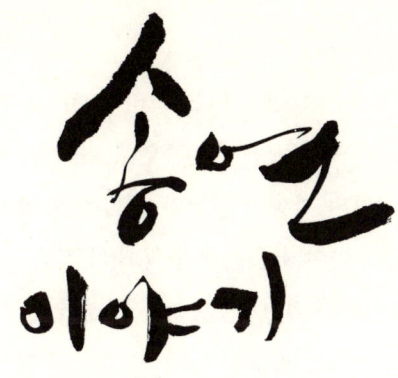

숭언
이야기

콘스탄티노스 할바차키스 지음 | 최자영 옮김

안티
쿠스
ANTIQUUS

머리말

1950~53년 한국전쟁 중에 나는 그리스(엘라스 혹은 엘라다)인 부대의 소대장으로 복무했었다. 그리스인과 한국인, 이 유서 깊은 두 민족은 식민지 압제의 참상과 전쟁의 공포를 잘 알고 있다. 이 책에 나오는 주인공들의 이야기는 전쟁 중에 내가 직접 전해들은 것이다.

전쟁이 끝나고 몇 년 후 나는 그리스 정교회 신부의 자격으로 다시 한국을 찾았다. 서울 마포구 언덕, 일제시대 일본인이 형무소로 사용하던 자리에 그리스인과 한국인이 함께 성 니콜라우스를 기리는 비잔틴 양식의 성당을 세워 나는 내가 너무 사랑하는 한국인 친구들을 위해 한동안 그곳에 머물렀다. 두 번째로 한국에 머물던 그때 나는 전쟁 중에 기록해두었던 그 사람들에 관한 기록을 보충하게 되었다.

이 이야기는 실화이지만, 이야기에 등장하는 인물은 물론 지명 또한 실명이 아닐 수 있다. 그러나 그것이 무슨 흠이 되겠나? 한국이 일제 치하에 있었던 지난날의 삶은 식민지로서의 유사한 경험을 가진 내 나라 그리스와 닮은 점이 있었다. 동병상련의 심정으로 나는 오래 전에 전해들은 이야기를 토대로 이 소설을 쓰게 되었다.

그러나 나는 이 이야기를 오래 전에 완성했음에도 불구하고 오랫동안 세상에 내놓지 못했다. 혹시라도 사람들과 상황의 묘사에서 실수를 하여 내가 사랑하는 형제 한국인들의 기분을 상하게 하지나 않을까 걱정이 되어 출판을 망설였기 때문이다. 이제 이 글을 한국어로 번역하고 실수를 수정해주는 사람들을 만나 한국인에 대한 나의 애정을 담은 이 책을 출간하게 되어 참으로 감회가 새롭다. 전쟁 중은 물론 평화시에도 나는 한국인을 사랑했으며, 이 책으로 한국에 대한 나의 끝없는 경외심을 전할 수 있게 되어 기쁘기 그지없다.

테살로니키에서 K. 할바차키스

차례

머리말 4

송연 이야기

1

야밤에 생긴 일

밤이 되었다. 소대장은 소대에 명령을 내려 야영 준비를 시켰다. 소대는 주변을 수색하며 온종일 행군했으나 별다른 성과가 없었다. 사격으로 심하게 부상당한 남자 두 명을 체포했을 뿐이다. 위생병이 좀 떨어져 있는 의무대로 그들을 보냈다. 나머지 사살된 사람들은 총격전 중에 틈을 타서 구덩이를 파고 묻었다.

전방으로 보이는 단조로운 들판에는 평범한 풍경들이 변함없이 펼쳐져 있었다. 나지막한 산, 자그마한 풀들은 전쟁의 전율과 기만에는 도무지 어울리지 않았다. 온종일 두서너 명으로 보이는 적의 척후병이 멀리서 아군 부대를 향해 간간이 총질을 해댔다. 그런 와중에 조금씩 조심스럽게 이동이 이루어졌다. 소대 간의 간격은 그리 멀지 않았다. 그리스인 소대가 속해 있는 부대는 전방에 5킬로미터 혹은 10킬로미터 간격으로 퍼져 있었다.

그리스인 소대들은 서로 연대하며 그리스인 대대 본부와도 긴밀하게 연락을 주고받았다. 예외 없이 모두들 적의 기습에 대비해 극도로 긴장하며 조심스럽게 앞으로 나아가고 있었다. 가끔 북한군 척후병이나 게릴라들과의 전초전이 있었지만 사소한 정도였다. 소형 정찰기조차도 적의 운집이나 이동, 혹은 들이나 숲이 우거진 언덕에 산재한 복병들에 대한 낌새를 발견하지 못했다.

각 소대에서는 두 명의 보초를 제외한 나머지 병사들이 천막을 세우는 데 여념이 없었다. 천막을 세우고는 각기 배급받은 식량함 속의 작은 통조림, 알루미늄 종이에 싼 치즈, 고깃덩이, 야채, 비스킷, 과일 주스, 쓴 초콜릿 조각 등을 앉아서 먹었다.

통신을 함께 맡고 있던 소대장은 수신기를 귀에 꽂은 채 마른 풀 위에 엎드려 있었다. 평범한 기호로 연결된 암호를 받아 적어 그리스어로 해석을 한 뒤 바로 그리스인 대대 행정부로 보고하면 그것은 곧바로 미군 사령부로 넘어갔다. 너무 피곤하여 배급받은 음식을 먹고 싶은 마음이 생기지 않았다. 그대로 마른 풀 위에 누워 잠들고 싶을 뿐이었다.

후덥지근한 밤이었다. 이 무더운 밤 어떻게 하면 좀더 편안하게 잠을 잘 수 있을까 생각했다. 침낭(슬리핑백) 속에 들어가 지퍼를 살짝만 올리고 윗옷을 조금 열어두면 시원한 밤바람이 불어올 것이다. 더 좋은 것은 군화를 벗는 것이다. 사방으로 트인 들판에서 군인이 군화를 벗고 자는 것은 있을 수 없는 일이지만, 그렇게 하지 않으면 왼발이 많이 아플 것 같았다.

받아 적은 글을 미군 사령부로 넘기고는 군화 끈을 풀면서 미국인 군화는 그리스인 것보다 더 낫다는 생각을 했다. 그들은 끈을 매기 위해 몸을 오래 구부리는 수고를 하지 않아도 된다. 미군의 군화는 그냥 발을 넣은 후 끈을 조이면 되므로 순식간에 군화를 신을 수 있기 때문이다. 군화를 벗고 저린 발가락을 꼼지락거리며 손으로 만져주었다. 몇 번 기지개를 켜고는 곧바로 잠이 들었다.

보초 둘이서 풀이 난 땅 위에 앉아 있었다. 졸음이 몰려와 귀를 세우고 눈을 뜨려고 안간힘을 쏟았다. 온종일 나무와 바위, 언덕 뒤에 숨은 보이지 않는 적과의 숨바꼭질로 피곤에 지쳐 있었다. 포복하여 기고 달리고 넘어지기도 하면서 12시간을 보낸 지금은 힘이 모두 빠져버렸다. 무거운 방탄조끼를 입고 방아쇠에 손가락을 걸고 개머리판은 머리에 댄 채 온종일 땀에 절어 있었다. 몸이 휘늘어지는 듯했다. 이제 밤이 되어 다른 병사들이 잠을 자는 동안 보초를 서야 했다. 두 시간이 지나면 다른 병사와 교대를 하지만 대화를 나눌 만한 힘도 남아 있지 않았다. 옆구리에 총을 끼고 한쪽에 앉아 있는 병사가 무거운 눈꺼풀을 힘겹게 치켜뜨며 고개가 떨어졌다 싶으면 다시 털어 세우기를 반복하고 있었다.

다른 병사는 그보다 좀 나았다. 그도 잠이 쏟아지고 팔다리가 욱

신거리며 하루의 피로가 몰려오기는 마찬가지였지만 앞을 주시하고 좌우를 살피며 열심히 졸음을 쫓았다. 그때 갑자기 저 멀리서 작은 불빛이 보였다. 정신을 차리고 순식간에 경계태세를 갖춘 군인으로 돌아와 카빈총을 잡아 안전핀을 뽑고는 얼른 어깨 위로 치켜들었다. 불빛이 보인 곳을 노려보면서 머릿속에는 백 가지 생각이 스쳐갔다. '웬 불빛이람? 저 앞에 누가 있을까? 얼마만큼의 거리에 있을까?' 하는 생각들.

두 번째 불빛이 흩어지면서 사방을 밝히며 어둠에 묻힌 나무숲을 훑고 지나갔다. 총을 쥔 팔에 힘이 들어갔다. '어떻게 하지? 사격을 할까? 고함을 지를까?' 옆을 돌아보니 태평한 전우는 고개를 가슴에 묻고 졸고 있었다. 팔을 뻗어 그를 가볍게 흔들었다.

"뭐야?"

그가 비몽사몽간에 소리쳤다.

"인마! 일어나!"

"뭐야, 왜 그래?"

"엎드려. 앞을 봐!"

둘이 배를 깔고 엎드려서는 전방의 수상한 불빛을 바라보았다. 불빛을 처음 발견한 보초가 말했다.

"봤지?"

"응. 어떻게 하지?"

"빨리 가서 소대장님을 불러와. 내가 지키고 있을게."

졸고 있던 보초는 잠이 싹 달아났다. 소리를 죽이며 기어가거나 포복을 하여 낮은 풀들 사이로 미끄러져가자 풀벌레들이 울음을 멈추었다. 잠들어 있는 병사 몇 명을 지나자 무전기가 있는 곳에 닿았다. 잠들었던 소대장이 놀라서 일어나자 보초가 말했다.

"쉿! 소리내지 마시고 이쪽으로 와 보세요."

소대장이 군화를 신고 총을 들고는 통신병을 깨웠다.

"무전기를 정리해! 출발하자."

통신병이 무전기를 짊어지고 있을 때 옆에 있던 보조병이 부스럭거리는 소리에 잠을 깼다. 상황을 감지한 그는 말없이 잽싸게 침낭을 정리하고 소대장과 통신병의 배낭과 소지품까지 챙기기 시작했다.

다시 현장으로 돌아왔을 때 전방 불빛의 후광이 더 커지는가 하면 이내 사라지곤 했다. 남아 있던 보초의 말에 따르면, 불빛은 내내 커졌다 꺼졌다를 반복할 뿐이었다고 한다. 아무런 소리나 움직임도 감지되지 않았다.

소대장은 본부와 무전 연락을 취했다. 두 번째 발신으로 대대장과 연락이 되어 소대장은 사건을 보고했다.

"어떻게 할까요? 대대장님."

"불빛까지의 거리가 얼마쯤으로 보이나?"

"400에서 700백 미터 사이로 보입니다."

"좋아! 끊지 말게. 연대로 접선할 테니 자네가 보고하게."

연대와 연락이 되었으나 미국 순찰병들은 불빛에 관해 아무것도 모르고 있었다. 그리스 소대 오른쪽에 위치해 있던 타이 소대 병사들도, 또 왼쪽에 있던 이집트 소대도 마찬가지였다. 미국인 연대장이 그리스인 소대장에게 앞으로 진군하여 조사하면서 계속 보고하도록 명령을 내렸다. 소대장은 병사들을 깨워 열을 갖추어 앞으로 나아가기 시작했다. 한동안 앞으로 나아간 후 불빛이 흩어지던 곳으로 눈길을 모았다. 달이 없어도 제법 그윽한 밤이었다. 영롱한 별빛만이 땅 위의 물체들을 희미하게 비추며 아주 좁은 시계(視界)만을 열었을 뿐이다. 소대장이 조명탄을 높이 들고 방아쇠를 당겼다. 그러자 곧 환한 불빛이 어둠을 가르며 사방을 밝혔다. 그의 눈앞에 작은 사람 하나가 갑자기 일어서서 달아나는 것이 보였다. 뜀박질을 하는 그는 흰 셔츠에 검은 바지를 입은 작은 아이였다. 아이는 간간이 뒤를 돌아보고는 다시 달리곤 했다. 소대장이 두 번째 조명탄을 터뜨렸을 때 작은 아이는 언덕 뒤로 사라졌고 다시는 보이지 않았다.

"뭡니까, 소대장님?"

통신병이 물었다.

"자네도 봤잖아. 작은 아이 하나."

"어떻게 할까요?"

"우선 조명등을 꺼야겠지."

소대장은 아이가 사라진 곳에서 눈을 떼지 못했다. 조명탄이 꺼지자 모든 것이 다시 어둠 속으로 가라앉았다. 소대장이 미군 통신소에 보고했다.

"아이라고요?"

미군이 소리쳤다.

"그렇소. 아이 하나가 달아났소."

"그리 놀랄 일은 아닌 것 같군요. 근처에 피난민 무리들이 있을 수 있으니까요. 다만 피난민을 가장한 무장 북한군이 있는지 조심해야 할 것이오."

"어떻게 할까요?"

"각별히 유의하며 조심스레 행군하시오. 계속해서 보고하고 무슨 일인지 확인하도록."

소대장은 부하들에게 포복하여 나아가도록 명령했다. 소장이 가장 먼저 언덕 위로 올라가서는 세 번째 조명탄을 터뜨렸다. 그러자 눈에 비친 광경에 모두 마비되는 듯했다. 몇 발자국 저편에는 두 아이의 시체가 누워 있었다. 그리고 언덕 너머 저편 몇 그루의 키 작은 나무가 있는 곳에 사람의 무리가 보였다. 너무 꼭 달라붙어 있어서 몇 명인지 헤아리기조차 어려웠다. 하얀 얼굴에 커다란 검은 눈으로 놀란 채 말없이 소대장을 쳐다보고 있었다. 그 가운데에 한 여인이 두 팔로 놀란 아이들을 품에 안고 있었다.

소대장은 당황했다. 뜻하지 않은 눈앞의 광경에 입이 벌어졌다. 숯을 묻고 재로 덮은 아주 조그만 구덩이에서 가볍게 연기가 피어

올랐다. 그곳 두 개의 돌 위에 솥이 하나 걸려 있었는데, 무언가 끓이는 데 쓰는 것임에 틀림없었다.

"그래, 이것이 우리가 보았던 불빛이었군."

소대장은 혼자 중얼거렸다.

주위를 살펴보았으나 아무것도 의심할 만한 것은 없었다. 다시 모든 것이 어둠에 묻혔을 때 소대장은 손전등을 꺼내어 스위치를 켜고는 사람들이 몰려 있는 곳으로 불빛을 비추었다. 얼굴들이 초로 만든 가면같이 말없이 불빛을 보고 있었다. 그들은 아무런 움직임도 없었다. 시체 두 구는 새까만 얼굴에다 창자가 부풀어 있었다. 살아 있는 아이들을 살펴보자 그제야 지금의 상황을 이해할 수 있게 되었다. 하나, 둘, 셋…… 여덟. 여인을 합하여 모두 아홉. 전쟁터 한복판의 이 작은 계곡에 살아 있는 아홉 명의 무리. 소대장은 그들을 보면서 어떻게 대화를 시작해야 할지 난감했다.

그러자 여인이 한 마디 단어를 내뱉었다.

"아메리칸(미국 사람)?"

상처받고 공포, 희망, 전율에 찬 이 한 마디의 말이 소대장의 귀에 닿았다. 아무 대답이 없자 여인이 다시 물었다.

"아메리칸?"

그리스인 소대장이 대답했다.

"노 아메리칸(미국 사람이 아니오)."

그리스인 소대장은 전율과 실망에 가득 찬 여인의 표정을 보았다. 여인은 형언할 수 없는 연민으로 아이들을 더 세게 끌어안았다. 얼마의 시간이 흐른 뒤 전등 불빛을 응시하면서 그녀는 다시 용기를 내어 물었다.

"시나(중국 사람)?"

"노 시나(중국 사람이 아니오)."

소대장이 대답하자 여인은 다시 물었다.

"코리안(한국 사람)?"

"노 코리안(한국 사람이 아니오)."

소대장이 대답했다.

"엘라다, 엘라다(그리스, 그리스)."

소대장이 덧붙였다.

"엘라다……."

여인이 중얼거리며 실망에 겨워 머리를 흔들었다. 알아들을 수가 없었다. 미국 사람도 아니고, 중국 사람도 아니고, 한국 사람도 아니었다.

그때 소대장은 그리스에 대해 설명하려고 하지 않았다. 다만 나중으로 미루었을 뿐이다. 무전기에서 연대장의 소리가 들려왔다.

"그들을 군대 수용소로 보내시오."

소대장에게 명령했다.

한여름 깊은 밤, 한국의 전쟁터 그리스 소대에서 일어난 사건은 이렇게 끝을 맺었다.

송연 이야기

2

꿈과 부처님

김후평은 작은 읍내 송연에 아주 멋진 집을 한 채 가지고 있었다. 당시 수도인 경성에서 북동쪽으로 많이 치우친 곳 송연은 추애산이 흘러내리는 곳 먼 자락의 한 기슭에 자리하고 있었다. 그곳에서 40킬로미터쯤 동쪽으로 가면 동해 바다가 나오는데, 송연과 해변 도시 원산은 숲 사이로 찻길이 나 있어 왕래하기가 쉬웠다. 송연 사람들은 항구에서 원하는 것을 구했고 또 그곳에 농산물을 내다 팔았다.

후평은 수년 동안 열심히 일해서 아버지의 집 옆에 남부럽지 않은 전통 한옥의 멋진 집을 지었다. 그리고 그는 학식도 겸비하고 있어 동향인들의 존경을 받았다. 그는 해변 도시 원산에서 8년 동안 공부를 했다. 이는 일제 강점의 어려운 시절 당시로서는 굉장한 능력이었다. 후평은 결혼할 나이가 되었으나 가족이나 친구 그 어느 누구의 말도 듣지 않았다. 혼수와 예물도 원하지 않았다. 읍내 여자들 모두를 마다하고 학창 시절 원산에서 사귄 동급생 수봉과 결혼하고자 했다. 읍내에는 교육받은 여자가 한 명도 없었다. 후평은 교양 있는 대화를 나눌 수 있는 여자를 원했다. 그는 수봉을 아내로 맞이해 집안 살림을 꾸리도록 했다. 그러나 수봉은 결혼 후 아이를 낳지 못했다. 그때부터 후평은 엽총을 어깨에 메고 숲속을 즐겨 찾았다. 읍내 일본인 순사도 후평을 존경하여 그가 엽총을 소유하는 것에 반대하지 않았다.

언덕 아래 작은 계곡은 소량의 물을 조용히 흘러내렸고, 서남쪽으로 아득히 떨어진 임진강과 합류하여 서해안으로 이어졌다. 강둑 근처 큰 소나무 한 그루 아래에는 그들의 가족 탑이 있었다. 사각의 반석 위 네 귀퉁이에 네 마리 사자가 서 있는데, 이 사자들은 정수리에 또 하나의 사각 반석을 이고 있었다. 그 위에 층층이 지붕과 지붕받침으로 이어져 하늘로 치솟아 있었다. 탑은 기초에서 꼭대기까지 약 5미터 높이였다. 지난날 집안의 한 할아버지가 손부사라는 절에 넓은 토지와 밤나무 밭을 기증한 것을 기려 스님들이 강가에 네 마리 사자 탑을 세운 것이다. 할아버지가 돌아가시자 탑 근처에 묻고 그의 발치에 작은 부처님 상을 세웠다. 배를 드러내고 두 손은 아랫배에 딱 붙인 채 얼굴에는 항시 미소를 띤 부처님이었다.

후평은 아침이면 소나무, 참나무, 밤나무 숲을 다니며 수꿩을 사냥해 할아버지가 누워 계신 탑을 찾곤 했다. 네 마리 사자 앞에서 무릎을 꿇고 머리를 깊이 숙인 후 두 손을 꼭 잡고 한동안 말없이 자신과 조상의 영혼이 통할 수 있도록 조용히 서 있었다. 계시를 얻으려는 것이다. 수봉과 결혼한 지 4년이 훌쩍 지났지만 아직 아이가 없었다. 어떻게 해야 하나? 가족 탑과 할아버지 무덤 앞에서 많은 생각을 했다.

어느 날 아침 막 날이 밝아 네 마리 사자가 윤곽을 들어낼 무렵, 후평은 무덤의 플라타너스 나무 바로 옆에서 멋진 수꿩 한 마리를 보았다. 꿩의 목이 아침 태양빛을 받아 황금색으로 빛나고 있었다. 초록색, 하늘색, 노란색이 영롱했다. 총을 들어 방아쇠를 당기자 꿩이 땅으로 떨어졌다.

"사냥도, 내 운도 모두 길조 같군. 오늘 결정을 내려야겠어."

속으로 생각하며 중얼거렸다.

후평은 총을 내려놓고 죽은 채 그를 올려다보고 있는 꿩에는 무관심한 채 네 마리 사자 앞이 아닌 돌부처 앞으로 가서 깊이 허리를 굽혀 절을 했다. 돌부처는 그곳 습기로 인해 푸른색을 띠고 있었다. 봄과 가을 강의 후덥지근한 공기는 해가 갈수록 상해가는 돌 위에 겹겹이 이끼를 깔아놓았다. 찌는 듯한 여름날에는 이끼가 성성하지만, 가을이 되면 다시 말라서 겨울과 봄에는 그대로 들러붙어 있었다.

　허리를 굽히고 있을 때 한 가지 생각이 머리를 스쳤다. 내심 흠칫했으나 몸을 움직이지 않았고 눈썹도 까딱하지 않았다. 한동안 몸을 구부린 채 그대로 있었다. 한 마부가 소를 몰고 옆을 지나가다 부처 상 앞에 구부리고 있는 후평을 보고는 자신도 몇 번 절을 하고는 태연하게 앞서 가는 소를 따라 제 갈 길을 갔다. 한참 후에야 후평도 총을 어깨에 메고 죽은 꿩을 들고는 천천히 집으로 돌아왔다.

3

결정

"임자."

나무 대문을 들어서자마자 후평이 아내를 불렀다. 해는 이미 떨어져 초저녁 어둠이 깔리기 시작했다.

"임자."

다시 부르면서 뜰 안 검은 돌로 이어진 길을 걸어 들어갔다.

자그마한 몸집의 안주인 수봉이 남편이 부르는 소리를 들었다. 방에 있던 그녀가 벌떡 일어나 서둘러 댓돌을 내려섰다. 남편을 보자 공손하게 두 손을 맞잡고 허리를 굽혔다. 후평이 아내를 보고는 뜰 중간에 멈추어 섰다.

"내가 잡은 꿩이오."

"그러세요."

"임자, 이 꿩이 내게 결심과 구원을 가져다주었오."

"무엇이든 당신의 결심을 저도 존중하겠어요."

"임자와 같이 상의할 일이 있소."

후평이 댓돌을 올라 안방으로 들어갔다. 수봉은 남편의 신발을 가지런히 한 뒤 남편의 총을 받아 내려놓고는 꿩도 받아들었다.

안방에는 천장에서 드리워진 두 개의 등잔 불꽃이 부드러운 빛을 흘리고 있었다. 방 안에는 후평의 셋째 고모가 앉아 있었다. 후평은 고모에게 인사를 한 뒤 다시 나와 몸을 씻고는 수봉이 거처하는 방으로 들어갔다.

"임자, 자는 거요?"

"아니에요."

둘이서 잠자리에 누워 홑이불을 덮었다. 여름이라 무더웠다. 그 며칠 동안 후평은 집에 없었다. 수봉은 셋째 고모로부터 남편이 어디 있는지를 들어 알고 있었다. 후평은 집을 나서면서 자신이 어디로 가는지를 수봉에게 전해주도록 고모에게 부탁했었다.

"고모, 집사람에게 수꿩을 잡으러 탑으로 간다고 전해주세요."

그때 고모는 당장에 그 뜻을 알아챘지만, 수봉은 이 마을 수꿩 사냥에 대해 언젠가 들은 적이 있을 뿐 그 의미에 대해서는 알지 못했다. 해변 도시 원산에서 자란 그녀는 산골 사람들의 관습에 대해 아는 것이 많지 않았다.

방 안 등잔이 넉넉하게 빛을 밝히고 있었다. 후평이 몸을 돌려 수봉을 보았다. 수봉은 조용히 숨을 몰아쉬면서 머리를 돌려 남편을 마주 보았다. 눈에는 남편이 무슨 말을 하려는 것인지 가벼운 호기심이 어려 있었다.

"임자, 우리가 결혼한 지 4년 동안 내가 언제 섭섭한 소리를 한 적이 있소?"

"없었어요. 당신은 언제나 자상하고 친절했어요."

"그런데 오늘은 말이오. 다른 사람과 같이 내 본심을 좀 털어놓아야 할 것 같소. 당신이 여태 몰랐던 거요."

"당신이 나쁜 사람이란 것을 알게 되나요?"

"아니요. 내가 비정한 사람이라는 것이오."

"비정한 사람은 나쁜 사람인가요?"

"아니. 그냥 비정한 것일 뿐이오."

"당신의 또 다른 모습을 보는 것은 제게 큰 기쁨이 될 거예요."

후평은 더 이상 말하지 않고 일어나 앉았다. 조심스레 아내가 덮고 있던 이불을 걷어내자 불빛에 수봉의 몸이 드러났다. 목욕을 한 뒤라 몸에서 나는 가벼운 향기가 방 안에 가득했다. 후평이 손바닥을 펴서 아내의 배 위에 가볍게 얹었다.

"임자, 내 무정함을 용서하시오. 내가 비정하나 비열한 것은 아니오."

수봉이 두 손을 머리 아래다 괴고 남편을 바라보았다. 그녀는 불안과 조금 겁에 질린 눈빛으로 아무 말이 없었다.

"당신 손으로 내 손을 한번 잡아보시오."

수봉이 한 손을 머리 밑에서 빼내어 약간 떨리는 손을 자신의 배 위에 있는 남편의 손 위에 얹었다.

"임자, 여인네의 배는 뭐 하라고 있는 거지?"

수봉의 눈에 살짝 물기가 어리더니 겁에 질려 갈라진 목소리로 대답했다.

"남편을 즐겁게 하고 아이를 낳는 거예요."

그런 다음 후평이 아내의 손을 잡아서 가슴팍 젖가슴 위에 올려 놓았다.

"임자, 여인네는 왜 가슴이 있지?"

"남편을 즐겁게 하고 아이를 기르는 거예요."

수봉이 얼굴을 한쪽으로 돌리고 소리 없이 울기 시작했다. 눈물 이 왈칵 쏟아지고 몸이 떨렸다. 흐느낌 속에 간신히 말을 이었다.

"날 괴롭히지 마세요. 어떻게 하면 되는지 알고 있잖아요. 이미 오래 전에 그래야만 했어요."

후평이 펄쩍 뛰었다.

"임자, 울지 마시오. 오해요. 이 못난 놈이 당신을 울리는구려."

"제가 오해를 했다고요. 이해할 수가 없어요."

"당신에게 비정한 것이 아니오."

"내게가 아니라면 그럼 누구에게란 말이에요?"

"나 자신이오."

수봉이 놀라서 남편을 바라보았다. 그녀는 아무것도 이해할 수가 없었다.

"그렇소, 임자. 당신 뱃속에 아이가 없고 당신 젖이 아이를 키우지 못하는 것이 다 내 탓이란 말이오."

"당신 탓이라니요? 어떻게 그것을 아세요, 증거가 있어요?"

"아니, 아니. 증거는 없지만, 내 탓일 수 있다는 거지."

"왜 그런 말씀을 하세요. 무슨 근거로?"

"내 탓이지. 증거도 없이 의혹과 당치도 않은 기대로 당신을 4년이나 괴롭혔으니."

수봉이 긴장을 풀었다. 마음을 진정하고 한숨을 내쉰 뒤 단숨에 말했다.

"내일 당장 손부사로 가서 두 달 동안 그곳에서 지내세요. 그래서 양기가 오른다고 생각이 들면 돌아오세요. 그동안 제가 어여쁜 여자를 당신을 위해 데려오겠어요. 그녀가 아이를 낳으면 그 아이는 내 아이가 되는 거예요. 내가 당신을 위해 데려온 여자가 낳은 아이니까요. 그리고 내 머리가 백발이 될 때까지 저는 당신에게 여자의 기쁨을 드리겠어요. 당신의 고통을 없애고 당신의 밤을 즐겁게 하고, 저는 당신 집에 피어 있는 매화꽃이 되겠어요."

수봉이 말을 마치고 몸을 일으켜 사랑이 담긴 그윽한 눈빛으로 남편을 바라보았다. 후평은 조금 당혹스러웠다.

"미안하오, 임자. 쓰디쓴 눈물은 내게 되돌려주시오."

"아직도 내 뺨에는 눈물이 흘러요. 그 눈물은 당신 거예요. 그것을 어떻게 내게서 받아가야 할지 당신이 더 잘 알잖아요. 왜 내게 달라고 하세요."

수봉이 다시 자리에 반드시 누웠다. 곱게 빗은 머리, 말끔한 이마, 벌어진 입술이 수봉의 얼굴에 야릇한 색조를 더했다. 그것은 후평이 결혼 4년 만에 처음으로 발견한 느낌이었다. 후평은 그녀에게 다가가 입술로 그녀의 눈물을 핥았다.

옆방에 있는 셋째 고모는 아직 잠이 들지 않았다. 큰 걱정을 던 듯 그녀의 가벼운 한숨이 들려왔다.

송연 이야기

4

손부사에서

손부사로 가는 길은 멀었다. 아득히 높은 나무숲을 지나 하천 강둑을 따라 올라가야 하는데, 해발 1,340미터의 추애산 자락이 끝없이 이어진 곳 중턱에 절이 있었다. 후평은 스님들에게 줄 선물을 실은 당나귀를 끌고 갔다. 그는 절에 도착하여 큰 문 가까이 있는 숙소에서 목욕을 하고 깨끗한 옷으로 갈아입은 후 침방으로 안내되었다. 이튿날 그는 종무단(宗務團) 스님들이 모인 강당에서 이곳 절을 찾아온 이유를 말하고 스님들의 조언을 구한다는 뜻을 밝혔다.

"미안하지만, 우리 절은 당신의 어려운 처지를 도와줄 형편이 못되는 것 같소."

주지 스님이 말했다.

"왜입니까?"

후펑이 당혹해하며 물었다.

"읍내나 촌마을 사람들은 아직 당신들의 요구사항에 대한 우리 승려 형제들의 결정을 모르는 듯해 보이는구려."

"무슨 결정 말입니까?"

"당신 할아버지는 속세를 떠나 부처님을 섬기는 우리 승려들을 후대하셨소. 사실 우리는 깍듯하고 예절바른 그의 후손들을 잊지 않고 있지요. 그러나 그들만을 예외로 할 수가 없는 형편이오. 우리 비구니 여형제들은 모두 절을 떠나 자신의 집으로 돌아갔소."

"그건 또 왜입니까?"

"일본인들이 비구니의 성역을 침범해서는 이 절을 세속적 죄의 공간으로 전락시켰기 때문이오."

"무슨 말인지 알 수가 없습니다."

"사실을 말하자면, 일본군이 절에서 휴양할 수 있도록 집단 허가를 받았어요. 그들의 정욕을 채우자는 것이었지요. 그리고 비구니들은 침략자들의 손에 농락당했다는 말입니다."

"저런……"

"더 기가 막힌 것은 여승들의 명단을 빼앗긴 것인데, 일본군이 그것을 보고 여러 명을 붙들어서 일본으로 보내어 침략자 군인들의 정욕을 채우게 했습니다. 그러나 대다수의 여승들은 어디론가 사라져서 일본군들이 찾아낼 수가 없었다오."

송연 이야기

"알겠습니다. 그러면 혹시 어디에서 아직 비구니 스님을 만날 수 있는지 알려줄 수 있습니까?"

"미안하오. 우리의 결정은 모든 절과 모든 비구니에게 해당되는 것이오. 비구니들은 모두 환속하여 신성의 맹세로부터 벗어나 자유인이 되었소."

"그러면 스님들께서 저에게 조언을 해주실 수 있겠습니까?"

"기꺼이 그렇게 하지요. 참으로 예절바른 당신인 김후평 씨에게 우리가 드리는 충고는 아내의 선택에 따르라는 것입니다."

후평은 오랫동안 열두 명 스님 앞에 무릎을 꿇고 방석 위에 앉아 있었다. 그는 그들을 바로 쳐다보지 않고 고개를 숙여 양탄자를 보고 있었는데, 둥근 양탄자에는 국화와 매화가 그려져 있었다. 회의가 끝난 다음에도 눈을 들지 않았다. 옷자락이 방바닥을 스치는 소리가 들려왔다. 스님들이 모두 나간 뒤 희미한 종소리가 두 번 울렸다. 후평은 그때서야 자리에서 일어나 허리를 굽힌 채 조용히 뒷걸음질로 밖으로 나왔다. 그곳에 까까머리를 하고 한쪽 어깨를 드러낸 노란 법복(승려복)을 몸에 걸친 한 스님이 그를 기다리고 있었다. 서로 손을 모은 채 세 번 허리를 굽혀 절을 한 후 후평이 물었다.

"스님들이 떠난 빈 절이라도 제가 한 번 둘러본다면 폐가 되겠습니까?"

"그렇지 않습니다."

"또 다른 주의 말씀은 없으십니까?"

"예, 있지요. 비천한 승려의 말은 아무 득이 없고 힘만 드는 그런 출입은 하지 않는 것이 좋을 듯하다는 것입니다."

"그건 또 왜이지요?"

"지금 이 절은 일본군 기지로 쓰이고 있습니다."

후평이 고개를 끄덕이며 세 번 허리를 굽혔다. 말없는 공감의 표시였다. 잠시 후 송연으로 떠날 준비를 마치고 길을 나섰다.

5

원산에서

　수봉이 고향인 원산에 도착했을 때 이 해변 도시에는 아무런 변화도 없는 듯해 보였다. 새 집도 들어서지 않았다. 이웃으로부터 누가 죽고 누가 태어났으며, 누가 결혼했는지에 대한 이야기만을 들었다. 다만 시내 가장 아름다운 곳, 참나무와 소나무 숲이 있는 바다 근처에는 새로운 일본군 부대 청사가 들어서 있었다. 큰 창문이 있는 커다란 이층 건물 앞으로는 바다가, 뒤로는 소나무 숲이 자리하고 있었다.

　시내 사람들의 생활은 점차 어려워지고 있었으며, 일본인들은 이 도시에 새로운 항구를 짓고 있었다. 옛 항구에는 일본군 전함이 들락거렸는데, 크고 검은 연락선이 자주 나타났다. 그 연락선은 원산과 그 주변에서 새로운 노동자들을 태우고 일본의 섬으로 데려가곤 했다. 노동자들은 고되게 비행장이나 항구, 철도역, 공장 등에서 일했고, 고향으로 돌아올 때는 쌈지에 제법 쓸 만큼 일본 돈 엔화를 벌어가지고 왔다. 사실 모두가 건강하게 돌아왔지만 향수는 떨쳐버리지 못했다. 일하다가 다쳐서 돌아온 사람도 많지는 않았지만 몇몇이 있었다. 돌아온 사람들은 누구나 일본말을 잘했다.

그즈음 들어 일본인들은 조선 사람들이 조선말을 하지 못하도록 강요했다. 조선은 일본의 식민지이므로 모두 일본말을 배워야 했기에 저녁이 되면 남녀 어른들이 모여 남의 글을 배웠다. 그들은 일본군을 두려워했다. 군인들은 조선말 하는 사람을 보면 그 즉시 잡아 부두로 데리고 가서는 며칠 후 연락선에 태워 일본으로 보내버리기도 했다. 학교에서 학생들은 일본어로 수업을 했다.

수봉은 이 소식을 듣고 너무 놀랐다. 그녀는 일본말을 전혀 몰랐다. 산책하기도 겁이 났고 친구 집에도 가려 하지 않았다. 그러나 수봉의 자매 둘이서 함께 해변의 시내 중심가를 구경하자고 수봉에게 제안했다. 그녀들은 수봉을 가운데 세우고 밖으로 나갔다. 멍하니 길거리 사람들을 구경하며 걸어가자 일본 군인들이 보였다. 정강이에 각반을 두르고 검은 군화에다 각진 모자, 단도를 허리에 찬 모습을 보자 그녀들은 기분이 언짢아졌다. 이방인 군인들은 삼삼오오 짝을 지어 의기양양하게 걸어다녔다. 아무도 조선말인줄 알지 못하도록 세 자매는 나지막이 속삭였다. 두 자매가 수봉에게 그간 시내에서 일어난 일들을 이야기해주었다.

조선인 상점에는 특별히 흥미로운 것은 없었다. 옷감과 공산품 등을 파는 가게에는 손님들이 많았다. 사람들이 사는 물건의 대부분은 일제였다. 부엌용품, 유리제품, 식탁용품, 자질구레한 농기구들, 철물, 생필품 등에는 일본 공장 상표가 붙어 있고 일제(Made in Japan) 혹은 그냥 일본(Japan)이라고 쓰여 있었다. 리넨, 비단, 목면천에도 같은 글자가 쓰여 있었는데, 이런 물건들의 대부분은 조선에서 제조된 것이었다. 사람들은 일본에서 일을 하고 돈을 벌어 물건을 사는 것이었다.

어부들이 잡은 물고기를 부두에 내리면 일본인 상인들이 이를 인수했는데, 이들은 모두 군인들로 값을 후하게 쳐주었다. 대부분 물고기는 바로 현지 공장으로 보내졌다. 통조림 공장에서는 그 마을의 소녀들이 일을 했는데 보수도 많이 받았다. 값싼 물고기들은 소매상들에게 넘어가 현지 주민들이 사먹었다. 그 중 많은 양이 트럭에 실려 주변에 산재한 일본인 군부대로 이송되었다.

일본인들은 원산 항구에 최신 기계장비를 장착한 어선 편대를 완비하고 있었다. 수천여 명의 조선인 뱃사람들이 이곳에서 일을 했는데, 선장이나 조타수, 관리인은 일본인이었다. 조선인들은 고되게 일했지만 보수는 후하게 받았다. 주민들이 강제로 차출되어 선상 노동자로 일하는 경우도 흔했다. 배 안에서는 엄한 군대식 복종을 요구했으며, 뱃사람들은 일본 군인과 같은 복장을 했다. 모두 같은 모자를 썼고 육지에 올라와서도 벗지 못하게 했다. 언제나 모자 없이 다니던 조선인들은 모자 쓰는 습관을 들이기가 너무 힘들었다. 고기를 잡는 일에도 징벌이 따랐다. 조그만 실수에도 일본 본토 공장으로 차출되기 일쑤였고, 큰 사업은 한국인 상인들이 장악하지 못했다. 공장이나 무역, 사업장마다 조선인 동업자로 일본인 사업주가 있었다.

수봉이 전해들은 이야기는 그런 것들이었다. 수봉이 원산에 없던 5년 동안 많은 것이 변한 사실을 깨달았다. 사람들의 행동방식도 달라진 것을 알 수 있었다. 두려움과 의혹이 어디에나 가득했고, 어디에나 일본인 군인들이 있었다. 남편의 마을은 다행스럽게도 압제자들의 존재 때문에 가슴 답답한 일은 아직 없었다. 주재소에 차분한 세 명의 순사가 있을 뿐이었다. 이들은 마을사람들과 접촉도 자주 하지 않았다. 군인들을 태운 트럭이 마을로 들어오는 일은 거의 없었고, 대개는 스쳐 지나갔다. 벼를 추수할 때만 일본인들이 와서 쌀을 거두어갔다. 값을 박하지 않게 쳐주고 필요한 만큼 최소한의 쌀만 마을사람들에게 남기고는 떠나갔다.

며칠이 지난 뒤 수봉은 원산에 온 이유를 어머니에게 털어놓았다. 수봉의 두 자매와 옛날 여자친구 한 명이 함께 있었는데, 그녀들은 모두 결혼을 하여 아이가 있었다. 바로 그 이튿날부터 수봉은 매일 오후 한 명씩 선을 보아 남편의 아이를 낳아줄 여인을 고르기로 결정했다.

송연 이야기

다음 날 오후 네 명의 여인이 모두 사랑방에 앉아 고모가 내온 차를 마셨다. 차를 담은 옹기 안에는 표자가 걸려 있었다. 각자의 앞에 작은 잔을 놓아 표자로 차를 떠서 잔을 채웠다. 푸르고 붉은 과일들과 호박씨도 함께 곁들였다. 수봉이 선보려고 하는 소녀도 이미 와 있었다. 잔 위로 녹차 잎이 동동 떠다녔다. 옆사람과 이야기를 나누며 별일도 아닌데 웃으면서 분위기가 가라앉지 않도록 애썼다.

　수봉은 곁눈으로 소녀를 훑어보았다. 그녀는 조금 길고 넓은 새하얀 치마를 입고 있었다. 방석 위에 무릎을 꿇고 앉았는데 맨살의 종아리와 푹신한 양말을 신은 것이 드러나 보였다. 가는 다리에 가늘고 좁은 발바닥이었다. 옆쪽을 보니 얼굴 피부가 아주 하얗고 검은 머리를 모아 굵게 땋아 내렸는데, 그 옆으로 드러난 왼쪽 귀의 귓밥이 컸다.

　수봉은 처음부터 소녀가 빈한한 가정의 딸임을 알 수 있었다. 아버지가 밭이나 다른 재산 없이 짐꾼으로 일하거나 삯일을 하는 노동자일 것이다. 아이가 많으면 먹고 살기도 쉽지 않다. 그래서 딸들을 팔거나 몇 년간 남의집살이를 하게 하기도 한다. 더 쉽게는 대를 이을 아이가 없는 집에 씨받이로 들어가는 것이다. 소녀가 입은 치마는 자주 입지 않은 새것으로 자신의 옷 중 제일 좋은 것임에 틀림없다. 잠시 빌린 것일지도 모른다. 길고 좁은 소매의 짧은 저고리를 입고 긴 댕기로 목 아래에서 매듭을 지었는데, 조금만 몸을 구부려도 저고리가 비죽이 열렸다. 그녀처럼 부자나 빈자 모두 그 나이의 소녀들은 저고리 속에 아무것도 입지 않았다. 수봉은 소녀의 가슴이 온통 둥글며 젖꼭지가 새까맣고 분명하게 생긴 것이 틀림없다고 생각했다. 수봉의 자매들이 말하기를 그즈음의 소녀들은 길거리나 상점에서 가슴이 쉬 드러나는 저고리를 입고 다니지 않는다고 했다. 왜냐하면 일본에서 건너온 압제자 군인들이 반쯤 드러난 소녀의 가슴을 보면 야수로 변하기 일쑤였기 때문이다. 벌건 대낮에도 소녀를 잡아서는 옷을 벗기고 농락을 하며 괴롭혔는데, 아버지나 형제들이 함께 있어도 그런 짓을 한다고 했다. 지금은 일본인이 없는 것이 확실한 곳에서만 저고리를 입으며, 또 동네 어른들은 회의를 통해 소녀들이 저고리 속에 흰 내의를 입도록 은밀히 지시했다고도 한다. 그러나 소녀들은 내의 입는 것에 익숙하지 않아서 집안에서는 내의를 벗어버리곤 했다.

수봉은 소녀가 마음에 쏙 들었다. 수봉보다 키가 조금 더 컸고 또 건강해 보였다. 이도 아주 고르고 얼굴 생김새도 균형이 잡혀 있었다. 광대뼈는 납작한 한국형으로 몽고나 만주형이 아니었다. 예쁘고 튼튼한 아이를 낳을 것이다. 수봉이 소녀 바로 옆에 앉아 있었으므로 별 의미 없는 이야기를 나누며 같이 웃기도 했다. 그러면 소녀는 귀엽게 머리를 뒤로 넘기기도 했는데, 그럴 때면 반듯한 치열이 보였다. 소녀는 당황하거나 얼굴 붉히는 일 없이 자신과 주관을 가지고 침착하게 이야기했다. 수봉은 그런 점이 마음에 들었다. 물어보지 않아도 소녀가 교육을 받았음을 미루어 짐작할 수 있었다. 집안에서 함께 보내야 할 셀 수 없이 많은 날들 동안 그녀와 넉넉하게 대화를 할 수 있을 것이었다. 수봉은 자신도 모르게 벌써부터 남편의 아이를 가질 소녀에 대해 끝없는 경외감을 느끼기 시작했다.

수봉은 다른 사람은 더 보지 않기로 했다. 주변에서는 서둘지 말고 다른 사람도 더 보고 난 뒤 결정하라고 했지만 수봉은 거절했다. 집안에 행운을 가져오고 빈 공간을 채우는 데 이 원산의 소녀라면 충분할 것 같았다. 그 다음 날 저녁 수봉은 소녀의 아버지를 만나 선물과 돈을 건넸다.

수봉이 집으로 돌아온 날 해가 서쪽으로 지고 사방이 잿빛으로 변할 즈음 후평이 집 안으로 들어섰다. 두 늙은 하인이 소달구지를 끌고 그의 뒤를 따랐다. 하인은 외양간으로 가고 후평이 뜰에 서서 소리쳤다.

"고모!"

수봉과 고모가 함께 댓돌로 나와 그를 맞이했다.

"돌아왔구려."

후평이 애정 어린 눈으로 수봉을 보며 말했다. 그리고는 주의 깊게 그녀를 살펴보았다. 땅거미 내린 어둠 속에서 방 안에서 나오는 불빛에 비친 수봉은 말할 수 없이 부드럽고 우아해보였다.

"임자, 무슨 좋은 소식이 있소? 원산의 당신 부모가 내게 전한 말이라도 있었소?"

"먼저 목욕부터 하고 방으로 들어가세요. 온종일 먼지를 쏘이고 다녔으니 씻고 쉬어야지요. 그 다음에 이야기하도록 해요."

후평이 미소를 지으면서 천천히 댓돌 위로 올라섰다. 오늘 밭일은 무척 피곤했다. 그의 넓은 바지에 진흙이 더덕더덕 붙어 있었다. 후평이 옷을 벗고 목욕 준비를 하는 동안 수봉은 시종 미소 띤 얼굴이었다. 며칠 만에 보는 남편이 더없이 반가웠다.

며칠 후 일요일 오후에 잔치가 벌어졌다. 후평의 집에 새사람이 들어온 것을 축하하기 위한 자리였다. 소녀는 방씨라는 새 이름으로 집안 어른과 마을 어른들에게 인사를 했다.

큰 기와집 뜰에서 기녀들이 오색의 옷을 입고 피리, 퉁소, 가야금, 큰북, 아홉 개 북으로 이루어진 북을 연주하기 시작했다. 밤이 늦도록 마을사람들은 노래 부르고, 춤을 추며 후평과 수봉의 부모가 차린 잔칫상에 오른 술과 음식을 먹고 마셨다. 한밤이 될 때까지 후평의 집은 사람들로 붐볐다. 먼저 후평의 아버지가 방씨에게 선물을 주었다. 큰 광주리에 포도, 배, 곶감, 복숭아가 담겨 있었다.

"우리 땅은 기름져서 열매가 많이 열린다. 필요한 것은 그곳에서 모두 구할 수 있다. 그렇게 너도 내 아들의 아이를 낳아라. 나와 내 아내는 여덟 아이를 가졌다. 너도 우리 집안에 아이를 많이 가져다

다오."

두 번째로 삼촌이 물고기가 담긴 광주리를 방씨에게 주었다. 미끌미끌하고 길고 시커먼 뱀 같은 것, 가재, 가오리, 그리고 붉고 흰 물고기들이었다.

"방씨. 나와 내 아내는 운이 아주 좋아서 아이 열을 얻었소. 강에 사람들이 먹을 고기가 가득 있듯이 자네도 후평과 수봉을 위해 행운을 가져다주시오."

친척 모두 한 사람씩 선물을 주면서 행운을 빌었다. 마침내 세 명의 일본인 순사 차례가 되었다. 이런 잔치에 처음으로 참석한 그들이었다. 어른 한 사람이 그들에게 다가가서 칼을 내려놓고 댓돌로 올라서기를 권했다. 자손 번성을 기원하는 잔치에 죽음을 뜻하는 칼은 어울리지 않는다는 뜻이었다. 그들은 칼을 노인에게 건네고 안으로 들어왔다. 수봉이 그들에게 술과 마른 과일을 대접하고 선물을 주어 보냈다. 잔치가 끝나고 사람들이 집으로 돌아가자 원로회의에서는 빨강, 파랑 두 끈으로 후평의 집 대문을 묶었다. 그리고 계단 위에는 광주리 안에 가위를 담아놓았다.

후평의 집에 등불이 꺼지기 시작했다. 수봉의 셋째 아주버니는 하나씩 등잔불을 끄고 냄새가 나지 않도록 심을 잘랐다. 아직 중간 방 등잔만 켜진 채였다. 수봉과 방씨가 있는 곳이었다. 집 안에는 과일, 비단, 방씨가 낳을 새 아기 옷 등에서 나는 냄새, 잔치에 참석한 여인들과 집안 젊은이들이 머리와 손등에 발랐던 화장품 냄새들로 가득했다.

방씨는 방으로 안내되어 방석 위에 앉아 있었다. 수봉이 와서 자신을 후평에게 안내해주기를 기다리고 있는 중이다. 후평의 고모는 방으로 들어간 뒤 기침 소리도 없었다. 곧 수봉이 후평과 함께 방씨 앞에 나타났다.

"방씨. 우리 여인네들의 소원이 무엇인지 잘 알고 있겠지?"

"예."

"내가 아이를 낳았다면 가문의 명예를 지킬 수 있었겠지만 아이를 낳지 못해 김씨 가문의 큰 영광이 끊기게 되었네. 방씨가 나 대신 자손을 많이 낳아주게. 내 남편을 위해 아이들의 소리가 집 안에 가득하게 해주게나."

"예. 믿고 받아주셔서 고맙습니다. 제가 제 자매 같기만 하다면 달이 차면 아이를 낳을 수 있을 것입니다."

"고맙네. 편히 앉게나. 자네는 더 이상 원산의 소녀가 아닐세. 집 안의 훗날이 자네에게 달려 있어."

방씨가 조용히 일어나 수봉 앞에 섰다.

"방씨, 우리 둘은 두 몸이지만 내 남편의 한 여자네. 내게 없는 것은 자네에게서, 그리고 자네가 채우지 못하는 것은 내가 보충하기로 함세."

여러 겹을 둘러 만든 오색의 모자를 머리에 쓴 방씨의 어여쁜 모습이 젊음의 생기를 발산하고 있었다. 이제 조금 후면 그녀는 시골

43

춘부의 품안에서 행복을 느끼게 될 것이다. 후평과 함께 자손 번식의 춤을 출 것이다. 이 밤 순진하고 철없는 소녀는 산모의 땅으로 변할 것이다. 내일 아침이면 셋이서 함께 대문으로 나가 의기양양하게 마을의 어른들 앞에서 대문을 묶고 있는 댕기를 끊을 것이다.

수봉은 마지막으로 방씨를 쳐다보았다. 때묻지 않은 젊음의 성역. 저 반듯한 배와 가는 허리가 곧 산모의 형상으로 바뀔 수 있도록 수봉은 마음속으로 빌었다. 방씨가 아이를 낳아야만 또 다른 첩을 들이는 고초를 겪지 않아도 될 것이기 때문이다.

"방씨. 마음씨 고운 내 자매요, 우리 아이들의 어머니가 될 자네를 내 남편에게 데려다주겠네. 내가 그를 사랑하듯이 자네도 그를 아껴주게. 큰 기쁨으로 그이가 주는 선물을 받게나."

후평이 방문에 서서 진지한 얼굴로 그녀를 바라보고 있었다. 지금까지 방씨를 바로 본 적이 없었다. 등을 보인 채 돌아앉아 있거나 또 수봉이 방씨의 몸을 가리고 있었다.

수봉이 다시 방씨에게 말했다.

"방씨. 잠시 집안 사당에 인사를 올리고 올 것이니 그동안 자네는 여기서 쉬도록 하게. 우리가 돌아올 즈음에는 정작 마음가짐을 달리해야 하네."

후평과 수봉이 방에서 조용히 나와 사당으로 건너갔다. 방씨는 혼자 방 안에 남아 이 집에 들어와 보낸 첫날을 돌이켜보았다.

그저께 오후 원산을 떠나 후평의 집으로 들어섰을 때, 후평의 연로한 셋째 고모가 댓돌로 내려서서 그들을 맞이했다. 고모는 발끝을 디디고 올라서면서 수봉과 방씨의 머리 가르마에 입을 맞추었다. 방 안으로 들어왔을 때 고모가 가위를 가지고 왔다. 그리고 수봉이 가위로 방씨의 머리카락 끝부분을 조금 잘라냈다. 그런 다음 하루의 여독을 풀 수 있도록 방씨를 욕간으로 안내했다. 수봉은 그녀에게 푸른색과 흰색으로 된 치마를 입게 한 후 손을 잡고 조상에게 제사를 올리는 집안 사당으로 데려갔다. 사당 옆에는 아궁이가 있었는데 불씨가 살아 있었다. 수봉은 방씨가 입고 온 옷가지며, 댕기, 버선, 신발, 목도리를 하나하나 아궁이 불 속으로 집어넣었다. 옷가지가 다 탔을 때 방씨 혼자서 수봉이 잘라낸 자신의 머리카락을 불 속에 집어넣었다. 불에 태우는 의례가 끝났을 때 두 여인이 다시 고모가 기다리는 안방으로 돌아왔다. 고모가 방씨에게 말했다.

"잘 왔네."

"고맙습니다, 고모님. 제가 할 일 가운데 어느 것이 가장 중요한 것인지 말씀해주세요."

"집 안에서 여자들이 하는 일 모두가 중요한 것이네. 큰일이나 작은 일 모두."

"다시 여쭙겠습니다. 사는 동안 절대로 잊어서는 안 되는 것이 있으면 말씀해주세요."

"자네, 명심하여 듣게나. 그래서 내가 말하는 것을 가슴속 깊이 새겨두게나."

"명심하겠습니다."

"자네 것이 아닌 것은 가지려고 탐하지 말게."

"이 집의 아낙으로 모든 것이 제 손에 있을 텐데, 제게 금지된 것으로 제가 원하는 것이 어떤 것이 있겠습니까?"

"주의 깊게 듣게나. 아이를 낳기 위한 것 이외의 기쁨을 이 집의 주인과 함께하려고 하지 말게."

"……그렇지만 만일 그이가 그것을 원한다면요? 내게 명령을 한다면요? 힘없는 여자에게 강요를 한다면요?"

"그 사람은 그러지 않을 것이네. 잘 듣게. 혹 자네가 그를 자극할 텐가?"

"저의 집안과 이곳 집안의 고귀한 조상을 두고 맹세하겠습니다. 쾌락을 나누기 위해 내 아이의 아버지가 될 사람을 자극하는 일은 절대로 없을 것입니다."

"그래, 방씨. 나도 두 집안의 조상에게 기원하겠네. 자네가 하릴 없이 방황하지 않도록, 아이를 많이 낳을 수 있도록 말이야. 그래야 잠자리에서 남자를 끼고 있을 힘이 없어질 테니까. 자, 이제 자네 방으로 돌아가 저녁 먹을 때까지 좀 쉬도록 하게나."

수봉이 곁에서 아무 말 없이 방씨와 고모 사이의 대화를 듣고 있었다. 방으로 돌아온 방씨는 바닥에 누워 베개에 얼굴을 묻고 서럽게 울었다. 수봉은 방씨의 흐느끼는 소리를 들었다. 그러나 그녀는 자신의 방에서 묵묵히 목욕 준비를 서둘렀다. 낯선 집에서 방씨가 처음으로 겪는 어려운 상황을 잘 알고 있었으나 격해 있는 방씨를 위로하려는 노력은 전혀 하지 않았다.

고모는 이미 저녁식사 준비를 마쳤다. 수봉과 함께 안방에다 한 두 뼘 높이의 나지막한 상을 폈다. 추애산에서 나오는 향기로운 나무로 만든 상에는 조개껍데기를 벗겨 만든 오색의 나전이 박혀 있었다. 두 사람이 강둑을 거닐고, 강물에서는 물고기가 헤엄치고, 하늘에서는 새가 날고 있었다. 밥상 주위에 방석은 세 개뿐이었다.

후평이 방석 위에 앉았다. 그는 식사 전에 가볍게 수봉이 따라주는 막걸리 한 잔을 마셨다. 탁 쏘는 맛의 우윳빛 술은 마을에서 만든 밀주였다. 그런 다음 갈증이 가시도록 다시 매실 과즙을 마신 뒤 수봉을 돌아다보았다.

그러는 동안 수봉과 고모가 상 위에 음식을 모두 차려놓았다. 수저를 들어 식사를 마친 뒤 다시 자그마한 상 위에 음식을 가득 차려 방씨에게 가져다주었다.

이 집에 들어온 첫날 오후 방씨의 마음은 온통 들떠 있었다. 그리고 들려오는 이야기 소리를 들었다. 뺨이 눈물에 절어 있었다. 고모가 상을 들고 들어와 전혀 식욕이 없는 방씨에게 먹기를 권했다. 방씨가 옷을 벗고 잘 준비를 하면서 잠시 생각에 잠겼다. 달라진 환경에서 무엇을 어떻게 해야 할지 알 수가 없었다. '내일부터 많은 것을 물어보아야겠다. 묻는 것은 나쁜 것이 아니다. 배우려면 물어야 한다.' 옆방 어딘가에서 이야기 소리가 웅웅 들려왔다. 그러나 공간을 가르는 얇은 벽과 문종이 창문도 그녀의 쏟아지는 잠을 막지는 못했다. 다음 날 아침 딱 한 가지 기억해낸 질문은 남자가 어떤 사람일까 하는 것이었다. 그러나 끝내 아무것도 묻지 않았다. 시간이 가면 알게 되겠지.

방 안에 똑바로 앉아 이렇듯 처음 겪은 일들을 머릿속에 떠올렸다. 머리카락을 잘라 사당에 올리고 헌 옷가지를 다 불태워버린 일. 그것은 과거와의 인연을 끊는다는 뜻이었다. 오늘 집안 어른들과 마을 어른들에게 인사를 드리고 새 이름을 얻어 김후평의 첩 방씨가 되었다. 그리고 조금 전에 수봉이 한 말을 생각했다.

"방씨. 마음씨 고운 내 자매요, 우리 아이들의 어머니가 될 자네를 내 남편에게 데려다주겠네. 내가 그를 사랑하듯이 자네도 그를 아껴주게. 큰 기쁨으로 그이가 주는 선물을 받게나."

생각에 잠겨 있을 때 수봉이 곁으로 와서 조용하고 부드러운 소리로 말했다.

"방씨, 여길 보게나."

수봉과 후평이 서 있었다. 방씨가 허리를 굽혀 절을 했고, 김씨도 허리를 굽혀 서로 인사를 나누었다. 수봉은 두 사람을 남겨두고 뒷걸음질로 그곳을 나와 자기 방으로 갔다. 방석 위에 앉아 조상님께 기원했다. 방씨가 남편의 아이를 가져서 다시 집안에 또 다른 첩이 들어오는 일이 없도록.

꼭두새벽 아직 해가 떠오르기도 전에 셋째 고모는 댓돌 위에서 집안의 평화와 자손번성의 기쁨을 위한 의례 준비를 했다. 정화수를 담은 큰 그릇, 두 개의 잔, 매화주 단지, 장미 잎을 담은 광주리, 쪽박이 떠 있는 막걸리 동이들. 마을의 원로들이 멀찌감치 대문을 향해 올라오는 것을 보고 고모는 후평과 두 여인을 불렀다. 모두 일찍부터 예복을 갖춰입고 댓돌로 나서서 원로들을 맞이했다. 그들이 대문 앞마당에 서서 집안사람들과 서로 허리를 굽혀 인사했다.

"김씨, 자네가 대문에 매어 있는 댕기를 가위로 자를 텐가? 아니면 우리가 내일 다시 올까?"

구장이 말했다.

"존경하는 원로님들, 지금 하지요. 더 늦추지 말고 저의 집 문을 열도록 허락해주십시오. 원로님들을 맞아들일 수 있도록."

"그것은 김씨 당신이 결정하는 것이라오. 우리 허락을 받을 필요가 없소."

높은 그물망 갓을 쓴 원로들이 모두 허리를 굽혀 예를 표했다. 후평은 고모가 가지고 온 광주리에서 가위를 들어 댕기를 잘랐다. 문이 열리고 원로들이 집 안으로 들어왔다. 먼저 구장이 댓돌에 서서 허리를 굽혀 잔 하나를 들고는 깊은 정화수 그릇에 넣어 물을 채웠다. 수봉이 다가서자 구장은 그녀의 머리 위로 몇 방울을 떨어뜨리면서 말했다.

"갸륵한 수봉. 부처님 은덕이 당신 집안에서 떠나지 않도록 배려한 것에 대해 온 마을이 당신을 칭찬하고 있소."

구장이 다시 방씨에게 몇 방울의 물을 떨어뜨렸다.

"방씨. 아이를 낳아주기로 한 것에 대해 감사하오."

구장은 후평에게도 몇 방울의 물을 떨어뜨렸다.

"어르신들 감사합니다. 국화주 한 잔 올리겠습니다. 안으로 들어오시지요."

후평이 말했다.

마을의 원로들이 술을 마시며 만족한 한때를 보내고 있을 즈음 아침 해가 하늘로 치솟기 시작했다.

6

세 명의 순사

달이 가고 해가 바뀌었다. 간단없는 세월 속에 집집마다 작은 일들이 이어졌다. 마을사람들의 비상한 관심을 끌었던 소소한 이야기들.

최근 들어 방씨는 네 번째 아이를 낳았다. 아침 일찍 후평은 의논할 일이 있어 집을 나서 형님 댁으로 향했다. 그 전날에는 밭에서 일하느라 밤이 늦어서야 집으로 돌아왔다. 그런데 그는 마을을 지나면서 이상한 생각이 들었다. 듬성하니 서 있는 집들의 대문 빗장이 모두 잠겨 있었던 것이다. 대문은 물론이고 창문도 모두 닫혀 있었다. 무슨 일인지 뜰에는 암소도, 염소도, 개도 보이지 않았다. 사람들이 모두 어디로 갔나? 발소리를 죽이고 짐짓 아무 일도 없는 듯이 앞만 바라보며 똑바로 걸어갔다. 형님 댁으로 가는 길에는 주재소가 있고 마을 광장도 지나가야 했다. 그런데 주재소 근처 모퉁이 초소에 서 있는 순사를 보았을 때 그는 순간 얼어붙었다. 손에 권총을 들고 있었던 것이다. 머리에는 방탄모를 쓰고 허리에는 권총집을 찬 채로 부동자세를 하고 있었다. 더 가까이 다가갔을 때 총에 검이 장착되어 있는 것이 보였다.

"도대체 무슨 일인가?"

내심 괴이한 생각이 들었지만, 후평은 용기를 내어 순사 옆으로 다가서서 허리를 굽실거리며 인사를 했다.

"안녕하십니까?"

그래도 순사는 말없이 꼼짝하지 않고 있었다. 후평은 당황했다. 왜 반응이 없는 것일까? 그는 마을을 지키는 세 명의 순사 중 한 명인 품위 있는 하기야마 소장이었다. 수년 동안 마을의 순사들은 촌사람들을 언짢게 한 일이 없었고, 그런대로 서로를 진심으로 대해 왔다. 계속 걸어서 주재소 문 앞을 지나갈 때 누군가 후평을 불렀다. 또 다른 순사 고이케 마사토가 무장을 한 채 가까이 다가왔다.

"나를 부른 건가요, 고이케 씨?"

"그렇소."

"무슨 일이신가요. 제가 도울 일이라도?"

"후평 씨, 주재소에 잠깐 들어오시겠소?"

"예? 주재소에……."

"아주 잠깐이면 됩니다."

"그러지요."

촌사람들은 주재소에 드나드는 일이 드물었다. 원래 문제가 있으면 마을의 원로들이 모여 의논할 뿐 외부인이 참견하는 일이 없었다. 그러나 지금 일본인이 마을에 들어온 후부터는 많은 것이 변했다. 후평이 순사를 따라 주재소 안을 쭉 들어가 한 사무실 안으로 들어서자 세 번째 순사가 책상 뒤 의자에 앉아 있었다. 서로 가볍게 인사를 나누었다. 후평은 이 새로운 상황에 더 이상 겁이 나지 않고 묘한 거부감이 일었다.

"마치다 씨, 내가 뭘 잘못한 것이오. 내가 해야 할 일이 뭐요?"

"김후평 씨, 번거롭게 해서 참으로 미안하오."

"아니, 아니 그런 것은 아니요. 좋은 일이 있기만 바랄 뿐입니다."

"고맙소. 부탁이 있는데, 다름 아니라 정보를 좀 주시오. 오늘 마을에 무슨 일이 있습니까? 사람 그림자 하나 보이지 않소. 당신이 처음이라 그래서 좀 알아보려고 부른 거요. 이런 일은 한 번도 없었던 것 같소."

"미안하지만, 마치다 씨. 저도 아는 게 아무것도 없습니다. 형님 댁으로 가서 무슨 일인지 알아보려던 참이었소."

"아니, 모른다니 말이 되오?"

"진심으로 맹세하되, 모르는 일이오."

"왜 아무것도 모르고 있는지 그 이유가 있소?"

"말씀드리지요. 나는 어제 들에서 일을 하고 한밤중에 소달구지를 타고 집으로 돌아왔는데, 아무도 만나지 못했습니다. 집안사람들도 내게 아무 말도 하지 않았소. 집안일로 의논할 것이 있어 형님 댁으로 가는 길이었는데 마을에 사람이 한 명도 보이지 않는 게요. 너무도 적막한 모습에 괴이한 생각이 들었소."

"……."

"제가 하나 물어도 되겠습니까?"

"물론이오."

"왜 무장을 하고 있는 것이오? 우리 마을에서 10년 가까이 함께 지냈어도 당신들이 무장한 것은 처음 봅니다."

"후평 씨, 우리도 당황하고 있소. 어떻게 해야 할지를 모르겠소. 겁이 나서 할 수 있는 데까지 하고 있는 것이오."

"겁이 나다니, 뭐가요?"

"사람이 안 보이니까."

"……."

"그래서 부탁인데 무슨 일인지 알아봐서 우리에게 알려주었으면 감사하겠소."

"무슨 일인지 알게 되겠지만 당신들에게 말해줄 수는 없을 것 같소."

"그건 왜요?"

"마을의 일을 당신들에게 알리는 일은 전적으로 어른들의 재량에 달려 있기 때문이오."

"그러면 우리의 뜻을 어른들에게 전해주시오."

그 길로 후평은 형님 댁으로 갔다. 그곳에서 원로회의 판결이 있기까지 아무도 집 밖을 나서지 말라는 어른들의 지시가 있었다는 말을 전해들었다.

"무슨 일이기에 원로회의에서 재판을 하게 되었소? 무슨 일을 재판하는 거요?"

"무슨 일인지는 아무도 몰라. 그저 좋지 않은 일이 있었다는 것밖에는."

"좋지 않은 일? 무슨 일인데요?"

"모른다니까."

"그런데 왜 우리 집에는 알리지 않았어요?"

"네가 없어서 그랬지. 여자들과 아이들만 있는데 놀랄까 봐서."

"그랬군요. 나는 전혀 몰랐네요. 오는 길에 순사들을 만났는데, 그들도 영문을 몰라 어른들을 만나면 말을 좀 전해달라고 했어요."

후평은 어른들을 만난 후 그들의 지시에 따라 전날 밤부터 사건 하나를 재판하고 있는데, 그 내용은 조선인들에게만 관련이 있으며 일본인들과는 전혀 무관한 일이라는 말을 순사들에게 전했다. 마을의 전통에 따라 재판을 하는데, 판결이 날 때까지 마을사람들은 집에 갇혀 나올 수 없다는 것이었다.

"재판?"

마치다가 펄쩍 뛰었다.

"아니, 우리는 뭐하는 사람들인 줄 아시오?"

"이 사건은 당신네 순사들과 관계가 없는 것이라오."

"무슨 사건을 재판하는 거요?"

"잘 몰라요. 들은 게 없으니까. 좋지 않은 일이라고만 하던데요."

"좋지 않은 일?"

"더 이상은 몰라요. 어르신들이 그저 결정이 나면 당신들에게 알릴 것이라고만 전하라고 했소이다."

"그래, 재판은 언제 끝나는데요?"

"그것도 모르지요."

"이해가 안 가는군."

"마치다 씨, 이번 일은 우리 마을에서도 매우 드문 일이오. 10년 세월 동안 이런 재판은 없지 않았소. 그저 자질구레한 일들이나 조용하게 무리 없이 처리하곤 했지요. 마을의 전통을 존중하여 간섭하지 않는 것이 좋을 것 같소."

"좋소. 후평 씨. 무슨 일인지 어른들이 알려올 때까지 기다리겠소. 그렇지만 우리도 손놓고 가만히 있겠다는 약속은 하지 못하겠소. 이 마을에서 이런 일은 처음 겪는 일이오. 어른들이 하는 설명이 아주 타당한 것이기를 바라겠소. 이곳 치안을 위하는 일이 우리의 일이기 때문이오."

후평은 주재소를 나와 집으로 돌아가 근신했다.

7

재판

무슨 일이었을까?

전날 마을사람들은 밤이 되어 집으로 돌아오고 있었다. 아낙네와 처녀들은 소가 느릿하게 끄는 수레에 앉아 있었고, 남정네들은 수레 옆과 뒤에 서서 걸어갔다. 반달과 별들이 길을 밝히자 소와 나무들이 더 뚜렷하게 모습을 드러냈다. 잠시 만에 집에 닿았고 마을은 어둠과 정적 속에 휩싸였다.

그런데 일행과 뒤로 많이 처져 있던 수레 하나가 집으로 가지 않고 구장 어른 집으로 가는 좁은 오르막길로 들어섰다. 반나체의 어린 소녀 둘이 놀라 겁을 먹은 채 수레에 웅크리고 앉아 있었고, 늙은 할머니가 앞에서 소를 끌고 있었다.

구장이 수레와 소 울음소리를 듣고 무슨 일인가 하여 뜰 앞 계단을 내려왔다.

"왜 집으로 가지 않고 이리로 왔소? 아들은 어디 있소?"

"구장님. 야밤에 귀찮게 하는 불쌍한 저의 무례를 용서하시오."

"아니, 대체 무슨 일이기에……. 그리 급한 일이오?"

"예."

"그래, 간단하게 말해보시오."

"두 건의 강간에다 어쩌면 두 건의 살인사건이 일어난 것 같소."

"두 건의 강간에다 어쩌면 두 건의 살인사건이라니? 저런, 어서 안방으로 들어오시오."

"예. 그런데 구장님, 의사 선생님을 불러주시오. 그리고 아이들을 좀 씻겨야 할 것 같은데……."

"예, 그러지요. 안식구가 씻는 것을 도와주리다. 나머지 일은 내가 처리하겠소."

구장은 이야기를 먼저 들으려 하지 않고 마음을 가라앉혔다. 두 건의 강간에다 어쩌면 살인이라니. 큰일이 일어난 것이다. 20년 동안 구장을 해왔지만 이런 일은 한 번도 없었다. 사랑방으로 건너와 지시를 했다. 며느리와 장손, 사위, 아들들에게 마을의 원로 어른들을 모셔오도록 했다. 그리고 원로회의에서의 결정이 있기까지는 밤낮을 가리지 않고 아무도 집 밖으로 나오지 못하도록 조치했다. 그리고 각자 비장의 무기를 꺼내어 손질하여 만일의 사태에 대비하도록 했다. 어른들이 무슨 일인가 하여 모여들었다. 모두들 나지막한 탁자를 중심으로 방석 위에 양반다리를 하고 앉았다. 그 옆에 서기가 중요한 내용들을 기록하기 위해 회의록에 적을 준비를 하고 있었다.

"어르신들, 담뱃불들 붙이시오."

탁자 위에는 너른 담배통에 가늘게 썬 담뱃잎이 가득 들어 있었다. 모두들 팔을 뻗어 담뱃잎을 손가락으로 집어서는 긴 담뱃대 끝, 놋으로 된 구멍에 가득 채웠다. 각자 부싯돌로 불을 붙여서는 담배에 불을 붙였다. 그런 다음 예쁜 모양이 새겨진 긴 담뱃대를 나지막한 탁자 위 담배 재떨이에 걸쳤다. 한 노파가 들어와서는 찻잔에 국화차를 따랐다. 노파가 사라지자 구장이 입을 열었다.

"자, 할멈. 무슨 일인지 자초지종을 말씀해보시구려."

그러자 사각의 종이 발로 가려진 옆방에서 할머니의 소리가 들려왔다. 아무도 고개를 돌려 보려고 하지 않았고, 꼼짝도 하지 않은 채 조용히 듣기만 했다.

"어른신들. 저는 불쌍한 이씨입니다. 손녀 둘과 손자, 그러니까 아들 김동수와 손자 하나, 손녀 둘이서 함께 들에서 일을 마치고 집으로 돌아오고 있는 중이었습니다. 우리 모두 수레에 앉고 아들이 앞에서 소를 몰고 있었지요. 마을에서 한 2리 떨어져 있는, 그 큰 느티나무와 두 개의 샘이 있는 곳에 닿았을 때 다섯 명의 괴한이 제 아들을 덮쳤습니다. 보리밭에서 느닷없이 나타났는데, 그 중 두 명이 아들을 끌고 밭으로 들어가서는 보이지 않았어요. 남은 세 명이 수레 위로 올라와 내 손자를 끌어내려 또 밭으로 사라졌지요. 잠시 뒤에 그놈들 모두가 돌아와서는 손녀딸들을 끌어내리고는 내가 보는 앞에서 밭둑으로 끌고 가 아이들의 옷을 찢어 벗기고는 소리치고 우는 불쌍한 아이들을 강간했다오. 나머지 놈들은 웃고 짐승 같은 소리를 지르며 한동안 그 짓을 하다가 사라졌습니다. 내가 내려가 자루로 아이들을 덮어 수레에 태워서는 바로 이리로 데려온 것입니다."

노파가 말을 마치고 한동안 침묵이 흘렀다. 마침내 구장이 입을 열었다.

"할멈, 왜 두 건의 살인사건이라고 생각하시오?"

"구장님. 제 아들의 말소리나 비명을 전혀 듣지 못했습니다. 손자 녀석이 소리치면서 '안돼……'라고 하다가 갑자기 소리가 끊어졌어요. 외마디 비명만 들리고는 그게 끝이었소."

"어떤 사람들이었소. 아는 사람들이었소? 친척이나 친구 중에……."

"아니, 처음 보는 사람들이었어요."

"어떤 행색을 하고 있었소?"

"밤이라 옷차림은 잘 보지 못했고, 나중에는 겁에 질려 아무것도 보이지 않았어요."

"할멈, 잘 생각해보시오. 그놈들이 조선인들 옷을 입고 있었소? 우리 같은 이런 옷 말이오."

할머니는 잠시 머뭇거렸다.

"서둘지 말고 천천히 생각해보시오."

구장이 자애롭게 그녀를 감쌌다.

"아니, 우리와 같은 옷이 아니었소."

할머니가 단호하게 말했다.

"그러면 어떤 옷이었소?"

"색다른 옷."

"상세하게 말해줄 수 있겠소?"

"그게 말하기가 좀 어렵네요."

"그렇다면 내가 도우리다. 모자를 썼소?"

"아니, 아무도."

"길고 펄렁한 조선복 바지를 입고 있었소?"

"아니요, 아주 좁은 바지. 내 생각에 거의 다리가 드러난 것 같았어요."

"신발을 안 신은 것 같다는 말이오?"

"아니, 그게 아니라 정강이가 드러나 있었던 것 같았어요."

"좋아요. 신발은 어떤 것이었소?"

"고무창이 아니고 아주 무거운 것, 그래서 수레 위에서도 땅에서도 큰 소리를 냈어요."

"윗도리는 어떤 것이었소?"

"좁은 것, 좁은 소매였어요."

"혹 단추 같은 것이 달빛에 반짝거리는 것을 보았소?"

"아니…… 그랬던가? 아닌 것 같기도 하고. 생각이 안 나요."

"손녀딸들이 울 때 그놈들이 웃었다고 했지요?"

"그랬지요."

"말은 하지 않았소?"

"안 했어요. 그저 고함치고 웃기만 했어요."

"다시 한 번 묻겠는데, 할멈에게 한 마디 말도 안 했단 말이오?"

"안 했소. 아무 말도 안 했어요. 그저 웃기만……."

구장이 말을 끊었다. 저마다 지금 들은 이야기에 대해 골똘히 생각했다.

"의사 선생님이 오는가 보오."

방문이 열리더니 남자 하나가 들어왔다. 희고 헐렁한 옷을 입은 노인이었다.

"선생님, 아이들은 어떻소?"

"무지막지하게 윤간을 당했습니다. 열세 살 난 동생은 아직도 피투성이에요. 다행히 이제 피가 멈추었는데, 큰아이는 더 여러 차례 당한 것 같습니다. 둘 다 처녀인데 크게 충격을 받았고, 온몸이 상처에다 피투성이입니다. 여간 고생들을 한 게 아닌 듯합니다."

"앞으로는 어떨 것 같소. 위험하지는 않겠소?"

"그렇지는 않아요. 상처는 며칠 새 아물겠지만, 정신적인 충격을 잘 이겨내야 할 것입니다."

"또 달리 특별한 것은 없소?"

"없습니다. 자, 그러면 다시 아이들에게 가봐야겠습니다. 아직 몇 가지 치료해야 할 일이 남아 있어서."

의사가 고개를 숙여 가볍게 예를 취하고는 조용히 뒤로 물러나 안채로 사라지자, 구장이 다시 말했다.

"이제 어떻게 하면 좋겠소?"

"구장님, 김동수와 그 아이들을 어떻게 해야 하지 않겠소?"

한 사람이 물었다.

"묻는 당신은 어떻게 했으면 좋겠소이까?"

"서둘러 장정 몇 명을 무장하여 보리밭으로 보내어 살펴봐야 하지 않을까요?"

"지금 이 야밤에?"

"예."

"그래도 괜찮을까?"

"밤을 이용해 범인들이 도주를 할 것이오."

"그렇지만 만에 하나 다섯이나 되는 놈들이 무장을 하고 있을까 봐 걱정이 되는데, 할멈에게 한 번 물어봅시다. 할멈, 그 낯선 다섯 놈들이 손에 무기를 들고 있었소?"

"아니요. 그런 것은 못 보았어요."

"혹시 몸 안에 그런 것을 감추기라도 하지 않았을까?"

"글쎄요. 그것까지는 잘 모르겠어요."

다시 침묵하자 구장이 좌중을 둘러보며 물었다.

"혹 다른 의견은 없소?"

그러자 또 한 사람이 나섰다.

"제 생각으로는 몇 가지 의문점이 떠오르는데 도대체 어떤 놈들이 이런 범죄를 저질렀을까 하는 것입니다. 할멈은 자세하게 말하지 못했지만, 이미 말한 것으로 보아 여러 가지를 알 수가 있어요. 먼저 신발, 그게 고무가 아니라 땅에서도 수레 위에서도 큰 소리를 내는 무거운 것이라고 했습니다. 또 바지 가랑이가 우리와 같이 넓지 않고 아주 좁다는 것이지요. 강간범들, 혹 살인범일 가능성이 있는 그놈들이 누구인지 지혜롭게 추리할 수 있을 것입니다. 우리 마을이나 이 지역의 다른 마을에는 그런 신발을 신는 조선인은 아무도 없습니다. 여름이고 겨울이고 우리는 고무신을 신지요. 또 이 놈들은 그냥 고함치고 웃기만 하고 말을 하지 않았다고 했습니다. 그놈들이 말을 한다면 할멈과 손녀딸들이 조선말이 아니라는 것을 알게 될 테니 일부러 말을 하지 않은 것이지요. 그러나 할멈이 말한 그놈들의 옷으로 보아 악당들은 틀림없이 조선인이 아니오. 그 이상은 지금으로서는 알 수가 없소."

사실은 애초에 구장이나 다른 어른들도 모두 같은 생각이었으나 아무도 말하려 하지 않았다. 모두 같은 생각을 하고 있었지만 이 야밤에 일어난 사건에 대한 악당들의 혐의는 확인이 되어야 할 것이었다. 또 다른 노인이 말했다.

"나도 같은 생각이오. 악당들은……."

"잠깐, '악당'이란 표현은 쓰지 않는 것이 좋을 것 같소."

"그렇게 하지요. 그놈들은 조선인은 아닌 것 같소. '거시기'한 사람들인 것 같은데. 내 이제 나이 먹어서 들에 나가지 않은 지가 몇 년 되었소. 혹 그새 군인들이 왔는지 알아봐야겠습니다. 만일 군인들이 가까이에 있다면 좋지 않은 일이 가중될 것이니 신중을 기해야 할 것이오."

그러자 다른 노인이 말했다.

"구장님. 내 아들을 이 회의에 부르는 것이 좋겠소. 그녀석이 오늘 일하러 밭에 나갔는데, 일이 일어난 바로 그곳에 있었다오. 혹 그놈들의 동정이나 어떤 정보를 얻을 수 있을지도 모르겠소."

"다른 어른들 의견은 어떻습니까?"

구장이 묻자 모두 동의했다. 구장은 담뱃대로 탁자 위의 놋으로 만든 재떨이를 두드렸다. 문이 옆으로 열리면서 구장의 아들이 나타났다. 구장의 명에 따라 대기하고 있었던 것이다. 잠시 후 노인의 아들이 불려와 말했다.

"어르신 여러분. 느티나무와 두 개의 샘이 있는 곳에서 일어난 흉흉한 사건에 대해 저는 아무것도 아는 것이 없습니다. 알고 있듯이 그곳은 탁 트인 곳으로 나무도 많지 않고 그저 나지막한 보리밭 뿐이지요. 괴상한 소리도 들리지 않았습니다. 다만, 한 대의 짐차가 서 있었을 뿐 그 외에는 아무것도 없었습니다."

"그 자동차는 우리 마을에 자주 오던 것이었소?"

누군가가 물었다.

"그런 것 같지는 않습니다. 그 자동차가 이리저리 헤집고 다녔는데, 흙땅에 온통 먼지를 일으키더니 사라졌어요. 어쨌든 주의 깊게 보지는 않았습니다."

그러자 구장이 말했다.

"이 젊은이가 귀중한 정보를 주었습니다. 우리가 생각했던 '그' 군인들은 우리 마을에는 없소. 범인들은 소수이고, 강간을 하고, 또 아마 사람을 죽이고 달아난 게지요. 혹 젊은이가 본 그 자동차에 있던 놈들의 소행인지도 모릅니다. 장정 몇 명을 들로 보내어 없어진 사람들을 찾아보는 것이 좋겠소. 혹 죽이지 않고 그저 심하게 때린 후 묶어놓아 도움이 필요한지도 모르니까. 그들이 발견되면 이곳으로 데려온 뒤 마땅한 결정을 내리도록 합시다."

모두 구장의 말에 동의했다. 장정 몇 명을 불러서는 무장을 하고 황소 두 마리와 함께 큰길이 아닌 밭 사이의 외진 좁은 길로 갈 것을 당부했다. 위급할 때가 아니면 무기는 될 수 있으면 쓰지 않도록 하고 지나가는 곳마다 흔적을 남기지 않게 했다. 장정들이 떠난 후 원로들은 다음과 같이 결정했다. 만일 두 사람이 죽은 채로 돌아오면 그날 밤으로 산속 높은 곳 그들의 집안 묘지에 묻을 것이다. 집안에서는 곡을 하지 말며, 장례식을 치르거나 제사를 올리지 말고 아무에게도 이 일에 관해 발설하지 않도록 했다. 어떤 집도 예외일 수 없었다. 만일 두 사람이 살아서 돌아온다면 의사가 그들을 돌볼 것이다. 그렇지 않으면 그들이 죽었다는 사실을 아무에게도 발설해서는 안 되었다. 어른들의 결정은 신속히 송연 마을 집집마다 전달되었다.

밤은 빠르게 깊어가고 마을의 원로들은 여전히 모여 있었다. '일본인'이란 말은 아무도 하지 않았다. 모두 겁을 먹고 있었던 것이다. 수년 동안 일본인들은 그들의 머리 위에 앉아 있었으나 마을에는 어떤 불미스러운 일도 생기지 않았다. 그런데 지금은 앞날을 걱정하고 있는 것이다. 그들은 마을 순사들이 이 사실을 알게 될까봐 겁이 났다. 사실이야 어떻든 잘못은 정복자가 아니라 패배자, 피정복자에게 돌아가게 마련이었다. 일본인들과 맞서 어떻게 해결책을 찾을 수 있겠는가? 그러나 장정들이 두 구의 시체를 메고 돌아왔을 때 '일본인'이란 말이 입에서 튀어나왔다. 잠재의식 깊은 곳에 갇혀 있던 일본인 정복자에 대한 적개심이 표면으로 표출되었다

원로 중 한 명이 먼저 입을 열었다.

"여러분. 나는 조선인으로 지금은 송연에 살고 있소. 그러나 모두 알고 있듯이 여러 해 동안 나는 일본에서 산 적이 있소. 지금 우리를 지배하고 있는 이웃 섬나라 사람들을 잘 알고 있다고 말하기는 어렵지만, 내가 알고 있는 그들의 심리는 다음과 같소. 아무도

그들을 믿어서는 안 된다는 것이오. 그들은 자만심이 강하지만, 그런 마음과 이기심을 미소와 인사, 예절로 잘 감추고 있소. 평화시에는 선량한 일본인이, 전쟁시에는 교활하고 악한 늑대가 되지요. 지금 우리는 그들로부터 피해를 입어 온 마을사람들이 일본인을 적으로 대하게 되었소. 우리 마을에는 세 명의 순사가 있소. 그들은 오랫동안 우리와 함께 평화롭게 살아왔소. 이번 사건을 그들이 알아서는 안 되오. 그들은 일본인이 이런 사건을 저질렀다는 사실을 절대로 인정하지 않을 것이오. 범인들을 잡아서 그들에게 넘기는 방법도 있으나, '대(大)일본'을 모함한다고 하여 오히려 우리가 큰 화를 당할 것이오. 뒷일을 생각하여 우리의 감정을 숨기는 것이 좋겠소. 언젠가 때가 오겠지요. 지금은 신중을 기해야 할 때라고 생각합니다. 정복자들을 자극하지 않는 것이 좋겠습니다. 이미 죽은 사람은 살려낼 수가 없소. 그들은 조상들이 잘 보살펴줄 것이오."

그러자 또 한 사람이 거들었다.

"나도 같은 생각이오. 정복자들은 언제나 그러하지요. 한 민족이 다른 민족에게 정복당하는 것 자체가 죄요. 정복자들은 인간의 감정을 잃게 마련입니다. 첫 번째 막중한 범죄는 인간으로서의 감정을 상실하는 것이오. 게다가 첫 번째 막중한 범죄를 숨기기 위해 더 흉악한 다른 범죄를 저지른단 말입니다. 앞의 범죄를 덮기 위해 또 다른 범죄를 연이어 저지르는 것이지요. 조선의 작은 한 마을을 쓸어버리는 데 무슨 큰 힘이 들겠소? 명령 한 마디면 되는 일입니다. '다른 사람 입 다물도록 본보기로 쓸어버려' 하고 명령하기만 하면 되는 것입니다. 그러니 내 생각에도 순사들이 모르게 신중하게 행동하는 것이 좋을 것 같소이다."

그때 구장이 물었다.

"범인들이 아무런 벌도 받지 않는다고 생각하여 다시 같은 짓을 저지르고 또 우리가 당하면 그때는 어떡합니까? 두 손 놓고 가만히 앉아서 망하는 꼴을 운명으로 받아들여야 합니까?"

잠깐 정적이 감돌다가 한 사람이 말했다.

"구장. 당분간 아무 내색도 하지 말아야 할 것 같소. 다만, 우리 무구한 촌사람들 옷 속에 잘 드는 칼을 숨기고 다니는 것입니다. 그래서 누구든지 다시 우리를 해치면 응당한 벌을 받도록 하는 거지요. 이런 조처를 '은밀한 수동적 방어'라고 합니다. 오늘 범인들은 범행의 증거를 우리 손에 남겨놓았소. 언젠가 우리가 복수를 할 때 그들에게 가해지는 보복과 가공할 징벌의 증거를 우리가 싹 없애버릴 수 있을 거요."

이와 같은 제안에 원로들은 한동안 침묵했다. 아무도 반대하지 않자 서기가 그 결정을 회의록에 옮겨 적기 전에 재치 있게 물었다.

"이 결정을 그대로 적을까요, 아니면 공백으로 남겨 둘까요? 혹시라도 회의록이 그들 손에 들어갈까 해서요."

구장이 대답했다.

"서기가 중요한 문제를 이야기했구려. 그래, 아무것도 적지 않는

69

것이 좋겠군. 먼저 우리 모두 조상님께 재배하고 맹세를 하도록 해야겠소. 모든 것에 우선하여 적지 않은 원로회의의 결정을 지킨다는 것을 말이오. 모든 마을사람들도 같이 맹세하도록 합시다."

마지막으로, 원로들은 구장으로 하여금 마을의 순사들에게 보고하도록 했다. 두 건의 강간과 두 건의 살인사건이 발생하여 원로회의에서 재판을 했으나, 이것은 순전히 마을 자체의 일로서 마을의 주재소와는 아무 관계가 없다는 것, 그리고 순사들은 마을의 전통을 존중하여 사건을 더 이상 캐지 말 것을 부탁했다. 또 아무것도 상부에 보고하지 말아달라는 부탁도 함께 했다. 마을사람들은 주재소를 존중하고 사랑하며 언제나 그 명령에 순종할 것이었다.

8

이상한 일

그해 6월이 되자 마을사람들은 논에 모종할 준비를 끝마쳤다. 밭을 갈아 고랑을 내고 도랑을 쳐서 물길을 냈다. 뒷간의 오물을 퍼다 정성 들여 골고루 밭에 뿌렸다. 때때로 바람에 악취가 실려 온 마을이 똥 냄새로 가득 하곤 했다. 그럴 때면 순사들은 마을을 떠나 원산으로 내려갔고, 그곳에서 배를 타고 본국으로 가족들을 만나러 갔다. 해마다 그들이 마을을 비우는 기간은 45일쯤 되었고, 그동안 마을에는 순사가 없었다. 그러다 들에 똥 냄새가 사라질 즈음이면 그들이 돌아왔다.

6월 낮 마을에는 마을사람 모두가 들에 흩어져 일을 하기 때문에 아무도 없었다. 도랑과 둑으로 연이은 논의 반은 사람 다리로 덮여 있었다. 이들은 물에 발을 담근 채 쉴새없이 손을 놀리며 벼 모종을 했다.

그해 6월에는 순사들이 본국으로 돌아가지 않았다. 원산에 내려가지도 않았다. 똥 냄새가 진동을 하고 벼 모종도 끝이 나 마을도 사람들도 똥 냄새에서 벗어날 때가 되어도 순사들은 그대로 눌러앉아 있었다. 마을사람들은 의아했지만 그런 것을 오래 생각하거나 이유를 캘 시간이 없었다. 그런데 사람들을 불안하게 한 것은 순사들이 그냥 모자를 쓰고 허리에 칼을 찬 것이 아닌 점이었다. 이제 그들은 머리에 철모를 쓰고 손에는 총을 들고 다녔다. 마을사람들이 더 경악한 것은 갑자기 마을 주재소에 새로운 순사 세 명이 더 왔다는 사실이었다. 그리고 순사들은 마을로 산보도 나서지 않았다. 혹 꼭 나들이해야 할 때에는 언제나 둘이 같이 움직였다.

또 다른 변화가 있었다. 원산에서 추애산의 손부사로 통하는 흙길에 군인들을 잔뜩 실은 군용 트럭이 다니기 시작했다. 하루는 크고 작은 트럭 30대가 줄줄이 산 높은 곳으로 올라갔다. 사실 그 길은 자동차가 아닌 사람이나 말이 지나다니도록 만들어진 길이라 트럭이 올라가기에는 너무 힘들었다. 그해 가을 첫서리가 내리고 다음해 보리씨 뿌리기를 끝낼 무렵, 송연의 마을사람들은 주재소 순사들의 지시에 망연자실했다. 어느 날 아침, 남정네와 아낙들이 곡괭이와 삽을 들고 주재소로 모이도록 했다. 그런 다음 아무 설명도 없이 줄을 세운 후 총과 칼을 든 순사 여섯 명이 그들을 에워싸고는 걸어가도록 명령했다. 원산 쪽을 향해 한 10리쯤 걸어가자 그들 앞에 기이하게 생긴 거대한 기계들이 나타났다. 그곳에서 나는 굉음과 연기에 사람들은 기가 죽었다. 일본인 군인들이 그것을 이용해 산의 흙을 파서 거대한 흙덩이를 칼 손 같은 기계로 밀어 치우면서 길을 내는 중이었다. 사병들과 대장들이 한 백 명쯤 되어 보였다. 그들이 손짓을 하여 방향을 가리키자 순사들이 마을사람들을 군인들에게 넘겨주었다. 마을사람들은 몇 개 집단으로 나뉜 후 도로의 곳곳에 흩어져 일하며 기계를 보조했다. 점심때가 되어 두 시간을 쉬었다. 정갈하고 풍성한 음식을 받아먹고 조금 쉰 다음 다시 묵묵히 일을 했다. 웅덩이를 메우고, 전용 수레로 흙을 떠서는 다른 곳으로 옮기고, 모래와 시멘트를 섞고, 조그만 다리를 놓는 기술자들을 돕고, 덤프트럭으로 모래 옮기는 것을 돕는 등 분주히 움직였다.

시간이 흐를수록 길은 진척되었다. 그러나 땅은 아직 단단하지 않았고 돌로 포장하지도 않았다. 길로 인해 논밭이 많이 훼손되었으나, 주인이 누구인지 일본인은 묻지도 않았다. 모든 것이 얼어붙는 섣달이 되어 사람도 기계도 움직일 수 없게 되었을 때 작업은 중단되었고 사람들은 집으로 돌아왔다. 일본인은 매일 저녁 일본 돈(엔화)으로 임금을 지불했고, 일꾼들을 정중하게 대했다. 언제나 옆에 의사를 대동했고 마을의 조선인 한의사도 함께 있었다. 조선인들은 일에 익숙하여 병이 나지 않아 의사가 필요없었다. 한 아낙이 막 파놓은 구덩이에서 미끄러져 다리가 부러졌을 뿐이다. 그녀는 트럭에 실려 원산 병원으로 옮겨졌다.

기나긴 겨울 밤, 밤은 쉽게 새지 않았다. 그러면 이웃들이 함께 모여 앉아 늦도록 술을 마시고 이야기꽃도 피우며 화롯불가에서 화투놀이도 했다.

조선의 촌이나 도시의 집에는 방 밑으로 돌로 속이 빈 구들을 놓는다. 바깥에서 구들을 향해 아궁이에 나무를 놓고 불을 지피면 온기가 구들을 지나면서 집안 전체가 따뜻해진다. 집 한쪽 끝에는 구들에서 나온 연기가 빠져나올 수 있도록 기다란 굴뚝이 붙어 있다. 조선의 촌집 지붕은 볏짚으로 만들어져 있다. 겨울 추위 속에서 집과 집, 마을과 마을이 서로 연통하기란 쉬운 일이 아니었다. 들녘에서는 매서운 바람이 불어오고 눈발이 흩날렸다. 산속 숲과 골짜기에는 눈이 녹지 않고 쌓이고 쌓여 봄이 올 때까지 촌사람들의 친구가 되었다.

그런데 이 혹독한 겨울, 마을사람들은 집에서도 즐겁지가 않았다. 조상 대대로 내려오던 삶의 방식이 하루 아침에 바뀌어버렸다. 아침부터 밤까지 넓어진 길에 내린 눈을 치워야만 했다. 크고 작은 일본인 자동차들이 계속 지나다니기 때문이었다. 밤에도 강한 자동차 불빛을 조명 삼아 일을 하기가 일쑤였다. 따뜻한 집에서 편안하게 쉬는 일이 드물어졌다. 마을사람들은 무슨 일로 일본인들이 세상에 숨겨져 있던 이 마을까지 들어와 큰 길을 만들고 그렇게 많은 자동차들이 지나다니는지 이해할 수가 없었다. 마을 어른들이 모여 앉아 여러 차례 이 문제에 대해 논의했으나 뾰족한 답을 얻지 못했다. 그들은 산속에 은거하고 고립되어 지나가는 행인이나 산속 다른 마을과 바닷가 사람들 그 어느 누구와도 접촉이 없었다.

어느 날 그들은 무슨 수를 써서라도 지금 어떤 일이 일어나고 있는지 알아보기로 결정했다. 대형 트럭이 줄줄이 달려와 주재소 옆에 수도 없는 목재와 나무판을 내려놓기 시작하자 그들의 궁금증은 극에 달했다. 그때는 눈이 많이 내려서 가까이에서도 서로를 분간할 수 없을 때가 많아 거동도 쉽지 않았다. 그런데 일본인들이 본의 아니게 그들의 궁금증을 푸는 데 도움을 주었다. 바로 그 다음 날 마을사람 몇 명을 트럭에 싣고 원산으로 가 항구에서 목재 싣는 것을 돕도록 했다. 그들이 돌아오기를 기다려 어른들이 물었다.

"무슨 소식이라도 있소?"

"미국과 일본이 바다에서 싸운다고 합니다. 그렇게 들었어요."

"미국하고? 미국이 무슨 일로?"

"잘은 모르겠어요. 일본이 비행기로 갑자기 미국을 공격했대요. 그래서 미국 배가 많이 가라앉고 사람이 많이 죽어서 미국이 화가 났다나 봐요. 지금 미군이 온통 바다에 흩어져서 일본 배를 부수고 있다고 하던데요."

1월이 되었다. 눈은 얼어붙고 기계는 움직이지 않았고 자동차도 시동이 걸리지 않았다. 마을사람들은 추위에 감사했다. 일본인들이 어쩔 수 없이 그들을 필요로 하지 않았기 때문이다. 마을 어른들이 겨울 첫 회의를 가졌다. 의견을 나누고 일본인을 따라 원산으로 내려갔던 사람들로부터 전쟁에 관한 정보를 수집했다. 미국과 미국인들에 관한 지식을 넓히기 위해 오래 앉아 이야기했다. 일본에서 공부를 하고 이 마을에 들어온 마을 의사를 불렀다. 그는 요코하마의 일본인 공장에서 수년간 일한 경험이 있었다.

의사는 다음과 같이 말했다. 미국인은 조선인도, 일본인도, 어떤 다른 동양인과도 다른 생김새를 하고 있다. 키가 아주 커서 조선인보다 1.5배는 된다고 했다. 말도 다르고 음식도 다르다. 생각도 다르고 부처님도 믿지 않는다는 것이다. 미국인은 부처님과 동양인의 종교에 대해 알고 있다고 한다. 그러나 그들은 예수님이라고 하는 다른 신을 믿는다. 부처님은 예수님과는 다른 것이다. 조선인은 불교도라 하고, 미국인은 기독교인이라고 한다. 조선인은 부처님을 현명한 사람으로 믿지만, 미국인은 예수님을 현명한 사람일 뿐만 아니라 신으로 믿는다.

또 다음의 말도 덧붙였다. 도쿄에서 또 다른 사람들을 보았는데, 그들은 미국인도 아니고 다른 아시아 사람도 아니었다. 미국인처럼 그들도 흰색 피부를 가지고 있는데 미국인은 아니라는 것이다. 또 흑인도 있는데, 정말로 그 사람들의 피부는 검어서 서로 아주 다르다는 것이었다.

마을 어른들이 의사의 말에 너무 놀라서 아연해했다. 사실 그 전에도 의사가 그런 말을 하는 것을 들은 적이 있었으나 관심 밖이었는데, 지금은 상황이 달라졌다. 미국이 일본과 싸우기 때문이다. 마침내 이들 미국인에 대한 더 많은 것을 배우기로 결정했다. 상상력을 발휘해 거인을 머릿속에 그려보기도 했다.

의사가 말하기를 '라디오'라는 기계가 있는데, 이것은 사람같이 말하고 음악도 들려주고, 수천 킬로미터 떨어진 곳에서도 들을 수 있다는 것이다. 그런 것이 하나 있으면 세상에서 무슨 일이 일어나는지 알 수 있다고 했다. 그러나 그런 기계가 작동하려면 전기나 배터리가 있어야 된다고 하니 쉬운 일이 아니었다. 또 의사는 일본인들이 그런 기계를 조선인들이 갖지 못하도록 금지했다고 한다. 만일 어떤 사람이 그런 기계를 듣다가 잡히면 사람에 따라서 영영 일본으로 잡아가기도 하고 총살하기도 한다는 것이다. 의사가 전하는 괴상한 말에 노인들은 웃지 않았고 아무도 그 말을 곧이곧대로 믿지 않았다. 그저 구장이 내리는 일리 있는 결론을 듣는 것으로 만족했다. 구장은 미국이 일본과 싸우므로 언젠가는 그들을 알게 될 날이 있을 것이라고 했다. 이 송연 마을에도 일본인이 있으니 그 일본인을 쫓아 미국인이 언젠가는 이 마을에 들어오지 않겠는가? 전쟁이니 일본인이 있는 곳이라면 어디라도 그들이 추격해 올 것이다.

누군가 말했다.

"구장 어른. 제 소견으로는 어른 생각이 너무 과한 것 같습니다.

정말로 미국인이 송연에 들어올 것이라고 생각하십니까? 그들이 송연에 들어오려면 일본인과 싸워서 이겨야 합니다."

"물론 그들이 이기지요. 의심하는 것이 웃기는 일이오."

구장은 장담했다.

"미국은 일본을 반드시 이겨야 하오. 30여 년 동안 이 땅에서 행한 비인간적이고 야만적인 행위에 대한 벌을 받아야 합니다. 승리는 정의로운 자에게 돌아가는 것이니까."

"그런데 그 정의로운 자가 힘이 약하면 어쩌지요?"

"다른 경우를 말하는 것이 아니오. 이 전쟁에서는 미국이 이길 것이오."

"왜지요?"

의사가 의외라는 표정으로 물었다. 구장의 고집이 이해가 가지 않았다.

"간단하지요. 일본인이 이 땅에서 물러가기를 우리가 원하니까."

"우리가 원한다고 일본인들이 물러갈 것 같소?"

"좋건 싫건 물러나야 하오."

마침내 원로회의에서 될 수 있는 한 빨리 모두들 미국말, 즉 영어를 배우기로 결정했다. 미국인이 들어오면 그들 말로 그들을 맞이하고, 이방인의 지배에서 해방시켜준 것에 대해 감사를 하도록 하자는 것이다.

"미국인도 이방인입니다. 조선이 일본인으로부터 해방되어 미국인에게 예속되면 어떻게 되지요?"

"의사 선생, 우리는 이미 결정을 내렸소. 듣기만 하시오. 당신은 우리 마을에서 영어를 하는 유일한 사람이니 지금부터는 의사 외에도 우리의 선생이 되는 것이오. 우리에게 영어를 가르쳐주시오. 원로회의에서 당신을 징발하는 것이오."

김후평의 집에서는 모든 일이 순조롭게 흘러갔다. 다섯 아이가 태어나 자랐고 수봉도 그들을 돌보았다. 방씨는 여섯째 아이를 가졌다. 셋째 고모가 죽어서 넷째 고모가 그 자리를 이어받았고, 이웃 마을에서 소녀 하나가 집안일을 돕기 위해 들어왔다. 후평이 그 부모의 허락을 받아 5년 동안 소녀를 고용하게 되었다.

9

밤(栗) 공출

4월이 되어 눈이 다 녹자 송연의 삶에도 변화가 생겼다. 자동차가 줄줄이 들어와 마을에 진을 치기 시작했고, 또 일본인들은 목재를 실어왔다. 도로는 마을을 지나 손부사가 있는 곳으로 이어졌지만 마을사람들은 그 너머로의 길은 알지 못했다. 마을의 많은 사람들이 일본인을 돕기 위해 징발되었다. 목수와 미장이, 기술자들이 마을 옆에 멋진 나무집으로 이루어진 부락을 짓기 시작했다. 마을에서 제법 큰 기와집에는 일본인 고관이 들어와 기식했다. 명령에 의한 조처였다. 가케야마 대위도 김후평의 집 사랑채에 방 두 개를 차지한 뒤 첫 번째 명령을 내렸다.

"지금부터 아이는 그만 낳도록 하시오. 여섯이면 족하지 않소."

후평은 안채에 있는 방 네 개와 중간채에 있는 마루를 쓰게 되었다. 가케야마 대위는 중간채에 기거하면서 안채로 이어지는 문 두 개를 폐쇄하고 바깥으로 문을 내었다. 그러나 후평의 가족이 쓰는 목욕간에 자주 들락거렸다. 그곳에서 후평의 넷째 고모가 그의 수발을 들었다. 일본인이 처음 들어올 때부터 후평은 석연치 않은 마음이 들었으나 애써 생각지 않으려고 했다.

그동안 마을 옆에 짓기 시작한 나무집은 목재, 널빤지, 베니어로 이루어진 길고 좁은 상자 형태를 갖추었다가 이내 헛간 같은 모습을 드러냈다. 그 위에 홈이 파인 광이 나는 얇은 철판을 덮고 옆에는 이중으로 기름을 먹인 종이를 발랐다. 이중으로 된 창문에는 굵은 쇠로 방범창을 만들었다. 집들이 완성되자 이중, 삼중으로 철망이 둘러쳐진 담이 나무로 만들어진 부락 전체를 둘러쌌다. 그 네 모퉁이에는 높다란 망루가 서고 그 위에 목재로 된 사각의 소형 집이 세워졌는데, 온통 창을 내어 그 속에서 사방의 지평선을 내려다볼 수 있게 했다.

이 부락은 발전기에서 나오는 전기를 사용했는데, 망루 위에는 아주 밝은 조명등이 있어 인근을 비추고 있었다. '전기'라고 하는 그렇게 밝은 불빛은 난생 처음 보는 마을 어른들은 의사 선생을 우러러보게 되었고, 그를 '헛소리꾼'이라고 칭하지 않게 되었다. 일본인들은 마을사람들의 신경을 거스르는 일 없이 조용히 부락을 짓는 데 몰두했다. 그들은 마을의 목수들에게 나무 집외 기초는 이

떻게 놓아야 마을의 집들과 같아지며, 군불용 땔감은 어디서 구하
는지를 물었다. 마을사람들은 반합에 담긴 좋은 음식을 받아먹었
고, 일본 돈도 적지 않게 벌었다. 그러나 마을사람들이 그렇게 번
일본 돈은 마을에서는 쓸모가 없었다. 어디다 쓸 것인가? 무엇을
살 것인가? 일본인들에게서 콩과 쌀이 든 통조림을 받아 모았을 때
마을사람들은 매우 감사했다. 부락을 짓는데 많은 날들 차출되어
논밭을 돌볼 시간이 많지 않았기 때문이다. 다행히도 부녀자들은
차출되지 않아 이들이 들에 나가 일을 할 수 있었다. 원산에 갈 일
이 있으면 운이 아주 좋은 것으로, 그럴 때면 일본 돈으로 한 푼도
남기지 않고 물건들을 사가지고 돌아왔다.

4월 어느 날 밤, 후평은 양동이에 밤을 가득 담아 두 마리의 소가
되새김질을 하고 있는 외양간으로 가서는 여물통에다 부어넣었다.
그때 일본인 가케야마 대위가 그곳에서 눈알을 굴리며 후평이 하
는 양을 지켜보았다.

"뭐하는 거요?"

그가 들어오는 줄 몰랐던 후평은 적이 놀란 듯 조심스럽게 대답
했다.

"소에게 밤을 주는 거요."

"밤? 밤이라 그랬소?"

"그렇소. 다시 말하자면, 밥을 주는 거요."

"이해가 가지 않소. 소에게 밤을 준단 말이오?"

"그렇다니까요. 그런데 소에게 밤을 주는 게 뭐가 이상한거요?"

"후평 씨, 이상한 것이 아니라 바보 같은 조선인 하나를 보고 있는 것 같소."

후평은 망연하여 잠시 꼼짝도 하지 않았다. 그러나 아무 내색도 하지 않고 조심스럽게 말했다.

"대위님이 그렇게 생각하신다면야 뭐, 제가 바보인가 보지요."

"바보가 아니고 뭐요? 짐승한테 밤을 먹으라고 주는 거요?"

"잘 알겠소. 나는 짐승에게 밤을 주는 바보요."

"당신 소는 껍질을 먹어야지."

"그러게요. 짐승은 껍질만 먹어야 하겠네요."

대위는 조금 어정쩡한 모습으로 외양간 안으로 들어와서는 후평의 옆에 섰다. 후평이 내내 공손하게 물었다.

"하나 물어도 될까요?"

"말해보시오."

가케야마가 단호히 말했다.

"내가 바보같이 보이지 않으려고 하는데요. 오늘부터 밤을 깎아서 껍질만 소에게 주어야 할까요?"

"계속해보시오."

"내가 알고 싶은 것은 그러면 흰 알맹이는 어떻게 하지요?"

"흰 알맹이는 당신이 먹고 소는 껍질을 먹으면 되지."

"참으로 맞는 말씀이오. 우리 사람은 과일의 알맹이를 먹어야지요."

대위가 당혹스런 표정으로 신경질을 내며 후평에게 고함을 쳤다.

"가만히 보니 거지 같은 조선인 양반이 나를 조롱하는 거요?"

"실례했소, 대위님. 크게 오해를 한 것 같소. 설명을 드리지요."

"말해보시오."

"내가 묻고 싶었던 것은 밤이 사람에게 그렇게 귀중한 음식인가 하는 점이오."

이번에는 대위가 두 눈을 크게 떴다. 그리고는 후평의 손목을 잡았다.

"아니, 계속 나를 놀리는 거요?"

"아니, 아니올시다. 정말 양해하시오. 우리 조선인들은 밤을 음식으로 자주 먹지 않소. 제사를 지낼 때나 명절 때 많이들 먹지요."

그제야 가케야마는 후평의 손목을 놓고 뒤로 물러섰다.

"그러면 밤을 먹지 않는단 말이오?"

"늘 먹는 것이 아니란 말이오."

"그렇지만 밤으로 맛있는 음식을 만들 수 있소. 밤을 갈아서 향료와 돼지비계로 양념을 한 다음 물을 조금 넣고 찌듯이 삶아 설탕에 절인 버섯을 곁들이면 죽이 되지요. 거기다 밀가루와 쌀가루를 섞어서 찌면 맛있는 빵이 되고, 또 거기다 병아리콩과 완두콩을 함께 섞어서 고깃국에 넣어 끓이면 맛있는 음식이 된단 말이오."

그 말을 들은 후평은 놀란 얼굴을 했다.

"정말 일리 있는 말이오. 참으로 미안하오. 우리 조선인들은 밤이 그렇게 널리 쓰이는지 잘 모르고 있소. 다시 한 번 사과하오."

가케야마 대위는 후평의 말을 곧이듣고 아주 우쭐했다.

"괜찮소. 뭐 그런 걸 가지고. 창고에 아직 밤이 많이 있소? 동네 다른 사람들도 창고에 밤을 쌓아놓고 있소?"

"그럼요. 모두들 가지고 있을 거요. 그렇지만 지금이 4월이라 남아도 조금밖에 없을 것 같은데……."

"그걸 어디서 따는 거요?"

"추애산에서요. 온 산에 밤이 가득합지요."

"내가 너무 신경질을 내서 미안하오."

이번에는 가케야마 대위가 사과를 했다.

"대위님, 밤 사용법도 세 가지씩이나 배웠으니 뭔가 보답을 해야 할 것 같은데, 혹 부탁할 일이라도……."

집 안에서는 여인들이 일본인 대위의 소리를 듣고는 놀라서 아이들을 모은 뒤 숨을 죽이고 있었다. 대위가 이렇듯 큰 소리 치는 것을 본 적이 없었던 것이다.

대위가 사라지고 문을 닫아걸자 후평은 곧 구장 어른 댁으로 가서 보고하는 것이 좋겠다고 생각했다. 구장이 상황을 전해 듣고 몇몇 동네 어른들을 불러서 의논을 했다. 그날 밤으로 모든 집에 남아 있는 밤을 모두 거두어 준비헤두라는 깃이었다. 곧 일본인들이 밤을 찾으면 바로 모두 내주자는 것이었다.

정말 바로 그 다음 날 아침, 마을 광장의 벽보판에 다음과 같은 공지사항이 나붙었다.

포로부대

번호 : K/178

송연, 조선

송연 마을 모든 주민은 오늘 가지고 있는 밤을 모두 부대에 공출한다. 1kg당 1.5엔을 지불받도록 한다. 내일 집집마다 조사를 하여 밤을 공출하지 않고 남겨놓은 사람은 체포되어, 필요한 군수물자 은폐와 명령 불복종 죄로 군 재판에 회부된다.

수비대장

야지마 후키 대령

한 시간도 안 되어 마을의 모든 집들이 소에 밤을 싣고는 군대 창고 앞에 모여 밤을 넘겨주었다. 수비대장 야지마 후키 대령은 마을사람들이 신속하게 밤을 공출하는 모습을 보고는 새로 지은 주재소로 들어갔다. 그는 왔다 갔다 하면서 어떻게 마을사람들이 이렇게도 신속하게 행동할 수 있는지를 곰곰이 생각했다. 분명한 것은 마을사람들이 미리 준비를 하고 있었던 것이다. 사환을 시켜 주재소 소장인 하기야마를 불렀더니 그가 와서 말했다.

"대장님, 조선인 마을에는 예부터 자치조직이 있다는 것을 알아 두셔야 합니다. 수년 혹은 다년간 마을 어른들 가운데서 대표들을 뽑고 그 대표들의 장을 구장이라고 합니다. 그 대표의 구성은 조금 특이하여 유고가 있어 물러나는 사람이 있어야만 그 후임자를 정하는데, 구장이 임명하지요. 이들이 마을의 미래를 결정하고 문젯 거리를 해결하며, 재판도 하는데 그 결정은 존중되고 마을의 법이 됩니다."

"그래, 오늘 이렇게 신속하게 밤을 공출하는 것에 대해 어떻게 생각하시오? 어떻게 알고는 공지된 지 한 시간도 안 되어 모두 가져왔단 말이오?"

"제 생각으로는 그런 것은 알려고 하지 않는 것이 좋을 것 같습니다. 마을 회의에서 결정된 것은 무조건 복종하고, 더 이상 토를 달지 않는다는 것만으로 만족해야 할 것 같습니다. 마을 회의에서 결정하고 그 결정을 사람들이 따르는 것이지요."

"그런데 마을 회의에서는 어떻게 내가 그런 명령을 내릴 것이라는 것을 알고서 그들에게 연락을 했을까?"

"만일 그들에게 그런 것을 물으면 그들은 이렇게 대답할 것입니다. '대장님, 청컨대 그런 것은 알려고 하지 마세요. 우리는 당신의 명령에 따를 것입니다. 이 기회에 부탁할 것이 있는데요.' 라고요."

"무슨 부탁을?"

"'내일 집 수색은 하지 말아주세요. 마을사람들이 가진 밤을 모두 내놓았으므로 한 알도 더는 찾지 못할 테니까요' 라는 부탁이지요."

"그 부탁은 당신이 하는 거요, 아니면 마을사람들이 하는 거요?"

"제가 하는 것이기도 하고 마을사람들이 하는 것이기도 하지요."

"어떻게? 그들이 당신에게 부탁을 했단 말이오?"

"네."

"그들 부탁을 들어주어야 한단 말이오?"

"물론이지요. 조선인들은 거짓말을 하지 않아요."

"그것을 어떻게 알지?"

"10년 넘게 함께 살아와서 잘 압니다. 그들 집에 가보고 장례식, 결혼식, 탄생, 잔치 때 다 가봤습니다. 그들이 맹세하는 것을 사실로 받아들이는 것이 좋을 것 같습니다."

"지금 당장에는 구장의 말을 듣는 것이 좋겠지만, 언젠가 우리 일본인에게 그들은 치명적인 장애가 될지도 모르겠소."

"현재로서는 그런 위험은 전혀 없습니다. 또 하나 부탁이 있었는데, 한 집이 밤이 있는데도 내놓지 않았다고 합니다."

"왜지요?"

"가장이 집에 없어요."

"없어? 어디 갔소?"

"입대했습니다."

"아, 그래서?"

"그 집에서 부탁을 했는데, 가장이 돌아올 때까지 밤을 내놓을 수 없다고."

"그건 이해가 안 가는데."

"전혀 그렇지 않습니다. 마을의 관습으로 그들은 가장을 섬기고 가장의 명령 없이는 아무것도 하지 않지요."

"그래, 내가 어떻게 하기를 원하는 거요?"

"가장이 돌아와서 허락할 때까지 기다리는 것이지요."

"소장이 내 자리에 있다면 어떻게 하겠소?"

"그러면 그저 제 생각을 말씀드리겠습니다. 혹 다르게 생각하신다면 그에 따르겠습니다."

"말해보시오."

"마을의 관습을 존중하여 기다리는 것이 좋을 것 같습니다. 하나의 예외를 인정하는 것이지요. 마을 회의는 언제나 그들이 원하는 것을 우리 순사들과 아주 호의적으로 의논하고 있습니다. 그들이 아직 수비대장님을 잘 모르고 있지만, 수비대장님도 우리처럼 할 것이라고들 믿고 있지요."

"나중에 남은 것을 가져올 것이라고 믿는 거요?"

"물론이지요."

"소장이 보증을 서겠소?"

"저를 믿어주신다면 정말 감사합니다."

"그럼 소장을 믿겠소."

주재소 소장이 수비대장실을 나온 후 수비대장은 부하에게 명령을 내렸다.

"오늘부터 소장의 거동을 살펴서 내게 보고하게. 이곳에 오래 있더니 일본인이 아니라 조선인이 된 것 같아. 더 나빠질까 걱정이네. 활동은 자네 판단에 따라 자유롭게 하게. 뭔가 수상한 점이 있으면 신속하게 보고하게."

점심때가 되어 마을 벽보판에 다음과 같은 공지가 나붙었다.

포로부대

번호 : K/178

송연, 조선

송연 주민의 신속한 밤 공출에 대해 부대 대장으로서 진심으로 감사한다. 가지고 있던 모든 밤을 공출했다는 마을 주민들의 맹세를 믿고 가택 수색은 보류한다. 본인이 일본군에 복무하는 연고로 부재하는 이동수의 집은 밤 공출에서 예외로 한다.

수비대장

야지마 후키 대령

90

그런 가운데 구장의 집에는 몇 명의 원로들이 모여 앉아 있었다. 별로 서두를 일 없이 그저 아침에 나온 명령에 대해 이야기했다. 명령을 내린 주체가 그들에게는 충격적이었다. '번호 K/178 포로 부대 수비대장 야지마 후키 대령'이라는 표제에 대해 분석을 했다.

첫째, 나무집들로, 나무로 만든 부락은 포로부대를 위한 것이라는 말이다. 도무지 이해가 안 가는 것이 어떻게 일본인들이 포로들을 송연 마을로 데리고 올 것인가 하는 점이다. 어떤 포로들이란 말인가? 미국과 싸우고 있으니 응당 미국인일 것이다.

둘째, 'K/178'이 무엇을 뜻하는 것인가? 'K'는 'Korea', 즉 조선을 가리키는 것이리라. 그러면 숫자는 무엇일까? 암호인가? 아니면 조선에 포로수용소가 178개 생겼다는 말인가? 그렇게 많은 미국인을 일본이 잡았단 말인가? 그들을 모두 조선으로 데려온다는 것인가? 일본열도에 그 같은 포로수용소가 또 얼마나 더 있을까? 생각이 끝없이 꼬리에 꼬리를 물었다.

셋째, 포로란 무엇을 뜻하는가? 이적 행위나 전쟁터에서 잡힌 사람인가? 아니면 '포로부대'란 단순히 '감옥', '교도소'로 조선인, 일본에 대해 이적 행위를 한 사람들, 혹은 일본인에 의해 유죄 선고를 받고 복역하는 사람들이 들어가는 곳이란 말인가? 포로란 무엇이고, 또 수감자는 무엇인가? 두 단어는 같은 뜻일까?

그것이 무엇이건 나무로 만든 부락은 포로들을 수용하기 위한 시설이라는 것을 알게 되었다. 어떤 포로들일까? 틀림없이 미국인들일 것이다.

한 노인이 낙심천만하여 고개를 흔들면서 결론을 내렸다.

"미군이 오다니! 그것도 해방자가 아니라 그들도 우리 조선인처럼 일본의 포로, 노예로서 말이오. 조선인은 집도 있고 밭도 있는 자유로운 노예들이지만, 저들은 수감된 포로들이 아니오!"

지난번 회의에서 결정된 사안은 이제 번복하게 되었다. 그러나 의사는 영어 수업을 중단하면 안 되었다. 또 홍콩에서 수년 간 일한 경험이 있어 영어를 알고 있는 김구순 노인도 영어를 가르치게 되었다. 어떤 말도 구장의 믿음을 바꿀 수가 없었다. 마지막에는 미국인이 승전할 것이라는 구장의 믿음을 어떤 말로도 바꿀 수가 없었다.

마을 회의에서는 오는 9월에 산으로 올라가 일본인들이 좋아하는 밤을 따서 어떻게 그들에게 줄 것인가? 하는 일도 의논했다. 그래서 구장이 대표로 주재소에 가서 그 일을 의논하기로 결정했다. 또 밤을 이용해 어떻게 요리를 하여 맛있는 음식을 만들 수 있는지 마을 부녀자들에게 가르쳐줄 것을 부탁하기로 했다.

밤이 깊도록 수비대장은 마을 주민들이 어떤 생각으로 구장의 명령을 그렇게 잘 듣는지 곰곰이 생각하고 있었다. 또 사람들이 그 따위 공지 한 번으로 어떻게 그렇게 신속하게 열성적으로 밤을 공출했는지도 여전히 의문이었다. 골똘히 생각하다가 한 가지 생각이 떠올랐다. 마을의 밤에 대해 정보를 준 것은 조선인 집에 기거하고 있는 가케야마 대위였다. 그는 수비대장에게 조선인은 밤을 먹지 않는다는 말만 했을 뿐 전부를 말하지 않았던 것이다. 조선인은 밤을 명절날 먹는다. 알 수 없는 의혹이 스치고 지나갔다. 왜 가케야마는 밤에 대한 이야기를 했을까? 이번 사건에서 대위가 뭔가 감추는 것이 있는 것일까? 대장은 여러 가지 의혹들을 털어버리고 앞으로 두고 보기로 했다. 혹 뭔가 숨기고 있는 다른 증거가 나올지도 모를 일이었다.

이렇게 4월이 지나갔다. 마을사람들과 일본인 사이에 이렇다 할 아무런 일도 없었다. 화사한 5월이 되자 오색이 찬연했다. 군인으로서의 힘든 의무를 수행하는 가운데서도 상류층 출신에다 깔끔한 성격의 수비대장은 시간이 얼마가 걸리더라도 마을을 정돈해야겠다고 생각했다. 어느 날 아침 마을의 부녀자, 노인, 아이들 모두를 군대 막사 앞 광장에 모이게 했다. 군대 막사와 들에서 일하던 남자들만 빠졌다. 대장이 확성기로 말을 하면 조선말을 할 줄 아는 일본인이 통역을 했다.

"송연 마을 주민 여러분. 운명에 의해 일본인과 조선인이 이렇게 한곳에 같이 살게 되었습니다. 제가 이곳에 얼마나 더 있게 될지는 모르겠습니다. 몇 달이 될 수도 있고, 몇 년이 될 수도 있습니다. 저는 군인으로서 발령이 나는 곳이라면 어디든 가야 합니다.

몇 달 여기 있는 동안 여러분은 저의 명령에 잘 따라주었습니다.

그래서 저는 아주 좋은 인상을 가지고 있습니다. 우리가 예로서 여러분을 대해야 한다는 것도 잘 알고 있습니다. 여러분은 예절바른 민족이기 때문입니다. 얼마나 여기 더 있을지 모르겠지만 여러분께 한 가지 부탁을 드리겠습니다. 이 부탁이 여러분의 기분을 상하게 할 수도 있다는 것을 저는 잘 알고 있습니다. 또 여러분을 무시하는 것으로 보일 수도 있을 것입니다. 제가 하고 싶은 말은 이 마을이 아주 불결하다는 것입니다."

여기서 말을 끊고 수비대장은 자신의 말에 어떤 거부감 같은 것이 나타나는지 마을사람들의 표정을 주의 깊게 살펴보았다. 그러나 마을사람들은 표정이 없었다. 모두 자신을 바라보고만 있을 뿐, 고개를 돌려 옆 사람을 보는 일도 없었다.

"아무 반응이 없으나 제가 하는 말을 이해해주기를 바랍니다. 마을뿐만 아니라 도로와 창고, 수레도 모두 더럽습니다. 여러분 자신도 더럽지 않을까 하는 생각이 듭니다. 우리 일본인은 청결을 중요시하고 여신같이 존중합니다. 한 달 안에 이 마을의 모습이 깨끗함으로 빛이 나도록 달라져야겠습니다. 어떻게 할 것인지는 군인들이 알려줄 것입니다. 저의 지시와 명령에 잘 따라준다면 이 마을은 순식간에 깨끗해질 것이라고 믿습니다. 이상입니다."

바로 그날, 일본인은 마을사람들에게 지시했다. 집과 헛간을 에워싼 크고 높은 담장을 허물고, 가는 대나무를 나지막하게 같은 크기로 잘라서 사람 키보다 작게 세우게 했다. 헛간은 흰색 칠을 하게 하고, 뜰에는 돌을 깔아서 아이들이 진흙에 빠지지 않도록 했다. 집 옆에는 다른 방을 만들어 부엌살림들을 놓게 하고, 하수구를 내어 집 안에서 나오는 더러운 물이 내려가도록 했다. 여름이고 겨울이고 물이 펑펑 나오던 광장의 수도 다섯 개는 좁고 긴 시멘트 벽으로 저수지를 만들었다. 넘치는 물은 도랑을 내어 그 위를 덮고 마을 바깥으로 끌어냈다. 광장에는 검은 돌을 놓고 그 사이를 시멘트로 연결했다. 군대 부락에도 관으로 물을 연결했다.

이 모든 해체와 키 낮추기 작업이 숨을 만한 구석 하나 없이 높은 망루에서 마을을 한눈에 내려다볼 수 있게 하려는 일본인의 계산이 숨어 있음을 마을의 원로들은 조금도 의심하지 않았다. 아무 어려움 없이 마을사람들의 동정을 파악할 수 있게 되는 것이다.

수비대장이 지시한 대로 한 달이 가기 전에 마을은 몰라보게 달라졌다. 마을사람들은 더럽고 냄새난다는 도발적인 수비대장의 말에 아무 반응도 하지 않았다. 그저 마음속 깊은 곳에 반감을 감추고 있을 뿐이었다. 마을의 정화작업이 끝난 지금, 마을사람들도 달라진 그 모습에 대견하여 즐거워했다. 마을사람들은 일본인의 지시에 따라 묵묵히 일했다. 거기에는 정복자의 명령에 절대 복종하라는 원로회의의 지시가 있었다. 어설프게 대들었다가 그들의 신경을 건드려 마을에 누를 끼치는 일은 없어야 했기 때문이다.

마을의 딱 한 사람은 원로들과 의견이 달랐다. 김후평, 그는 마을의 결정에 마음으로 불복했다. 그는 번민했다. 원로의 결정은 정복자가 강요하는 법보다 더 강한 법과 같은 것이었다. 그는 원로들의 결정을 수용할 수가 없었다.

10

가케야마 대위

후평의 집은 마을 끝 완만한 평지가 있는 곳에 위치한 기와집이었다. 집은 꽃이 만발한 정원 사이에 있었고, 나뭇가지와 대나뭇가지 울타리로 둘러싸여 있었다. 집 뒤쪽 별채에는 외양간과 창고가 있고 따로 출입문이 있었다. 50미터 아래쪽으로는 손부사로 가는 길이 나 있었다.

어느 날 가케야마 대위가 뜰에서 후평을 보고 말했다.

"후평 씨. 우리 일본에는 목재로 만든 집이 있는데, 칠을 하지 않는 경우가 없소. 내가 페인트(염료)와 솔을 가져올 테니 나무에다 칠을 하는 게 어떻겠소? 이 집에 머물게 되었으니 일본에 있는 내 집과 같이 제일 멋진 집이 되었으면 좋겠소."

후평은 진심으로 그에게 감사했다. 그날로 당장 사케야마의 제안에 따라 칠을 하기 시작했다. 두 아들과 수봉이 후평을 도왔고, 대위는 장시간 감독을 하며 때로는 직접 일을 돕기도 했다.

어느 날 다시 그가 후평에게 말했다.

"그런데 말이오. 폐쇄한 안채로 난 문을 다시 열었으면 좋겠소이다. 아녀자들이 내 방을 청소하기 위해 집을 빙 돌아오지 않고, 특히 비나 눈이 올 때나 내가 씻으러 갈 때 돌아가지 않아도 될 수 있게 말이오."

"그렇게 하겠다니 반가운 소리요. 당신이 조용히 지내겠다고 하여 막은 것이지 않소."

"맞소. 그런데 지내다 보니 당신네가 괜찮은 사람이라는 생각이 들었오."

"그렇게 말해주니 고맙소."

가케야마의 말이 있은 후 바로 안채로 통하는 문이 다시 열렸다.

어느 날 밤, 대위는 목욕을 하기 위해 준비를 시켰다. 넷째 고모는 목욕통에 따뜻한 물을 채우고 헹구는 물까지 옆에다 준비한 다음 수건과 비누를 두고 나갔다. 가케야마는 옷을 벗고 반쯤 물이 찬 통 속으로 들어가 무릎을 굽히고 앉았다. 물이 목까지 차올랐다. 한동안 꼼짝하지 않고 눈을 감고는 몸에 닿는 물의 흔들림을 즐기고 있었다. 그런데 갑자기 문밖에서 단지 깨지는 소리와 함께 넷째 고모의 비명이 들려왔다. 가케야마가 급히 목욕통에서 나와 옷을 주워 입고 밖으로 나왔다. 넷째 고모가 항아리에 물을 길러가

다가 마당의 돌에 걸려 넘어져 있었다.

"젊은 여자들은 어디로 가고 할멈이 수발을 든다고 이 난리요?"

넷째 고모는 아무 말도 하지 않은 채 일어서려고 했으나 신음소리만 날 뿐 몸이 말을 듣지 않았다.

그제야 대위가 소리쳤다.

"누구 없소? 할멈이 쓰러져 일어나지 못하고 있단 말이오."

수봉이 방 안에 있다가 대위의 소리를 들었다. 처음에는 무슨 말인지 몰라 귀를 곤두 세워 다시 무슨 소리를 듣고는 풀었던 머리를 만지고 벗었던 옷을 입으려고 했다.

대위가 연이어 소리를 질렀다.

"뭐하고 있소? 할멈이 죽네. 앉아서 뭐하는 거요?"

그 소리를 듣고 수봉이 놀라 목욕간 앞으로 뛰어가니 마당에 넷째 고모가 쓰러져 신음하고 있었다. 너무 급히 서두르는 바람에 잠옷을 입고 뛰어나온 사실도 잊어버린 채 고모를 부축하며 소리를 질렀다.

"방씨, 방씨! 얼른 좀……"

잠시 후에 부른 배를 잡고 방씨가 나타났다. 수봉이 혼자서 신음하는 고모를 부축하여 일으켜 앉혔다. 그제야 아이들과 다른 사람들이 나와 서둘러 고모를 옮겨갔다.

가케야마가 수봉에게 말했다.

"할멈이 많이 다친 모양이오. 군의관을 부를까요?"

"고맙습니다, 대위님. 대위님의 호의를 그이에게 전하겠어요. 많이 다치지 않으셨길 바랄 뿐이에요."

수봉이 목례를 하고 자리를 뜨려하자 대위가 다시 불렀다.

"부인……."

"왜 그러시죠?"

"진심으로 당신에게 하고 싶은 말이 있는데……."

대위가 수봉을 똑바로 바라보자 수봉은 한순간 당황하여 눈을 아래로 깔고는 대위의 말이 끝나기를 기다렸다.

"내 진심으로 하는 고백이오. ……당신은 너무 아름답소."

수봉은 얼굴이 빨개져 어쩔 줄을 몰라 말을 더듬었다.

"대위님의 칭찬에 감사할 뿐입니다. 그럼 이만."

수봉이 돌아간 후 대위는 혼자서 미소를 지으며 나지막이 휘파람을 불었다.

그날 밤 수봉은 남편에게 대위가 한 말을 전했다.

"오늘 대위가 목욕간 앞에서 나를 희롱했어요."

"어떻게?"

"내가 너무 아름답다고 했어요."

"또 다른 말은?"

"진심으로 하는 말이라고 하더군요."

"대위의 말이 당신을 희롱하는 것 같았소?"

"왜 그런 걸 나한테 물어요?"

"당신은 자신이 아름답지 않다고 생각한 적이 있소?"

"딱히 그런 건 아니지만……."

"대위의 말이 진심이 아닌 것 같았소?"

"조선인이 아니고 일본인인 이방인이니까 진실을 말한다고 해도 잘 모르겠어요."

"그저 예절바른 찬사라 생각하면 되지. 그 이상의 큰 의미는 두지 않는 것이 좋을 것 같군."

"그래요. 중요한 것은 아닌 것 같아요."

"달리 미심쩍은 것이 있소?"

"내 생각에 있는 것 같아요."

"무언데?"

"내가 칭찬에 고맙다고 하자 그가 씩 웃던데요."

"그 미소가 무슨 특별한 의미를 담고 있단 말이오?"

"혹 그럴까 해서요."

"어떻게?"

"사람이 웃는다는 것은 뭔가 이루어서 기쁠 때잖아요."

"글쎄."

"당신도 어떤 기쁜 일이 생기면 웃잖아요."

"그래도 모르겠는데. 그에게 어떤 것이, 어떤 소득이 생긴단 말이오?"

"그는 정복자예요. 모든 것이 그의 것이에요."

"뭔가 집히는 데가 있어 걱정하는 것이오?"

"그래요. 겁이 많이 나요. 자기 것이 아닌 것을 차지하려고 할까 봐 걱정이 돼요."

"그럴 수도 있겠지. 아마도 그 미소는 당신이 말하는 그런 것이 아닐지도 몰라."

"제가 어떻게 했으면 좋겠어요?"

"아무것도 할 것 없소. 천천히 생각해보고 그만 자도록 합시다."

더 이상 말이 끊겼다. 후평은 한참 후에야 잠이 들어 이른 아침에 일어났다. 그리고는 멀지 않은 아버지 집으로 의논을 하기 위해 서둘러 갔다. 이야기를 모두 들은 아버지가 말했다.

"아비야, 내 생각에는 당분간 어미가 우리 집에 와 있는 것이 좋을 것 같다. 그러나 그건 내 생각이고, 결정은 네게 달렸다."

후평이 집으로 돌아오는 길에 마을사람 모두가 그렇듯이 수도꼭지 다섯 개가 있는 마을 광장을 지나면서 여느때처럼 주재소의 벽보판을 훑어보았다. 요즈음 수비대장이 전쟁의 상황을 마을사람들에게 알려주곤 했는데, 온통 일본군이 미군을 이기고 있다는 소식뿐이었다. 거기에는 마을사람들은 한 번도 들어보지 못한 곳들의 지명과 바다 이름이 적혀 있곤 했다. 그런데 오늘은 부역에 차출되는 마을사람들의 이름이 적혀 있었다. 공지 내용은 다음과 같았다.

포로부대

번호 : K/178

송연, 조선

제목 : 부역차출건

　송연 주민 가운데 아래 적힌 사람은 내일 아침 주재소 앞으로 모인다. 구룡과 신동으로 난 도로에서 군사작업을 도와야 하니 삽과 곡괭이를 지참한다. 기간은 3주일.

　후평은 안심했다. 부역 대상자에 자신의 이름이 빠져 있었기 때문이다. 그러나 두 형제와 매제가 포함되어 있었다. 다시 아버지 집으로 가 부역 소식을 전했다. 형제들은 직접 벽보가 붙어 있는 주재소로 가 사실을 확인했다. 아버지는 수봉의 거취 문제에 대해 다시 이야기했다.

　"아비야, 네 집안에 어려운 날들이 시작된 것 같다. 내 생각에 당분간은 어미가 집에 그대로 있는 것이 좋겠다. 그저 가케야마가 빨리 송연을 떠나 다른 곳으로 가도록 기도하는 수밖에 없겠구나."

　"아버지, 대위가 전근 가도록 빌고 앉아 있을 수만은 없어요. 우리 마을에 온 사람들 중 전근 간 사람은 아무도 없는 걸요."

　"아범아, 그렇게만 볼 일이 아니다. 군인들 아니냐. 요즘 군인들은 오늘은 여기, 내일은 저기에 있지 않느냐."

이런저런 많은 가능한 대비책들에 대해 상의를 한 후 후평은 집으로 돌아왔다. 어느 정도 안정이 되었으나 불투명한 것뿐이었다. 후평의 아버지는 혼자 남자 긴 담뱃대에 불을 지피고는 담배 연기에 싸여 깊은 생각에 잠겼다.

다음 날이 되었다. 대위는 여전히 송연에 남아 있었고 대신 후평의 이름이 주재소 앞 벽보판에 붙었다. 후평과 다른 세 사람이 도로 건설에 징발되었다. 후평은 무거운 마음으로 괭이를 들고 일본인 트럭에 실려 남쪽 약 80킬로미터 떨어진 곳으로 이동했다. 그곳은 임진강 상류를 따라 내려가는 곳에 있었다.

후평이 부역에 나간 날, 가케야마 대위가 전에 없이 집안을 휘젓고 다니기 시작했다. 그는 가죽 바지와 재킷, 고관들이 입는 원뿔형 반바지를 입고 실내화도 신었다. 가족들과 저녁식사도 함께했다. 통조림을 가지고 오는 등 많은 선물과 음식을 아이들에게 나누어주었다. 또 아이들과 함께 바닥 위에서 구르고 놀며 아이들 소리에 즐거워하기도 했다. 수봉과 방씨도 아주 조심스럽게 대위와 아이들 틈에 끼어 즐거운 시간을 보냈다.

그 후로 대위는 집에서 자는 날이 더 많아졌다. 그는 막사에서 야간 근무할 때를 제외하고는 하루도 빠짐없이 집을 찾았다. 아들모두가 부역에 동원되어 가족 중 집에 남아 있는 유일한 남자가 된후평의 아버지는 부지런히 후평의 집을 드나들었다. 처음 아들의 집을 찾았을 때 그는 일본인 대위의 행동에서 아무런 수상한 낌새도 발견하지 못했다. 집안의 모든 상황들이 며느리 문제와 관련하여 평온하고 평상시와 다름없었다. 속으로 잔뜩 걱정을 하고 있었는데, 괜한 오해를 한 것이라고 생각하려 했지만 석연치 않은 불안감이 가시질 않아 잠을 설치게 했다. 어느 날 갑자기 좋지 않은 소식을 듣게 되지나 않을까 하는 걱정이 사라지지 않았다. 지금까지 가케야마 대위는 아주 정중했다. 군대에서는 볼 수 없는 가족적 분위기를 집에서 느끼는 듯해 보였다.

일주일마다 마치다 타쓰야 순사가 와서 수봉에게 빳빳한 50엔을 전해주었다. 그만한 돈이면 세상의 온갖 물건을 다 살 수 있을 것 같았다. 그러나 수봉은 후평이 올 때까지 그 돈을 그대로 간직했다. 그가 돌아오면 원산으로 가서 장을 볼 계획이었다.

넷째 고모는 자리에서 일어났다. 늙은 고모의 피부는 많이 상했으나, 집안을 돌보는 데는 지장이 없었다. 집안일을 돕는 소녀가 힘닿는 대로 그녀를 도왔다.

저녁밥을 먹은 다음이면 고모와 소녀는 식탁을 치우고, 수봉과 방씨는 아이들 잘 채비를 도왔다. 가케야마는 번번이 아이들 재우는 것을 도왔고 그동안 고모는 홍차를 준비하여 찻상을 내왔다. 가케야마는 짐짓 우연히 수봉의 방으로 몇 번 들어왔는데, 수봉의 방에 숨은 아이를 찾는다는 이유에서였다. 그럴 때면 대위는 벼락을 맞은 사람처럼 가만히 방 한가운데 서서 방 안의 가구와 바닥에 깔린 양가죽, 빗과 머리핀, 나비 리본, 머리를 싸는 검은 천 등이 놓인 화장대 등을 바라보곤 했다. 그러면 아이를 찾던 것도 잊은 채 웃음마저 사라진 진지한 모습이 되었다. 그런 그의 모습을 수봉이 한두 번 목격했다. 꿈을 꾸는 듯 서 있다가 수봉이 있음을 깨달으면 그는 고개를 깊이 숙이고 안방에 들어온 것을 사과했다. 아이를 찾으러 들어왔다는 것이다. 수봉은 대위가 변명하면서 정신 나간 사람처럼 방을 둘러보는 것을 조용히 기다려야 했다. 한번은 대위가 이불 위에 앉아 있는 것을 보았다. 웃으면서 발로 아이를 잡고 있었는데 아이는 고함을 치면서 도망가려 하고, 대위는 넘어갈 듯 웃으면서 아이를 끌어당겼다. 조그만 실랑이 끝에 이불이 벗겨지면서 새하얀 속 깔개가 드러났다. 그러자 가케야마가 아이를 놓아주었다. 갑자기 대위의 손이 느슨해지자 아이는 다른 방으로 도망을 가면서 소리쳤다.

"나 잡을 수 있어?"

대위는 한순간 움직이지 않고 이불 위에 앉아 깔개를 쳐다보고 있었다. 이 모든 것을 눈여겨보고 있던 수봉은 마침내 불안감에 휩싸였다. 그날 밤 뜬눈으로 밤을 꼬박 새웠다. 조만간 집안이 풍비박산이 날 것 같은 공포와 불안감이 밀려왔다.

3주가 지났으나 후평은 집으로 돌아오지 않았다. 후평과 다른 세 사람은 3주일을 더 일해야 한다고 마치다 순사가 전해주었다. 그가 건강하게 잘 있으니 아무 걱정하지 말라는 것이었다. 벽보판에 같은 내용이 붙었다.

　그런 가운데 방씨가 마지막 아이를 낳았다. 그 며칠 새 가케야마는 집에 들어오지 않고 막사에서 묵었다. 산파와 집안사람들이 벌이는 소동에 조용히 있을 수가 없었던지 부하를 시켜서 많은 선물과 음식을 보내왔다. 수봉은 이때를 빌려 대위가 다시는 집에 발을 들여놓지 않도록 해달라고 조상님께 빌었다.

　마을사람들은 이제 군용 트럭이 마을로 들어오는 것에 익숙해졌다. 그런데 놀라운 일이 생겼다. 파랗고 하얀 멋진 승용차들이 커튼으로 창문을 가린 채 마을로 들어온 것이다. 바퀴 위에 서 있는 아름다운 집 같았다. 승용차에서 일본 여인들이 내리자 사람들은 더욱 놀랐다. 갖가지 색으로 된 기모노를 입고 허리에 베개를 대고, 칠흑 같은 머리에 오색의 머리핀을 꽂고 있었다. 수비대의 일본인 고관들 모두가 축제 복장을 하고 있었다. 그들은 여인들을 정중하게 영접했고 졸병들은 다른 짐차에 실려 있던 그녀들의 짐을 내려 막사로 옮겼다.

　조선인들은 일본 여인들이 서로가 구분되지 않는 화장법과 두께로 얼굴의 특징을 바꿀 수 있다고 들었다. 모두가 비슷해 보이는 것이 차이가 별로 없었다. 그들은 같은 가발을 쓰고, 같은 얼굴 모양을 하고 있었다. 마을사람들은 일본 여인을 직접 보고는 자신들의 눈을 믿지 못했다. 일굴 모양이 똑같았다. 하얗게 분칠한 얼굴,

똑같은 눈썹, 검은 눈, 긴 끈. 그녀들 자신은 어떻게 서로를 알아볼 수 있을까? 그녀들은 금색, 푸른색 등의 갖가지 기모노 색깔로 서로를 구분할 수 있을 뿐이었다. 그녀들은 나막신(게다)을 신고 잔걸음으로 막사의 검은 돌을 밟으며 걸어갔다. 남자들만의 무미건조한 막사 생활에 기쁨과 부드러움이 함께하게 된 것이다. 또한 시골 아낙들의 두꺼운 목면 치마와 저고리, 양말은 이 이방인 여인들의 아름답고 사치스런 기모노를 더욱 돋보이게 했다.

밤이 되자 나무 막사는 휘황한 불빛으로 대낮같이 환했다. 처음으로 듣는 감미로운 선율이 확성기를 통해 온 마을에 퍼졌다. 여인들은 악기를 켜며 고향의 슬픈 노래들을 불렀다. 마을사람들은 밤이 늦도록 그들의 웃음소리, 말소리, 노랫소리를 들어야 했다. 일을 도우러 막사에 불려갔던 마을사람들까지 덕분에 잘 얻어먹고 즐거운 시간을 보냈다. 잔치는 한밤중까지 계속되었다. 그날 저녁 수봉과 후평의 아버지인 김노인은 함께 있었다. 앞서 가케야마는 수봉에게 막사에는 여인들이 묵을 곳이 없기 때문에 며칠간만 일본 여인을 재워줄 수 있는지 정중히 물었다. 물론 수봉은 허락했고 시아버지에게 이 사실을 알렸다.

"그이가 없어서 제가 결정을 했어요."

"애야, 그 일본인의 정중한 부탁을 어떻게 거절할 수 있겠니. 그것은 명령과도 같은데. 그들의 요구와 명령을 거역해선 안 되지. 더구나 전쟁 포로 막사에 연약한 여인네들이 묵을 곳이 어디 있겠니."

수봉이 자신의 방을 이방인 여인에게 내주고 자신은 아이들 방으로 갈 생각이었다. 한밤이 조금 지나 작은 자동차 한 대가 집 앞에 멈추더니 가케야마와 한 일본 여인이 자동차에서 내렸다. 운전병이 큰 가방 두 개를 수봉의 방으로 옮겨왔다. 일본 여인은 연신 미소를 지으며 별다른 내색 없이 방으로 들어왔다. 수봉과 방씨가 허리를 굽혀 예를 갖추자 그 여인도 미소와 교태로 답했다. 대위가 서로를 소개했다.

"이쪽은 안주인 수봉 씨, 이쪽은 하다 기요코 양입니다. 머무는 동안 서로 잘 지내기 바라오."

수봉이 아연한 표정으로 여인을 바라보았다. 저 두껍게 칠한 하얀 분 속에는 어떤 얼굴이 숨겨져 있을까? 두꺼운 화장을 한 무표정하고 개성 없는 얼굴에서 오직 그녀의 두 눈만이 윤이 나는 새카만 구슬같이 빛났다. 그 검은 눈도 마스카라를 칠해서 거의 움직이지 않았다. 가케야마가 잠시 두 여인 사이에 흐르는 묘한 기류를 알아차리고는 큰 소리로 어색한 분위기를 깼다.

"수봉 씨, 서로 이야기할 날들은 많을 것이오. 지금 기요코 양은 아주 피곤하여 쉬고 싶어할 것 같소."

수봉이 정신을 가다듬으며 말했다.

"그렇군요. 내 정신 좀 봐. 용서하세요."

"기요코 양. 수봉 씨가 자신의 방을 당신에게 내주었소. 자, 이쪽으로"

가케야마가 연신 설명을 해댔다.

"이 집안사람들은 아주 좋은 이들이오. 집주인 김씨는 부역을 나갔고, 목욕간은 여기이며, 필요할 때면 더운 물을 쓸 수 있소. 아이들은 여기서 자고, 송연은 아름다운 마을이오."

가케야마가 빠른 말로 모든 정보를 전해주자 이방인 여인은 미소를 지으며 그의 말을 들었다. 수봉은 더 할 말이 없었다. 가케야마가 자신의 방으로 가버리자 두 여인만 남았다.

"수봉 씨, 고마워요. 밤이 너무 깊었군요."

"고단하시지요?"

"네. 세수는 내일 아침에 해야겠어요."

"그럼, 그만 주무세요."

여인이 기모노의 긴 끈을 당겨 옷을 벗는 것을 보고, 수봉은 등불의 심지를 낮추고는 아이들 방이 있는 중간채로 건너왔다. 조금 뒤 시아버지가 집으로 돌아가자 수봉이 바람이 불어 등잔이 꺼지지 않도록 마루의 열린 창문을 닫으려고 할 때 뒤에서 소리가 들렸다.

"잠깐, 수봉 씨……."

가케야마였다. 수봉은 그 자리에 그대로 얼어붙어 아무 말도 하지 못했다. 다음 순간 소리가 나는 쪽으로 돌아섰다. 가케야마가 잠옷 바람으로 그의 방문 앞에 서 있었다. 수봉은 말을 건네기가 거북했다. 겁이 났으나 얼굴에 미소를 지으면서 짐짓 용기를 내었다.

"무슨 일이세요?"

대위도 심란한 표정이 역력했으나 그녀에게 미소를 지어 보이며 말했다.

"부인, 내 살아오면서 진실을 숨기는 것보다 더 싫어한 것이 없었소. 나는 위선이나 거짓을 가까이 하지 않았소."

수봉은 대위가 하는 말의 뜻을 잘 이해하지 못했다. 옳은 말이다. 모든 사람이 그렇게 살아야 하는 것이다. 지금 이 순간 그의 말은 그녀를 황당하게 만들었다. 왜 지금 이 한밤중에 이런 말을 하나? 그래서 수봉은 물었다.

"왜 그런 말씀을 하시는지 물어봐도 될까요?"

"물론이오."

"말씀해주세요."

"내가 수봉 씨 당신을 안 지가 꽤 오래되었으나 당신은 한 번도 화장을 한 적이 없었소."

"조선의 여인들은 대개 그렇지요."

"그래서 당신을 높이 사고 있소. 수봉 씨, 우리나라의 여인들은 얼굴에 가면을 쓴 것같이 얼굴 생김새를 바꿔버리오. 말하자면, 당신 방에서 자고 있는 저 여인의 진짜 얼굴을 나는 알고 싶은 거요."

"저 여인에 대해 내가 묻고 싶은 것이 있다면 결례가 될까요?"

"전혀 그렇지 않소."

"진짜 얼굴을 한 번도 보이지 않았나요?"

"수봉 씨, 일본에 있는 내 고향은 작은 섬 마을이오. 그곳에는 위

송연 이야기

안부나 유흥가에서 춤을 추고 악기를 연주하는 여인들은 없소. 연극단에 속해서 군인들에게 기쁨과 위안을 주기 위해 군부대를 오가는 여인들은 오늘 이곳에서 처음 만나는 것이오."

"저는 일본 여인들은 모두가 그런가 했어요."

"아니, 아니요. 우리나라의 여인들도 단아하고 진실하오. 마치 당신같이……"

수봉이 가볍게 목례를 하여 밤 인사를 건넸다. 뺨이 달아오르는 듯했다. 다행히 등잔의 희미한 불빛에 대위가 눈치 채지 못했을 것이라고 생각했다.

"더 하실 말씀이 없으시면 저는 그만……"

"아직 더 남았소."

"말씀하세요."

"어떤 대가를 치른다 하더라도 내 가슴속에서 끓어오르는 수봉, 당신을 향한 마음을 억누를 수가 없소. 이런 나의 감정을 외면할 수가 없소."

수봉은 대위가 내뱉는 고백의 격류에 당황하여 겁에 질렸다.

"존경하는 가케야마 대위님. 그런 말씀이라면 그만 하세요. 더는 듣고 싶지 않아요."

대위는 거침없이 이야기를 계속했다.

"나는 당신을 높이 사고 있소. 그래서……"

"그래서요?"

"……그래서 당신과 대화하는 것이 나는 좋소."

"감사합니다. 그런데 지금 제 남편이 이 집에 없다는 사실을 잊지 말아주셨으면 해요. 그런 칭찬은 아주 위험할 수도 있으니까요."

"위험하다고 했소. 그건 왜요?"

"대위님은 남자이고, 저는 힘없는 여자이기 때문이지요. 그리고 지금 이 집에는 다른 남자가 아무도 없기 때문이기도 해요."

가케야마가 자못 침통한 표정을 지었다.

"내가 멍청하오. 아무 이유 없이 나와 수봉 당신 사이에 큰 오해가 생기도록 했군요. 남편이 없는 틈을 이용하려는 인상을 여인네에게 주었으니."

"용서하세요, 대위님. 그렇게 생각을 한 것은 아닙니다. 대위님 당신은 절대로 자신을 비하하는 행동은 하지 않으리라는 것을 저는 잘 알고 있습니다."

"그렇다면 무엇을 겁을 내시오?"

"당신의 감정이오. 진실한 사람이라 하더라도 자신의 감정을 다스린다는 것은 언제나 쉬운 일이 아니지요."

"계속하시오. 당신이 말하고 내가 듣는 것이 마음에 드오."

"용서하세요. 이런 말은 하지 말았어야 하는 것인데."

"아니요. 무척 마음에 드오."

"저를 용서하세요. 다시는 이런 대화에 말려들지 않을 거예요. 제가 경솔하고 생각이 짧았음을 지금 뉘우치고 있습니다."

"그런 말이 내게 기쁨을 주는 데도 말이오? 수봉 당신이 내게는 하나의 기쁨이라는 사실을 부정할 셈이오?"

"저를 곤란하게 만들지 말아주세요. 당신이 이렇게 고집하는 것은 신사다운 행동이 아닙니다."

"수봉, 당신에게 고백하오. 당신 같은 여인 때문에 사나이로서의 내 명예가 이렇게 실추될 것이라고는 한 번도 생각하지 못했소."

수봉은 아무 말도 하지 않았다. '어떻게 해야 하나, 어떻게 이 불편한 자리에서 빨리 빠져나올 수 있을까' 하는 생각뿐이었다. 다리가 후들거렸다. 경솔하게 계속 말대답을 한 것이 후회막급이었다. 방씨와 넷째 고모, 하녀 모두가 이 대화를 엿들었을 것이다. 그러나 그들은 지금 나설 처지가 못 되었다. 수봉 자신도 이 거북한 자리에서 벗어나기 위해 그들을 불러낼 핑계가 생각나지 않았다.

"왜 아무 대답이 없소?"

수봉은 그저 말없이 서 있었다.

"자, 이 아름다운 여름밤을 우리 분위기 있게 보내도록 합시다. 꽃향기가 방 안까지 들어옵니다. 향기로운 홍차 한 잔 부탁해도 괜찮겠소? 우리 같이 마주 앉아 마십시다. 어떤 이야기가 나올지 누가 알겠소? 우리 사이의 이 어색한 분위기는 모두 날려버리도록 합시다."

수봉은 매우 난처했다. 대위가 쳐놓은 아주 조직적이고 노련한 함정에서 무사히 빠져나올 묘책이 전혀 떠오르지 않았다.

"설마 고운 수봉 씨가 같은 집에 사는 사람에게 그런 대수롭지 않은 일을 거절하지야 않겠지요?"

당황한 와중에도 수봉은 대답할 말을 신중하게 생각해냈다.

"거절이라니요. 그러나 홍차를 마시기에 지금 시간은 어울리지 않는 것 같습니다."

"아니, 잘못 생각하고 있소. 낮이나 밤이나 그 언제라도 사내가 좋아하는 여인과 함께라면 홍차를 마실 수 있소."

수봉은 번개를 맞은 듯했다. 어울리지도 않게 자신도 모르게 허리를 굽혀 절을 했다. 놀란 얼굴로 대위를 쳐다보면서 어쩔 줄 몰라 입이 벌어졌다. 수봉이 뒷걸음질로 부엌으로 들어가자 가케야마는 입가에 야릇한 미소를 흘렸다. 수봉은 당황하여 아무것도 할 수 없었다. 어떻게 물을 끓이나? 사지가 떨렸다. 어떻게 찻잔을 옮기나? 손에서 찻잔이 떨어져 깨질 것 같았다. 주전자에 물은 얼마나 부어야 하지? 부엌에는 밖으로 난 문이 하나 있었는데 그 문을 열고 뜰로 나가 시아버지 집으로 가서 도움을 청할까도 생각했으나 그렇게 하지 않았다. 마음을 가다듬고 정신을 차려 홍차를 끓였다. 부엌에는 언제나 희미한 비상용 등잔불이 켜져 있었다. 수봉은 더 잘 보이도록 등잔 심지를 올리고 두 번째 등잔불을 켰다.

시간이 흐르고 대위는 인내하며 기다렸다. 마침내 수봉이 커다란 찻상을 들고 중간채에 나타났다. 가케야마가 두 개의 잔에 차를 따라 그 중 하나를 수봉에게 건넸다. 수봉은 그의 두 눈이 자신의 몸을 머리, 목, 손의 순서로 훑고 있는 것을 느꼈다. 감히 눈을 들어 그를 쳐다볼 수가 없었다. 수봉에게는 너무나 거북한 시간이 흘렀다. 대위는 눈앞에서 어찌할 바를 몰라 전전긍긍하는 여인의 모습이 썩 마음에 들었다.

대위는 수봉에게 물었다.

"아무 할 말이 없나요?"

"하고 싶은 말이 있으면 하시지요."

"이주일 후면 나는 이곳을 떠난다는 말을 전해야겠소."

수봉은 가케야마의 말을 들으면서 무표정했다. 이 밤 가케야마가 의도적으로 조성한 분위기 속에 이런 급작스런 언급이 그녀에게 가져온 충격을 조금도 내비치지 않았다. 내심 가케야마가 아마 거짓말을 하고 있을지도 모른다는 생각을 했다. 그저 함정일 뿐인 것이다. 그러나 공손하게 대답했다.

"전근을 가시는 겁니까?"

"그렇소. 한편으로는 좋고, 한편으로는 서운하오. 수봉, 내 말에 당신의 마음이 흔들렸을 것이라 나는 믿소."

"그렇지 않습니다, 대위님. 아무렇지도 않아요. 다만 오랫동안 함께 지내면서 당신과 친해졌을 뿐입니다."

"맞는 말이오, 수봉. 그래서 분명히 마음이 흔들렸을 것이오. 당신 목소리를 들어보니 그런 것 같소."

"왜 대위님은 지금 그런 소식을 전하는 건가요?"

"언제가 됐던 당신에게 해야 했던 말이오."

"그래서 어디로 가시나요?"

"먼 곳은 아니오. 이 근처 어디오."

"우리를 보러 송연에도 오실 건가요?"

"그것을 당신과 함께 의논하려는 거요."

"저와 함께요? 당신의 전근이 저의 뜻과 무슨 상관이 있다는 말인가요?"

"아주 크고 많지. 당신의 반응이 우리 둘이 서로 뜻을 모으자는 것으로 보여 나는 기쁘오."

"무슨 말씀인지……."

"수봉, 당신 남편은 지금 여기 없소."

"그래요. 부역을 나갔지요."

"집을 떠나 있는 기간이 길고 짧은 것은 내 손에 달려 있소."

"그이는 3주일 전에 돌아왔어야 했어요."

"그렇소. 그러나 당신도 순사들도, 특히 마치다 순사도 김후평의 부역 기간을 연장한 장본인이 나라는 사실을 모르고 있소."

"마치다 순사의 말로는 내 남편의 부역이 몇 주일 더 연장될 것이라고 했어요."

"맞소. 다시 더 연장될 수도 있소."

"아……."

"영리한 당신은 이미 눈치를 챘어야만 했소. 이 집안을 풍비박산 내고 이 집 사람들의 운명을 바꾸는 것이 내 손에 달려 있다는 사실을 말이오."

잔이 흔들려 차가 쏠렸다. 조선의 여인들은 영리하단다. 거짓말 같은 칭찬이지만 가케야마가 한 말이다. 그리고 지금 그는 단호하다. 수봉은 가케야마의 비열한 말을 그냥 지나칠 수가 없었다. 조선의 여인들은 겉으로 순종하고 공손하며 예절바르다. 그러나 속에 지닌 힘은 순결을 지키고자 할 때는 무서운 전사로 그녀들을 변신시키기도 한다. 집안이 위험에 처한 것이다. 이 역겨운 일본인이 자신의 입으로 사실을 밝힌 것이다. 그녀는 가만히 있을 수가 없었다. 이놈을 그냥 둘 수가 없었다. 조선 여인이 가진 또 다른 얼굴을 보게 될 것이다. 만약 후평이 집에 있었다면 목숨을 걸고 집안의 명예를 지켰을 것이다. 그러나 지금은 수봉이 부재중인 남편을 대신할 것이다. 그때 수봉은 조선의 예절을 지키는 제3의 얼굴을 벗어버리고 제2의 얼굴로 일본인을 공격했다.

"존경하는 가케야마 씨. 조선 식민지를 지배하는 일본제국 군대의 대위님인 당신은 아주 중요한 실수를 하나 했습니다."

"실수라니?"

"내게 말해준 아주 고마운 정보를 나는 전혀 알고 싶지 않았던 것이라는 점이오. 그런 것을 나는 믿지 않거든. 내가 걱정하는 것은 당신이 나를 잘 짜놓은 함정에 빠뜨리려고 한다는 것이야."

대위는 뜻하지 않은 여인의 공격에 당황했다. 화가 나서 온통 붉어진 얼굴로 말했다.

"유감이오. 내가 실수를 했군. 당신 얼굴에서 험한 조선 여인의 모습을 보리라고는 전혀 예상하지 못했소."

"나도 마찬가지요. 한 일본 장교에게서 체면이라고는 찾아볼 수 없는 뻔뻔한 인간의 모습을 보리라고는 생각하지 못했지."

"명령하는데, 일본군이라는 말을 함부로 하지 마시오."

"그러면 뭐라고 하지?"

"그냥 사람이라고, 남자라고 하시오."

"그래서, 남자가 내게 바라는 게 뭐지?"

"당신 남편, 그의 아이를 낳은 방씨, 그리고 당신 집을 걱정하도록 해."

"그래, 당신 생각에 내가 앞으로 다가올 파국으로부터 어떻게 내 집을 구할 수 있을 것 같소?"

"당신이 여자라는 사실을 생각하고, 당신 집에 기거하고 있는 장교가 남자라는 사실을 알고 있으면 되지. 김후평이 제집에 영원히 돌아올 수 없는 원인이 당신이 되면 되겠어?"

"무엇 때문에 그이가 다시는 집에 못 온단 말이야?"

"아주 간단하지. 특수노동자로 분류되어 일본에 있는 한 섬의 공장으로 파견되는 것이지. 전쟁이 일어나는 곳으로 말이야. 전쟁은 희생물을 만들어내게 마련이지."

송연 이야기

"전쟁의 희생물은 어떻게 생기지?"

"그것도 아주 간단하지. 비행기로 폭격을 하는 거야. 폭탄을 떨어뜨리면 군인, 농부, 노동자, 아이, 노인 할 것 없이 개와 소까지 모두 죽거든."

"그래, 그 모든 것들을 피하고 예방할 수 있단 말이야?"

"그렇지."

"어떻게? 아니, 내가 무엇을 묻고 있는 거지? 당신 제안은 잘 알겠어. 당신이 내 남편을 대신하여 내 집과 내 집 사람들의 주인이 되고, 한 조선 집안의 아낙인 소박한 조선 여인은 당신 정부가 되어야 하는 거겠지."

"말이 지나치군. 너무 노골적이오."

"당신이 이 집 안주인인 내게 뻔뻔하게 이야기했잖아. 당신을 우리 집에서 거두었어. 당신은 지배자이고, 나는 조선 여자야. 나는 당신의 노예가 아니라고. 나는 자유인이지 당신의 하인이 아니야."

"수봉, 말을 삼가시오."

"당신이 쓴 표현들과 비열한 제안들을 그대로 당신에게 돌려주는 거야."

"수봉, 내 인내에는 한계가 있소. 아직 파국을 면할 수 있는 기회는 남아 있소. 남자로서의 내 자존심을 건드리지 마시오."

"노력은 하겠지만, 약속은 못 해."

"그래, 더 말해보시오."

"오늘 당신은 나를 곤혹스럽게 만들었어. 당신의 비열한 모습을 내게 보여줬지. 당신은 사람들을 지배한다고 생각하고 있는 거야."

"수봉, 조심하라고 했소. 말조심하시오. 경솔한 것 같소. 이래서는 안 되지. 이제 내 마음대로 하겠소. 무엇보다 먼저 당신에게 통고하는데, 당신 남편은 영영 이 집에 돌아오지 못할 것이오."

"계속해. 네가 내린 다른 결정도 들어줄 테니."

"좋아. 우리 서로 통하는군. 내 제안은 잘 이해했겠지. 내가 원하는 것은 반드시 갖고 말 테요. 세상 어떤 것도 그것을 빼앗아갈 수는 없어. 그 전에 내게 달리 하고 싶은 말이 있거든 해보시오. 나는 수봉 당신이 경솔하게 말도 안 되는 소리를 하는 것도 즐겁게 들을 수 있소."

"가케야마 씨, 내 말 끊지 말고 잘 들으시오. 이제부터 나는 스스로 죽은 몸이라 생각하니까."

"끊지 않을 테니 어디 말해보시지."

"작년 우리 마을 김씨 집안 묘지에 김동수와 그 아들을 묻은 적이 있지. 구장은 두 사람의 죽음은 우리 마을 자체의 일이며, 식민지배 군인들과는 무관한 일이라고 주재소에 보고했어. 또 마을 원로회의에서 재판을 하여 두 사람을 죽인 범인을 잡아 유죄판결을 내렸다고 보고했지. 순사들이 전혀 신경 쓸 일이 없도록 말이야."

"그래서?"

"김동수와 그 아들은 일본군이 죽인 거였어."

장교가 깜짝 놀라 얼굴색이 변하여 물었다.

"왜 죽였소?"

"두 어린 소녀를 강간하는 데 방해가 되었기 때문이지."

"그래서?"

"내 결심도 그와 같아. 내가 거부한 것에 대한 책임을 질 준비가 되어 있다는 말이야."

한동안 무거운 침묵이 흘렀다.

부엌에 켜둔 두 개의 등잔불은 아직 그대로 타고 있었다. 보통 이맘때쯤이면 모두 꺼져 있었을 것이다. 밖으로 통하는 부엌문도 아직 열린 채였다. 수봉이 일부러 등잔불을 켜놓은 채 문은 잠그지 않고 그대로 두었다.

이런 말을 들을 때 가케야마는 보통때 같았으면 두 눈이 툭 불거졌을 것이지만, 이번에는 기묘하게 사선으로 째려보면서 그 주변으로 독을 뿜어내고 있었다. 표정은 굳어져 무쇠 같았다. 바로 일어서서 무릎을 꿇고 앉아 있는 수봉을 내려다보며 큰 소리로 말했다.

"부인, 이것으로 끝이오. 당신이 한 말은 해서는 안 되는 것이었소. 있지도 않은 강간 사실을 들먹여 일본군을 모독하고 그 명예를 심히 훼손한 죄로 식민 지배자 일본군의 이름으로 당신을 고발하겠소. 준비하여 군 기지로 갑시다. 당신을 주재소로 넘기겠소. 내일 군사재판을 받을 것이오. 재판에서도 지금 당신이 한 그

불미스런 말들을 계속할 것인지 나는 자못 궁금하오. 군사재판에서 당신에게 내릴 판결은 당연히 공개 총살이 될 것이오. 가엾은 수봉, 당신의 명예를 존중하여 옷을 입고 나올 때까지 기다리겠소. 그동안 나도 옷을 입겠소."

일본인 장교가 더 이상을 말을 하기 전에 뒤에서 명령하는 목소리가 들렸다.

"꼼짝 마시오. 가케야마 씨."

젊은이의 목소리였다. 대위는 흠칫 놀라서 가만히 있었다. 그런 다음 목소리가 나는 쪽으로 천천히 몸을 돌렸다. 한 젊은이가 양다리를 딱 벌리고 공격 태세를 갖춘 채 두 손으로 윤이 나는 권총을 들고 있었다. 그 옆에 또 한 젊은이가 일본인의 행동을 주시하면서 여차하면 뛰어들 준비를 하고 있었다.

"대위님, 반항할 생각 말고 시키는 대로 하시오."

수봉은 아무것도 보지 않았다. 눈을 아래로 깔고 두 손을 무릎에 올려놓은 채 앉아 있었다. 첫 번째 젊은이가 가케야마의 얼굴을 보면서 한 손에 든 작은 병을 내밀었다.

"독약은 아니오. 그냥 강한 수면제요. 이것을 마시시오."

가케야마가 두 손으로 그것을 받아들었다. 그때 중간채 저쪽에 한 노인이 보였다. 수봉의 시아버지였다. 권총을 들고 있는 젊은이를 힐끗 쳐다보며 가케야마가 노인에게 물었다.

"김기동 어르신께 하나 물어봐도 되겠소?"

"필요하다면."

"이것이 독약이 아니고 수면제라는 것을 어르신이 보증할 수 있 겠소?"

"나를 무엇이라고 불렀소, 가케야마 씨. 나를 보고 '어르신'이라 고 했소, '김기동 어르신'?"

"그렇소, 어르신."

"지금 이 순간에는 '어르신'이고 조금 전에는 내 며느리에게 군 사재판에 회부한다고 준비를 하라고 협박했소?"

대위는 아무 대답도 하지 않다가 다시 물었다.

"내가 마시는 것이 수면제라는 것을 당신이 보증할 수 있소?"

"가케야마 씨. 우리 조선인들은 거짓말하는 것을 싫어하오. 우리 가 하는 말은 진실이오. 그러니 더 이상 딴청부리지 마시오."

"한 가지만 더 묻겠소. 나를 어떻게 할 작정이오?"

"당신이 관여할 문제가 아니오. 죽이지는 않을 것이오. 우리에게 는 당신들과 같은 그런 처형단이 없소. 그 정도면 당신에게는 족한 결정이오."

그러자 가케야마가 병을 입에 대고 마셨다. 김 노인이 그에게 말 했다.

"이제, 대위님 방으로 들어가 군복으로 갈아입으시오."

권총을 들고 있는 조선 젊은이들의 단호한 표정은 조금이라도 허튼 수작을 부리면 가차없이 죽여버릴 태세였다. 사나운 눈동자가 지켜보는 앞에서 대위는 잠옷을 벗고 군복으로 갈아입었다. 옷을 다 입자 하품을 하듯 입을 쩍 벌렸다. 졸린 듯한 표정으로 가케야마가 물었다.

"어르신, 어떻게 아직 여기에 있는 거요? 벌써 나가지 않았소?"

"누가 내가 나갔다고 당신에게 말했소? 그저 숨어 있었을 뿐이오. 언젠가 오늘과 같은 일이 벌어질 것 같아 언제나 당신을 경계하고 있었소. 부엌에 두 개의 등잔불이 켜져 있는 것을 보고 내 며느리가 곤경에 처해 있는 줄 알았던 거요. 위험에 처한 상황을 우리에게 알려주는 신호였소. 오랫동안 당신이 기거했던 내 아들의 집을 해치려 한다는 것을 깨달았소. 그래서 당신을 없애려고 나름의 준비를 했지. 간단한 일이오."

"당신이 한 준비는 내 생명을 해치는 것이오?"

"조선인은 살인자가 아니오."

"그러면 일본인은 그렇단 말이오?"

"질문하지 말고 그 사실을 인정하도록 하시오."

가케야마가 무슨 말을 하려고 했으나 무릎을 꿇고 그대로 바닥으로 쓰러졌다. 두 젊은이가 재빠르게 그를 부축하여 내려놓고는 손발을 묶었다. 한 사람이 그를 어깨에 짊어지고 집 뒤뜰에 있는 문간으로 데려갔다. 다른 이가 대위의 외투를 집어들고 그의 사냥용 2연발총(수평쌍대)을 어깨에 둘러메고는 집 뒤뜰로 나왔다. 정신을 잃은 대위를 수레에 싣고 수건으로 입에디 재갈을 물렸다. 몸

위에 자루와 지푸라기를 덮은 다음 높은 언덕을 향해 출발했다. 수레 위에 농기구를 싣고 가는 두 농부는 그 시간에도 이상하게 보이지 않았다. 아무도 그들에게 관심을 갖지 않았다.

집에 남은 수봉은 조용히 일어섰다. 홍차를 담았던 찻상을 부엌으로 가져다놓고 아이들 방으로 가 옷을 벗고 잠자리에 누웠다. 잠시 만에 잠이 들었고 숨결은 평온했다.

잠을 잘 때 조선인들은 흔히 방문을 잠그지 않지만, 일본 여인은 방문을 꼭 잠그고 잠을 자고 있었다. 그녀는 집안 중간채에서 무슨 일이 일어났는지 까맣게 모르고 있었다. 아무 소리도 듣지 못했고 아무것도 보지 못했으며, 옆으로 한 번 돌아눕지도 않은 채 피곤에 겨워 곯아떨어져 있었다.

모든 것이 고요해지자 한 그림자가 집에서 빠져나갔다. 마을 뒤로 난 외길을 걸어 구장의 집으로 갔다. 수봉의 시아버지, 김기동이었다.

11

원로회의의 결정

마을의 많은 집들의 방과 대청에 불이 켜졌다. 사람들은 여느때처럼 땅을 고르기 위해 들로 나갈 준비를 했다. 이미 들로 출발한 달구지 중 신작로를 이용하는 달구지는 교통사고를 피하기 위해 위쪽에 등불을 달았다. 이것은 순사들이 지시한 것으로, 일본군 자동차가 그들을 알아볼 수 있게 하기 위한 조치였다.

지난 밤 구장의 집은 밤새도록 등불이 꺼지지 않았다. 이미 수봉의 시아버지가 며느리 집에서 일어난 일들을 구장에게 보고했기 때문이다. 그 일을 전해들은 원로들은 불안하여 한밤이 조금 지난 후 구장의 집으로 모여들었다. 그들은 원로회의의 지시에 따르는 민활한 청년들과 함께 김후평의 집에서 발생한 급박한 사건의 자세한 내막에 대해 이야기를 들었다. 이 젊은이들은 조선반도 곳곳에 퍼져 활동하고 있는 조선의 유격대들에게 전투 기술을 배웠다. 이들 유격대는 '동지'로 알려져 있었으며, 일정한 거주지와 직업을 갖지 않고 일본인에게 복속하지 않았다. 모든 조선인은 그들을 후원했다. 그들은 군시설을 파괴하거나 어떠한 일에도 일본군을 공격하는 일이 없었기 때문에 일본인들은 그들에 대해 무관심했다. 그들은 일본인들의 사소한 총기류 등의 무기나 식량을 기회가 있을 때마다 훔쳤으나, 일본인과 서로 다투거나 전투를 벌였다는 소식은 들리지 않았다. 조선인들 중 이들 유격대의 존재에 대해 모르는 이는 아무도 없었다. 앞날을 걱정하는 조선인들은 실제의 반일감정을 어떻게 숨겨야 하는지를 잘 알고 있었다. 원로들은 젊은이들을 유격대 부대에 보내어 장차 조국 해방을 위해 치러야 할 전투를 위해 많은 것들을 배우게 했다.

그 같은 열 명의 젊은이들이 원로회의에 합석하여 원로들이 명령하는 것이라면 언제, 어디서, 어떤 식으로든 이행할 태세를 갖추고 있었다. 그들은 다가올지도 모를 파국에 대비하고 있었다. 김씨 집안에서 두 명이 살해되고, 두 소녀가 강간당한 사건이 있은 후 마을의 젊은이들은 은밀하게 동지들에게 보내져서 전통 무술뿐 아니라 무기 사용법 등의 고급 전술을 익혔다.

원로들은 오래 토론하고 있을 시간이 없었다. 그날로 신속히 결정을 내려 실행에 옮겨야만 했다. 후평의 집에서 일어난 사건은 그의 집에서 구장의 집까지 매복하고 있던 젊은이들을 통해 빠르게 전해졌다. 애초부터 원로들은 대위의 제안에 대해 알고 있었다. 그들은 대위의 말에서 마을사람들이 군용도로 건설을 위한 또 다른 부역에 차출되었다는 것을 알게 되었고, 또 자신의 집에 기거하고 있는 일본인 장교들이 사적인 욕심도 강요할 수 있다는 사실을 깨닫게 되었다. 그래서 훈련받은 젊은이들에게 대위가 수봉에게 허튼짓을 하면 지체하지 말고 그를 구금하도록 명령을 내렸었다. 두 명이 살해된 후 마을사람들은 그때부터 어떠한 범죄 행위도 그냥 묵과하지 않을 것이라고 결정했었다. 그런데 원로들은 수봉이 일본인 장교에게 저항하면서 했던 말에 대해서도 듣게 되었다. 그것은 원로회의에서 금지한 것으로 해서는 안 될 말이었던 것이다.

그래서 원로들은 김기동 노인을 초조하게 기다리고 있었다. 마침내 김 노인이 들어와서는 침착하게 담뱃대에 불을 붙였다. 모두 찻상 주위에 둘러앉아 고개를 숙이고 있었다. 서기가 짐짓 태연한 자세로 큰 서류 책 위에 몸을 구부리고 있었으나, 노인이 하는 말을 받아 적기 위해 온통 신경을 곤두세우고 있었다. 김 노인이 잠시 진정한 듯하자 구장이 물었다.

"김기동 어른. 어떻게 됐소?"

"구장님. 다 처리되었습니다."

"그래, 대위는?"

"데리고 갔어요."

"흔적 없이 마무리됐소?"

"그렇소이다."

"집안에 있던 일본 여인이 뭔가 낌새를 채지는 않았소?"

"그건 잘 모르겠어요."

"어느 나라 말로 했소?"

"조선말이오."

"일본인 여인이 조선말을 하오?"

"하지 못하는 것 같습니다."

"그걸 어떻게 아시오?"

"장교가 통역을 했습니다."

"그 여인이 조선말을 모르는 것이 확실하단 말이오?"

"아니요, 확실한 것은 아닙니다. 혹 조금 아는지도 모르지요. 내 며느리가 간단하게 조선말을 했더니 무슨 말인지 알아듣기는 했소."

"당신 며느리는 지금 어떻소?"

"자고 있을 겁니다."

구장의 질문은 여기서 끝이 났다. 그러나 구장은 더 묻지 않았지만, 노인이 무언가 할 말이 있는 듯 주저하고 있다는 것을 알고 있었다.

"노인장, 무슨 할말이 있는데 망설이는 거요? 우리가 알아두어야 할 일이 있으면 말해주시오."

"바로 보았소, 구장님. 달갑지 않은 이야기를 해야겠소이다. 제 며느리가 큰 실수를 했어요. 제 마음대로 며느리를 용서할 수 없고 또 여러분에게 알리지 않을 수가 없습니다. 원로회의에서 어떤 결정을 내리던 간에 저는 그대로 따르겠습니다."

원로들은 아무 말도 하지 않았다. 움직이지도 않고 아무런 내색도 하지 않았다. 그저 귀를 곤두 세워 노인이 하는 말을 주의 깊게 듣고 있었다. 빨리 결론을 내려 모두가 처해 있는 이 곤경에서 벗어나 더한 곤경에 처하지 않도록 막아야 했다. 김 노인이 말했다.

"어른신들, 제 며느리가 명령을 어겼습니다. 일본군이 김동수와 그의 아들을 살해하고 두 여자아이를 강간한 사실을 일본인 장교에게 누설했습니다. 그 어떤 일본인도 이 사실을 알지 못하게 하라는 지시를 어겼습니다."

"왜 우리의 지시를 어기고 그 참담한 사건을 이야기한 것이오?"

"집안을 욕보이기보다 자신도 그와 같은 불행을 겪을 각오가 되어 있다는 결심을 이야기하기 위해서였지요."

"그 일을 이야기하지 않으면 안 될 만큼 불가피한 상황이었소?"

"저는 그저 있었던 사실을 전할 뿐입니다."

"그래, 일본인 장교가 뭐라고 했소?"

"식민지 일본군에 대해 괜한 험담을 하는 것이라고 했습니다. 그리고 무고한 일본인을 모독했기 때문에 오늘 군사재판소에 회부하겠다고 했습니다."

"아주 긴요한 정보를 전해주었소. 그것이야말로 전례 없는 중대한 일이오."

"그 외에 더 할 말은 없습니다."

"사실은 노인장, 당신이 한 말을 우리는 이미 알고 있었소. 우리가 보낸 젊은이들이 당신 며느리 집을 감시하고 있다가 집 안에서 일어난 일들을 우리에게 알려주었소이다. 당신의 아들 집에서 그런 기막힌 일들이 일어나리라고는 생각지 못했소. 당신은 우리가 알고 있는 사실을 그저 확인해주었을 뿐이외다. 이야기해주어서 고맙소. 오래 토의할 시간이 없습니다. 어떻게 해야 할 것인지 신속하게 결정해야겠으니 그대로 앉아 있어 주시오."

한 사람이 입을 열었다.

"내가 먼저 이야기하리다."

"이야기하시오. 불필요한 말은 빼고 간단히 하는 것이 좋겠소."

"우리가 처한 곤경에서 빠져나올 수 있는 방법은 다른 분이 이야기하실 거라 믿고, 나는 김 노인의 며느리에 관한 것만 이야기하겠소. 나는 한 식민 지배자에 의한 억압과 협박에 의연하게 대처한 그녀의 용기를 높이 사고 싶소. 그 권위와 파렴치한 제안에도 굴하지 않고 집을 떠나 있는 남편을 욕되게 하지 않았고, 또 집안과 가문의 명예를 지켜냈소. 자신과 집안의 파멸에도 아랑곳하지 않고 정복자에게 대항했습니다. 여인들이 남편을 섬기고 의무를 동반한 권리를 지킨다는 사실에 나는 감동했소. 청컨대, 원로 여러분. 그녀가 우리의 지시를 어긴 것은 사실입니다만, 그녀의 절개와 용기 있는 행동을 감안하여 재판했으면 합니다. 김씨 집안의 사건과 관련한 마을의 비밀을 우리의 명령에 복종하지 않고 이방인에게 발설한 것이 그녀의 작은 흠이기는 합니다만."

그러자 다른 한 사람이 이야기했다.

"나는 그 장교의 처벌 문제를 아주 엄하게 처리해야 한다고 생각합니다. 비열하게도 우리 마을 여인의 명예를 더럽히려고 했어요. 작년에 우리가 결정하기로, 누구든지 우리 마을사람을 해치려고 한다면 적절하고 단호하게 대처하기로 했습니다. 오늘 우리의 결정은 우리 마을이 몰살당하지 않도록 천만 번 신중히 결정해야겠습니다. 무엇보다 우선시해야 할 것은 일본인들이 우리의 보복행위에 대해 절대로 눈치 채서는 안 된다는 것입니다.

내가 생각하는 첫 번째 방법은 대위를 죽이는 것이오. 만일 그를 살려둔다면 더 악에 받쳐 김 노인의 며느리를 재판하여 죄 없는 죽음으로 몰아넣을 것이오. 그보다 좀더 가볍다면 그녀를 종신 포로로 일본으로 보내어 강제노역에 투입하여 다시는 우리 마을로 돌아오지 못하게 하는 것일 테고, 더 심한 경우로는 일본군 위안부로 군용 매춘굴에 가두는 것이겠지요. 그런 여인들의 운명에 대해 우리가 들은 바로는 그렇게 이용당하는 것은 그저 몇 년에 불과할 뿐, 그 뒤에는 힘든 강제노역으로 기운이 쇠진하여 빨리 죽는다고 합니다. 또 젊은 장교들의 사람 목을 베는 생체 실험용 마루타가 된다고도 합니다. 게다가 더 큰 문제는 한 사람의 희생으로 그치지 않을 수도 있다는 점이지요. 온 마을이 쑥대밭이 될 수도 있습니다. 그녀가 누설한 김씨 집안의 사건이 지배자들을 자극할 것이고, 우리 원로들은 조사를 받게 되겠지요. 무고한 식민지군을 험담했다고 우리를 고소하게 되면 우리는 감옥에 가게 되거나, 본보기로 우리 중 몇 명은 총살형에 처해질 것입니다. 만일 어떤 식으로든 대위를 죽이고는 우리가 개입한 증거를 모두 없애버린다면 위험을 최소화할 수 있을 것이오. 지금으로서는 그것에 대한 일본인들의 조사가 시작되면 그들이 어떻게 나올 것인지는 예상할 수가 없소.

두 번째 해결책으로는 포로로 잡혀 있는 그 장교와 협상을 하는 것이오. 그를 석방해줄 것이나, 그가 우리에게 당한 수모 때문에 마을에 보복하지 않도록 그의 조상에게 맹세를 하라고 하는 것입니다. 만일 맹세나 약속하기를 거부한다면 그때는 그를 죽이겠다고 협박을 하는 것이지요. 그에게 수봉의 말은 얼토당토 않은 헛소리였으며, 그녀가 경솔하게 행동한 것이었다고 이야기하는 것입니다. 우리는 공식적으로 김씨 집안의 비극은 일본인이 관여할 일이 아니며, 그 비극은 일본인과 무관한 우리 마을 내부의 일이라는 입장을 고수하는 것이지요. 또 그녀의 경솔한 행동에 대해 원로회의에서는 그녀에게 자살할 것을 명함으로써 단죄했다고 하면 마을에 대한 그의 보복심을 누그러뜨리고 잠재울 수 있지 않을까 하는 생각입니다. 우리 제안의 확실한 증거는 그녀의 자살이 될 것입니다."

모두가 원로의 제안에 침묵했다.

"당신이 제안한 대로 모든 일이 진행될 것이라고 장담할 수 있소? 그리고 그자가 자신이 한 맹세와 약속을 지킬 것 같소? 그는 정복자요. 자신의 목숨을 협박받으면서 한 맹세를 어긴다고 그를 어찌할 수 있겠소. 그자를 놓아주고 수봉이 자살한다고 마을이 온전할 것 같소?"

"나도 확신이 없소. 그래서 세 번째 대책을 제안하는 것이오."

"그게 뭐요?"

"일본인을 죽이지 않고 놓아주는 것이오. 그러나 우리가 그에게 한 짓을 평생 기억하지 못하도록 만드는 거지요."

"어떻게 말이오?"

구장이 서둘러 물었다.

"서기가 신유덕과 여일손에게 내린 결정을 읽어줄 것이오. 아주 오래 전 그들을 죽이지 않고 평생 위험한 짓을 하지 못하도록 한 조처를 일본인이라고 해서 하지 못할 게 뭐요?"

모두 생각에 잠겼다. 사실 모두가 마을의 악한이었던 두 사람에게 원로회의가 무서운 벌을 내렸던 것을 기억하고 있었다. 모든 사람의 뇌리에 '바보리자'라는 약 이름이 떠올랐다.

그러자 구장이 다시 물었다.

"이 제안에 모두가 동의한다고 합시다. 대위를 죽이지 않고 위험한 짓을 하지 못하도록 조치하여 아무것도 기억하지 못하게 한다면 왜 김 노인의 며느리에게 자살하도록 강요한단 말이오?"

"이유는 아주 간단하지요. 내가 오랜 세월 원로회의의 일원으로 있었으나, 마을의 어느 누구도 회의의 결정을 어기고 그 명령에 불복종하는 이는 없었소이다. 이번이 처음 있는 일이오. 누구도 김씨 집안의 살인사건에 대해 일본인이나 그 어느 누구에게도 발설해서는 안 되는 것이었소. 우리 마을의 일지를 보면 우리 마을이 생긴 이후 단 한 번도 원로회의의 결정에 불복한 사실이 없었소."

모두들 침묵했다. 서기는 일지에 모든 것을 기록했다. 얼마의 시간이 흐르고 아무도 말이 없자 서기가 천천히 물었다.

"결정은 어떻게 난 것입니까? '가케야마 대위에게 바보리자를 쓰기로 한 것입니까? 마을의 법을 어기고 원로회의의 결정을 위반한 유일한 최초의 예로서 그녀에게 자살하도록 하는 것에 동의하는 것입니까?' 이렇게 질문을 적었습니다. 동의하시면 서명해 주세요."

아무도 다른 제안이나 이의를 제기하는 사람이 없었다. 그러자 서기가 일어나 가까이 있는 첫 번째 원로에게 다가가 일지와 붓을 건네자 그가 처음으로 서명했다. 그 다음 마지막까지 모든 원로가 서명했다. 마지막에 수봉의 시아버지 김 노인이 서명했다. 그의 손이 떨려서 서명은 알아볼 수 없게 뭉개졌다.

구장은 굳게 입을 다문 채 안채로 건너갔다. 다시 돌아왔을 때 그의 손에는 자개 무늬의 작고 길쭉한 나무 상자가 들려 있었다. 구장은 그것을 김 노인에게 건네주면서 그의 눈을 응시하며 말했다.

"이것을 다시 가져오도록 하시오. 우리의 결정을 실행했다는 사실을 일지에 서명할 때까지 기다리겠소."

김 노인은 아름다운 자개 상자를 받아들었다.

"여러분 앞에서 이 상자를 열어봐도 되겠소? 이 상자 안에 존경하는 원로회의의 결정을 도와줄 것이 있음을 여러분이 확인할 수 있도록 말이오."

"원하는 대로 하시오. 당신을 믿겠소. 오랜 세월 우리 마을을 지배해온 성스러운 권력을 당신이 행사하는 것이오."

구장이 말했다.

김 노인이 나지막한 회의 탁자 중앙에 상자를 내려놓은 후 조심스럽게 열어보았다. 아침의 첫 햇살이 뾰족한 양날 칼을 영롱하게 비추었다. 칼자루에는 입을 벌리고 있는 용이 비싼 보석으로 장식되어 있었다.

"그 칼날을 자세히 살펴보면 피가 묻은 흔적이 있을 거요. 마을의 법을 지키기 위해 상습범들에게 사형을 대신하여 상처를 내는데 그 칼을 사용한 적은 있으나 사람을 죽이는 데 쓰는 것은 이번이 처음이오."

구장이 김 노인에게 말했다.

김 노인이 구장의 집을 떠난 후 한 젊은이가 어깨에 삽과 농부들이 음식을 담는 데 쓰는 평범한 자루를 메고 언덕배기에 있는 밭으로 향하는 길로 들어섰다. 자루에는 빵과 나무 그릇에 담긴 밥, 콩과 옥수수를 섞어 간장에 절여 삶은 것, 검은색 기름종이로 싼 물고기, 주발에 담긴 손으로 빚은 감자국수, 작은 물병 하나가 들어 있었다.

젊은이가 손부사로 향하는 언덕길 옆 밭 가운데 있는 무너진 불탑이 있는 곳에 이르렀을 때 날이 훤하게 밝아왔다. 불탑의 머리 부분은 무너져 내려 앉았으나 본체는 아직 건재했다. 벽을 이루는 넓은 다공성(多孔性) 돌에 석가의 생애를 부조로 새긴 그림들이 긴 세월 동안 마모되었고 돌은 흰색으로 변해 있었다. 그림이 선명하지는 않았지만 조각은 아직도 생생했다. 불탑의 중심 방에는 한 손은 위로 하고 다른 한 손은 무릎에 올려진 부처의 상이 아직 남아 있었다. 불탑 안쪽으로는 방 두 개가 더 있고, 허술한 나무문이 각각 달려 있었다. 각각의 방마다 바닥에는 입구가 나 있었고 돌판이 그 위에 덮여 있었다. 그 입구는 돌계단을 통해 지하실로 이어졌다.

젊은이는 불탑 앞에서 대위을 납치했던 두 젊은이 중 한 사람을 만났다. 다른 한 사람은 지하실에 있었고, 대위는 손발이 묶인 채 돌로 만든 의자 위에 앉아 있었다. 지하실 벽 높은 곳 조그마한 창문으로 밝은 빛이 들어왔다.

지하실로 들어선 젊은이는 대위의 묶인 손을 풀어주었다. 대위의 멋진 군복이 달구지를 타고 오느라 조금 구겨져 있었다. 젊은이는 자루 속의 음식들을 돌 의자 위에 늘어놓았다.

"대위님, 납치해서 미안합니다. 그러나 우리 마을의 입장은 무슨 일이 있어도 당신이 후평의 아내에게 한 말과 같은 일이 실제로 일어나서는 안 된다는 것입니다. 일본인이 김씨 집안 사람들을 죽였을 때 우리는 어떻게 해서라도 자구책을 강구해야 한다고 생각했지요. 당신을 존경하는 마음에는 변함이 없소이다. 오늘 저녁 부대로 돌아갈 수 있도록 당신을 놓아주겠소. 그때까지는 우리와 함께 있어야 합니다. 앞으로 어떻게 할 것인지 저녁때까지 잘 생각하시오. 만약 당신이 마을사람들을 해치고자 한다면 우리는 아주 작은 그 어떤 행동도 용서하지 않을 것이오. 우리를 무시하지 마시오. 우리 보복의 첫 번째 희생물은 당신이 될 것이오. 자, 좀 먹도록 하시오. 우리는 당신에게 호의를 갖고 있소."

대위가 힐끗 음식을 쳐다보았다. 보잘것없고 빈약하기 그지없는 조선의 음식들이었다. 역겹다는 생각이 들었다.

"고맙지만 배고프지 않소. 물이나 조금 마시겠소."

"그러시죠."

대위가 양쪽 손잡이가 가죽으로 싸여진 물이 든 옹기를 잡자 젊은이가 말했다.

"가케야마 대위님, 미안하오. 컵을 가지고 오지 않았으니 그릇째 마셔야겠소."

"고맙소."

가케야마가 혼자 중얼거렸다.

물병 주위를 씻어내느라 바닥에 물이 조금 떨어졌다. 물병을 입으로 가져가 몇 모금 마시고는 내려놓고, 윗옷 주머니에서 손수건을 꺼내어 입가를 훔쳤다. 오래 묶여 있어서 감각이 둔해졌는지 손가락을 몇 번 오므렸다 폈다 했다.

"대위님. 이제 다시 당신의 손을 묶어야겠소."

"부탁이오. 손을 묶지 말아주시오. 이렇게 당신들에게 잡혀 있지 않소."

"알고 있소. 그러나 당신은 어떤 방법을 써서라도 이곳에서 도망치려고 할 것이오. 만에 하나 폭력을 휘두르고 싶다 하더라도 우리는 당신을 납치한 사람이라는 사실을 명심하시오."

대위는 더 이상 대꾸하지 않았다. 대위는 속수무책으로 한 젊은이가 자신의 손을 묶는 것을 지켜만 보았다. 또 한 젊은이가 총을 조준하여 주시하고 있었다. 대위는 젊은이들이 들고 있는 최신식 총을 보며 곤혹스러워졌다. 그것은 일본에서 만들어진 것이었다. 저들이 어떻게 저 총을 구했을까? 조선인들은 얼마나 더 많은 무기를 숨겨두고 있을까?

나머지 한 젊은이가 불탑 옆 언덕배기에서 숲과 언덕, 밭과 길들을 주시하며 보초를 서고 있었다. 아무런 이상한 낌새나 움직임이 없었다. 마을이 처한 곤경을 피하기 위해 원로들이 어떤 결정을 내렸을까 여러 가지 생각을 하고 있을 때였다. 안에서 부르는 소리에 정신을 차리고 재빨리 안으로 들어갔다. 두 젊은 친구는 괴성을 지르며 온몸을 흔들어대는 대위의 사지를 붙들고 그를 진정시키려 안간힘을 쓰고 있었다. 대위의 얼굴은 검푸른 색이 되고, 목의 핏줄이 불끈 솟아올랐다. 보초를 서고 있던 젊은이도 그들을 도왔다. 세 사람이 한동안 씨름을 하며 대위를 진정시켰다. 한순간 가케야마 대위가 갑자기 저항을 멈추었다. 자신을 묶은 줄을 끊고 달아나려는 필사의 탈출 시도가 근육의 힘이 점점 빠지자 이내 사그라들었다. 입에서 나오던 거품도 멈추고 차가운 돌 의자 위에 가볍게 머리를 기댔다. 젊은이들이 대위의 입과 군복에 묻은 거품을 그의 손수건으로 닦아냈다. 또 다른 물통의 물로 수건을 적셔 입과 목, 코, 뺨에 묻은 거품을 닦아냈다. 그의 군복도 최대한 말끔히 손을 보았다. 대위와의 한바탕 씨름이 끝나고 모든 것이 정리되자 묶었던 손발을 풀어 잠을 자게 해주었다.

한 젊은이가 물었다.

"바보리자를 먹였소?"

그러자 다른 젊은이가 대답했다.

"그렇소."

세 사람이 밖으로 나와 주변을 정탐했다. 모든 것이 고요하기만 했다. 나중에 온 젊은이가 두 사람에게 말했다.

"나는 그만 돌아가겠소. 대위가 깨면 배가 고파 늑대 같아질 것이오. 목도 마를 것이고. 바보리자를 넣은 물병의 물과 음식을 주시오. 그리고는 헤기 지기 전에 그를 마을 쪽 첫 번째 언덕으로 데려가 부대로 돌아가라고 하면 말을 들을 것이오."

그는 소 한 마리가 끄는 달구지 위에 앉아 송연으로 돌아갔다. 밝아온 새날은 뜻하지 않았던 불미스런 상흔이 마을을 스쳐지나간 것 같지 않게 화창했다.

12

자개 상자

김 노인은 구장의 집을 나와 아들 후평의 집으로 갔다. 집에 도착할 때쯤 해가 막 새날을 밝히고 있었다. 주변의 산들은 짙은 남빛을 띠고 마을의 집들이 점차 그 모습을 드러냈다. 방씨가 일어나 부엌에서 일을 하고 그 옆에서 하녀가 돕고 있었다. 다른 방에서는 아무 기척도 없었다. 아이들의 고요한 숨결로 아마 천이 오르락내리락할 뿐이었다. 방씨가 김 노인을 보고 달려나와 인사를 하자 노인이 알았다는 시늉을 했다.

"며늘아기는 아직 자느냐?"

"예."

방씨가 대답했다.

"내가 부른다고 전해라."

"알겠습니다."

방씨가 수봉의 방으로 가자 노인은 절망감에 쇠진한 듯 사랑방 한쪽의 나지막한 탁자 옆에 있는 방석에 털썩 주저앉았다. 탁자 위에 가져온 자개 상자를 내려놓았다. 주머니에서 담배를 꺼내어 담뱃대 끝 놋쇠 구멍에 집어넣어 부싯돌로 담배에 불을 붙이고 두세 번 한숨을 크게 쉬고는 옅은 푸른색 연기를 내뿜었다. 맞은편에 며느리의 방이 있었고, 그곳에는 일본 여인이 기거하고 있었다. 방문은 꼭 닫혀 있었다. 잠시 후 수봉이 긴 치마에 저고리 차림으로 다가와서 인사를 했다.

"부르셨습니까?"

"그래."

"무슨 일이신지요?"

"아가, 지금부터 내가 하는 말은 내 뜻이 아니다. 차라리 내가 이 세상에 태어나지 말았으면 좋았겠다는 생각이다. 오늘이 달력에서 지워져버렸으면 좋겠구나."

"불길한 말씀을 하시는군요. 무슨 어려운 말씀을 하시려는 것인지 어서 말씀해보세요."

"아가, 한 집안의 가장은 그 집안에서 태어나는 새 생명의 탄생을 큰 기쁨으로 알고 또 알리는 것이다. 그런데 가장이 죽음을 재촉하는 일은 아주 드문 일이다."

"우리 집안 누가 죽는단 말인가요?"

"그래, 바로 우리 집안의 사람이다."

"혹시 제 남편인가요?"

"아니다."

"물론 가케야마 씨는 아니겠지요. 그는 우리 집안사람이 아니니까요."

"아니다."

"그럼, 원산에 있는 제 친가 사람입니까?"

"그도 아니다."

"그러면 누군지 어서 말씀해주세요. 누군지 전혀 감을 잡을 수가 없습니다."

"내가 하는 말을 잘 새겨들어라. 곧 죽어서 해를 볼 수 없는 어떤 사람의 죽음을 네게 전하려는 것이 아니다."

"그러면……."

"누군가가 곧 죽어야 한다는 것이다. 마을 원로들의 결정에 따라 조상들이 죽은 자의 세계로 들어오기를 기다리고 있는 사람이 있다."

"그 사람이 누군데요? 이름이 무엇입니까?"

"바로 며늘아기 너다. 그 이유는 오랫동안 마을사람들이 지켜온 마을의 법을 네가 어겼기 때문이다."

"아……."

"뭐라 할 말이 없구나."

"제가 법을 지키지 않았다고요? 아니, 그들이 '법'이라 정한 결정을 말인가요?"

여기서 김 노인의 안색이 창백해졌다. 수봉이 무슨 말을 하는지 이해하지 못했기 때문이다. 묻지도 대답도 하지 않고 쉰 목소리로 말했다.

"아가, 이 상자에는 마을의 신성한 양날 칼이 들어 있다. 원로들은 그들의 결정을 실행한 흔적을 칼 위에 남겨서 이 칼을 다시 가져오기를 기다리고 있다."

한동안 깊은 침묵이 흘렀다. 아무 반응 없이 수봉은 양손을 가슴 위에 십자로 얹고 머리를 숙이고 있었다. 고함을 지르지도 동요하지도 않았다. 한숨도 불평도 흐느낌도 없었다. 그러나 눈물을 흘리면서 조용히 물었다.

"원로회의의 결정이 무엇인지 물어도 될까요? 정확하게 어떤 명령을 어겼다는 말입니까? 저는 정당한 이유도 없이 억울하게 죽을 수는 없습니다. 어떻게 이 한창 나이에 목숨을 끊는단 말입니까? 왜 제가 마을에 도움이 되지 않고 해를 주는 사람이 되었습니까?"

"간밤에 네가 일본인에게 김동수와 그 아들이 일본군에게 피살되고 두 소녀가 강간당한 사실을 누설했기 때문이다."

"그렇군요…… 그래요. 지엄한 원로회의의 결정이 전적으로 옳단 말씀이군요."

"그래, 옳지."

"아무에게도 말하지 말라는 것이 명령이었습니까?"

"그렇지. 명령이고 법이었지."

"그런 방법으로 내 집과 내 남편을 보호한 것은 아무런 의미가 없나요?"

"그렇다고 할 수 있겠지."

"저는 이방인의 치사한 제안에 동조하지 않았어요."

"원로회의에서도 그 일을 높이 샀다. 그래서 마을 일지에도 너의 그 의연한 행동을 기록했단다."

"일본인 장교의 노리개가 되지 않으려고 하다가 그런 말을 누설하게 된 것이라고 변명할 수도 없겠네요."

"너는 어떤 변명도 하지 못한다."

"대위가 나를 폭력으로 손에 넣고 힘없는 내가 그의 노리개가 될 뻔한 상황에서도 그런 사실을 누설한 것은 변명할 수가 없는 것인가요?"

"누설해서는 안 되는 것이었다."

"아버님. 원로회의의 결정을 오히려 제가 평가하면 안 될까요? 제가 한마디 하게 해주세요."

"말해보아라."

"원로 어른들께서는 당신 아들이자 내 남편인 그이에게 물어보지도 않고 이 같은 결정을 내렸나요? 그이에게 알리지도 않고 그가 어떻게 반대할 것인지 들어보지도 않고요."

"사실이 그렇다."

"또 한 가지 있어요."

"말해보아라."

"존경하는 우리의 현명한 원로들께서 혹시나 그런 생각을 해봤는지 모르겠습니다. 내 집의 명예를 지키기 위해서 제가 장교와 놀아나기를 거부하고 제 도리를 다한 것이 원로회의에 복종해야 하는 법보다 더 먼저라는 사실을 말이에요."

노인은 대답하기를 주저했다. 난감한 상황이었다. 스스로 며느리를 벌하는 데 이미 서명하지 않았던가.

"대답해보세요, 아버님. 저는 어떠한 의문도 남기지 않고 이승을 떠나고 싶어요."

노인은 대답하지 못했다. 머리가 멍해왔다. 수봉은 그런 그를 보는 것이 민망했으나 당돌하게 대들었다.

"아버님. 아버님을 곤경에 처하게 하는 것 같아 죄송해요. 그런데 지금 그이의 말이 생각이 나요. '우리 전통의 불문법과 원로들의 결정이 언젠가 쓸모없어지는 날이 올 거야. 다른 법이 만들어져 옛날 법을 대신할 거야'라고 제게 말했어요."

"아가, 네 말을 이해할 수가 없구나."

"아버님, 제 말을 들어보세요. 만일 그이가 어제와 오늘 여기 있었다면 저를 제물로 바치도록 마을 일지에 서명을 했을까요? 대답해보세요. 제 남편이 한 여인을 죽이려고 하는 원로들의 결정에 찬

성했을 것 같으냐고요?"

김 노인은 무너져내릴 것 같은 표정이었다. 수봉은 그런 그의 모습을 보고 용서했다.

"아버님, 모든 것에 감사드립니다. 더 이상 변명은 하지 않겠어요. 잠깐이면 준비를 마칠 거예요. 그런데 아버님, 제가 죽기 전에 다시 한 번 제 생각을 말씀드리고 싶어요. 언젠가 당신의 아들이 돌아오면 부자의 만남이 이루어지겠지요. 서로 대면할 때 두 분 사이의 관계에 대해 지금부터 생각해보세요. 김후평이라는 사람은 아버님의 아들이지만, 아버님께서는 그 아들을 잘 모르시는 것 같아요."

조용히 시간이 흘렀다. 수봉의 집에서는 그녀의 가벼운 걸음소리만 들렸다. 전통적인 희생제의 준비가 시작되고 있었다.

방 안에서 수봉은 긴 잠옷으로 갈아입고 목욕간으로 들어갔다. 물에 몸을 담그고 비누로 깨끗이 씻었다. 방씨와 하녀가 그녀를 도왔고, 넷째 고모도 곁에 있었다. 다시 방으로 들어와 하얀 치마와 저고리를 입었다. 방씨는 정성을 다해 수봉의 머리에 가르마를 타고 긴 머리를 꼬아 틀어서 위로 쪽을 져서 비녀를 꽂았다. 발에는 앞머리가 뾰족하게 올라온 버선을 신었다. 옷을 다 입자 수봉이 방 안에서 나왔고 세 여인이 그 뒤를 따랐다.

대청 한쪽에 집안의 위패를 모셔놓은 소박한 사당이 있었다. 그

한쪽 깔끔하게 정돈된 구석에는 윤이 나는 사각의 돌이 있고 그 위에 청동으로 만들어진 아가리가 넓은 중후한 향로가 놓여 있었다. 넷째 고모가 이미 향로 안에 향을 피워 올렸고 수봉도 새 향에 불을 붙여 꽂았다.

지난밤부터 이 집에 묵고 있는 일본 여인은 조금 전에 잠자리에서 일어났다. 사실은 이미 한참 전에 깨어 무슨 말인지 알 수 없는 수봉과 그 시아버지의 나지막한 대화를 듣고 있었다. 목욕간으로 가려고 나오다가 수봉이 향을 피워 올리는 것을 보았다. 야릇한 향 냄새가 그녀의 코를 찔렀다. 집안사람들은 사당에 제를 올리느라 정신이 없어 일본 여인에게 무관심했다. 그녀는 그들이 사당차례를 지내는 거라고 생각하며, 그녀도 불교도였으므로 함께 참석하기 위해 소리 없이 그들 곁으로 다가갔다. 모두 위패 앞에 무릎을 꿇고 있었다. 그녀도 경건한 마음으로 무릎을 꿇었다. 수봉이 천천히 향에 불을 붙여 세우고는 일어섰다. 그리고는 기원을 하듯이 두 팔을 벌려 둥글게 그리면서 올리고 다시 두 손을 모아 이마에 대고는 큰절을 했다. 김 노인도 방석 위에 무릎을 꿇고 앉아 있는 것이 보였다. 그러나 대청과 사당에서 연출되는 이 정적 속에서 조용한 흐느낌이 방씨의 입에서 흘러나왔을 때 괴이한 느낌이 들었다. 이 한 많은 여인의 울음은 억누를 수 없이 커져 마침내 죽은 이를 기리는 곡으로 변했다.

일본 여인은 생각했다. '누구의 제사인지는 모르나 불청객인 자신이 왜 참석하고 있는 것인가, 또 이 집 사람들은 왜 모두 무릎을 꿇고 있는 것인가? 긴 기모노를 입고 그녀도 그들과 함께 무릎을 꿇고 있었다. 마스크 같은 분이 아직 얼굴에 그대로 발린 채로 그녀는 씻으러 목욕간으로 가지 않고 그곳에 앉아 있었다. 그녀의 뺨은 강한 무쇠 같았다. 그저 벌어지고 있는 놀라운 광경에 소리 없이 입만 벌리고 있을 뿐이었다. 자신은 염치없는 불청객이 아니라 경건한 제사에 진심으로 동참하는 것이었으므로 될 수 있는 대로 없는 듯이 숨죽이고 있었다.

그런데 이상하게도 분위기가 점점 더 어수선해졌다. 곁눈으로 보니 노인이 길쭉한 자개 상자를 들어 천천히 수봉에게 건네주었다. 그리고 수봉은 두 손으로 상자를 받아 들고는 그 속에서 반짝이는 칼을 꺼내는 것이었다. 칼에서 나오는 빛이 돌 탁자에 반사되었다. 일본 여인은 균형을 잡기 위해 꿇고 있던 무릎을 비켜서 바닥으로 몸을 내려놓았다. 놀라서 가쁘고 깊은 숨을 몰아쉬었다. 수봉이 두 손으로 칼을 들고 있다가 향이 타오르고 있는 상 위로 높이 치켜들더니 빠르게 칼을 내리꽂았다. 손가락은 쇠로 된 칼의 손잡이를 잡고 있었고 칼끝은 그녀의 가슴을 향하고 있었다. 수봉의 손가락은 떨림이 없었고, 얼굴은 굳어 있었다. 뺨의 근육은 경직되었고 얼굴 표정은 전과 같지 않았다. 칼이 연약한 여인의 가슴에 꽂히려 하고 있었다. 이 광경을 본 일본 여인의 몸은 얼어붙었다. 놀라움으로 신경이 마비되어 움직일 수조차 없었다. 달려들거나

151

개입할 수가 없었다. 그녀는 자신도 모르게 목에서 전혀 사람 소리 같지 않은 괴상한 비명을 지르면서 바닥에 쓰러졌다. 그때 그녀 옆에 있던 커다란 화분이 바닥으로 함께 떨어져 부서지면서 굉장한 소리를 냈다. 화초가 심어진 화분이 굉음과 함께 사방으로 튀면서 흙더미와 진이 나는 잎의 줄기로 난장판이 되었다.

바로 그 순간 마치다 순사가 후평의 노임을 전하기 위해 대문으로 들어섰다. 일본 여인의 비명과 화분이 떨어져 사방에 튄 것을 보았다. 또 여인이 바닥에 쓰러지는 것을 보면서 문간에서 아연실색했다. 그는 충격에서 벗어나려고 머리를 흔들면서 신속하게 대응하기 위해 다리를 벌린 채 필사의 힘으로 안으로 들어섰다. 그러나 아무것도 이해할 수가 없었다. 일본 여인은 바닥에 쓰러져 있고, 다른 사람들은 사당 앞에 무릎을 꿇고 앉아 있었다. 그는 본능적으로 허리에서 권총을 꺼내들고는 경계를 하면서 주변을 살폈다.

일본 여인의 비명에 놀라 아이들이 잠에서 깨어 대청은 순식간에 아이들로 가득 찼다. 어린 젖먹이는 방 안에서 울기 시작했다. 그러나 어른들은 조금도 동요하지 않았다. 안절부절못하고 있는 사람은 마치다뿐이었다. 그는 지금 무슨 일이 일어난 것인지 전혀 짐작할 수 없었고, 무엇을 해야 할지 알 수가 없었다. 발 밑에서는 아이들이 보채면서 그를 밀치며 그 주변을 빙빙 돌았다. 마침내 아이들은 소매와 옷깃을 잡아당기면서 온통 울음을 터뜨렸다. 그때 마치다는 무슨 일이 일어난 것인지 노인에게 물어보아야겠다는 생각을 했다.

그에게 다가가서 그를 강제로 일으켜 세우려고 할 때였다. 그때 수봉을 발견하고는 기가 막혔다. 그녀의 희디흰 치마가 온통 피로 물들어 있었다. 수봉은 손에 힘없이 칼을 들고 있었으나 손가락이 마음대로 움직이지 않고 떨려서 칼을 가슴에 꽂을 수가 없었다. 일본 여인의 비명이 수봉으로 하여금 칼로 가슴을 깊이 찌를 힘을 잃게 만들었던 것이다. 나머지 사태는 말할 것도 없었다. 수봉은 절망적으로 자신의 심장을 칼로 찌를 힘도 없이 계속해서 시도했다. 난자당한 작은 상처에서는 붉은 피가 흘러 치마는 붉게 물들어 있었다. 손에도 붉은 피가 엉겨 있었고, 제사상과 바닥, 그녀의 다리에도 피가 튀었으며, 저고리는 날카로운 칼로 찢겨져 있었다.

순사는 한순간 충격에서 벗어나 제정신을 차렸다. 사당 앞에 무릎을 꿇고 있는 사람들 사이를 밀치고 나가는 바람에 아이들이 바닥에 내동댕이쳐졌다. 그는 수봉의 손에 들려 있는 칼을 빼앗아버리고는 바로 고함을 치면서 명령을 내렸다.

"빌어먹을 김 노인. 이거 당신네 야만적인 조선의 관습이지. 바로 일어서."

그래도 노인이 일어서지 않자 마치다는 노인의 어깨를 붙잡고 일으켜 세운 뒤 그를 잡아 흔들면서 고함을 쳤다.

"빨리 가서 마을 의사를 불러오란 말이야. 당신네들 모두가 미쳤어. 미친놈들, 미친놈들……. 당신 방씨는 일어나서 수봉을 돌보시오. 당신들은 악당…… 살인자……. 아이들은 빨리 방으로 들어가!"

김 노인이 순사 앞에 서서 움직이지 않자 그가 다시 소리쳤다.

"왜 아직 여기 있어? 빨리 움직이란 말이야."

그러나 노인은 손에 상자를 들고는 순사를 쳐다만 보고 있었다.

"왜 나를 보고 있어. 이 미친 늙은이야. 달려가서 의사를 데려오라고 했잖아. 귀먹었어? 내 말 안 들리는 거야?"

순사는 갑자기 김 노인의 손에서 상자를 빼앗아버리고는 그를 열려 있는 대문 쪽으로 밀어냈다. 고함을 치며 노인을 미친놈이라고 욕을 해댔다.

김 노인은 길을 나서면서 순사가 하는 말을 들었다. 처음으로 귀에 거슬리는 말이었다.

"김 노인. 이 칼에 대해서는 나중에 이야기합시다. 그것에 대해 나도 들은 바가 있소이다. 지금 그것이 내 손에 있는 것이란 말이지."

순사는 수봉이 있는 방으로 급히 돌아왔다. 그녀는 피로 범벅이 되어 정신을 잃고 쓰러져 있었다. 그녀가 숨을 쉬고 있는 것을 보고 방씨에게 간호하게 한 후 일본 여인이 쓰러져 있는 곳으로 돌아갔다. 윗옷을 벗겨 가슴에 손을 대고 숨결을 느끼고는 손으로 뺨을 쳐도 아무 반응이 없자 더 세게 등을 때리고 몸을 흔들었다. 그제야 여인의 입에서 한숨이 나오면서 충혈된 눈을 떴다.

"무슨…… 무슨 일이에요?"

"정신 차리시오. 괜찮소?"

"무슨 일인가요?"

"정신이 드는군요. 별일 아니오. 그런데 이 집 안주인이 좀 다쳤소. 서둘러 치료를 해야겠소."

"많이 다쳤어요?"

"나도 모르겠소. 그녀를 죽이려 했던 것 같소."

"물을 좀 가져다주세요. 물과 수건을……."

일본 여인이 정신을 차리고 급히 수봉이 있는 곳으로 갔다. 수봉은 사당 옆에 쓰러져 있었고 방씨가 그녀를 돌보고 있었다. 풀어헤친 저고리 사이 가슴에는 피가 낭자했다. 심장이 있는 왼쪽 젖가슴이 난자를 당해 피가 계속 흐르고 있었다.

"물과 수건을 좀……."

방씨가 목욕간으로 가서 따뜻한 물 두 양동이와 크고 작은 수건을 가지고 왔다. 두 여인이 앉아 피를 닦아냈다.

일본 여인이 말했다.

"상처가 깊지는 않은 것 같은데 너무 많아요."

"죽지는 않을 것 같소?"

순사가 물었다.

"그럴 것 같아요. 의사는 아니지만."

"그럼 나는 주재소로 가서 보고를 해야겠소. 그동안 한눈팔지 말고 의사가 올 때까지 이곳을 지켜주시오."

마치다가 나가다가 조선인 의사를 만났다.

"빨리, 의사 선생. 그녀가 피를 많이 흘렸소. 침착하게 해주시오. 당신은 의사니까 본분을 다하리라 믿소. 김후평의 집에서 일어난 사건은 도무지 이해할 수가 없구려."

의사는 아무 말도 하지 않았다. 두 사람은 각각 서둘러 자리를 떴다. 한 사람은 주재소로, 또 한사람은 집 안으로.

13

새 구장

일이 잘못되었다는 소식은 빠르게 원로들에게 전해졌고, 그들은 다시 대책을 마련했다. 두 가지 가능성을 생각했다. 자신들의 결정 이 잘못된 것으로 하늘이 수봉을 아직 데려가지 않으려 한다는 것 과 뜻밖의 우연으로 계획이 실현되지 못한 것이었다.

상세한 내막, 즉 일본 여인이 비명을 지르고 때마침 마치다가 나 타났다는 말을 전해 들었을 때 모두들 후평의 집 사람들은 그들의 명령을 수행하려 했으므로 아무 죄가 없다는 결론을 내렸다. 그저 생각지 못한 변수로 인해 방해를 받았을 뿐이었다. 그러니 수봉은 다시 명령을 이행해야만 했다. 또다시 그녀가 마을의 법과 원로들 의 결정을 어기는 일이 있어서는 안 될 것이었다.

그러나 사건을 보고하러 주재소로 달려간 마치다 순사가 마음에 걸렸다. 집 안에는 지금 의사가 와 있고, 수비대장은 사건의 전말을 보고받았을 것이며, 가케야마 대위는 감금되어 있다. 그가 부대 안에 없다는 사실을 위에서 알게 될 것이고, 구장의 집에 원로들이 모여 있는 사실도 알려지게 될 것이다. 그들은 서둘러 회의를 마쳤다.

원로들은 자신의 집으로 돌아가 혹 순사들과 마주쳐 그들 모두가 함께 있었던 것을 알게 될지도 몰라 두문불출했다. 지금부터는 구장이 전적으로 책임을 지고 지시하도록 그에게 전권을 위임했다. 앞으로는 모두 행동에 아주 조심해야 했다.

조선인 의사는 신속하게 응급조치를 했다. 원로회의의 결정을 그도 알고 있었으나, 상처를 정리하고 지혈제를 바른 후 거즈와 붕대로 싸맸다. 의사로서의 소임을 다하라는 순사의 말이 생각났다. 자신이 다른 사람들처럼 수봉을 해칠까 봐 순사가 염려하고 있는 것이라는 생각이 들었다.

사실 조선인 의사가 원로들의 결정을 실행하는 것은 아주 쉬운 일이었다. 수술 칼로 그 많은 상처 중 하나만 조금 더 깊이 찌르면 심장을 뚫을 수가 있었다. 그가 그런 짓을 한다 해도 아무도 그를 비난하지 못할 것이다. 마치다와 일본 여인이 수봉의 상처가 가볍지 않다는 것을 증명할 수 있기 때문이다. 그저 머릿속으로 그런 생각을 하면서도 열심히 응급조치를 했다. 몇 곳의 상처는 실로 꿰매야 할 것 같았지만, 그의 가방에는 수술용 바늘과 실이 들어 있지 않았다.

그때 장교와 두 사병이 방으로 들어왔다. 조선인 의사가 인기척을 느끼고 고개를 돌려 쳐다보았다. 일본인 의사와 두 명의 위생병이 서 있었다.

"안녕하십니까. 혹 꿰매는 데 쓰는 봉합실을 가지고 있소?"

조선인 의사가 물었다.

"아, 물론 가지고 있지요. 나는 외과 담당이오."

"그럼 어서 준비를 해주시오. 수혈도 해야 할 것 같소. 피를 너무 많이 흘렸소."

"위생병을 의무대로 보내 피검사를 한 뒤 혈액을 가지고 오도록 하겠소."

옆에서 듣고 있던 위생병이 의사의 가방을 열고는 조그만 유리판을 꺼내어 수봉의 손가락을 바늘로 찔러 피를 내어 그 위에 올렸다. 다시 유리판을 금속 상자 안에 넣고는 뜰로 나가 자동차를 타고 군 기지로 돌아갔다. 그곳에서 수봉의 혈액형을 검사하고는 피가 든 두 개의 병을 들고 다시 돌아왔다. 두 의사가 여인의 생명을 살리기 위해 한마음이 되었다.

김 노인이 주재소에 불려가 소장인 하기야마에게 사건의 진상에 대해 조사를 받았다. 집요한 질문 공세에 김 노인은 언제나 같은 대답만을 반복했다. 하기야마의 똑같은 질문에 노인의 대답은 한결같았다. "집안일이기 때문에 주재소와는 무관하다"는 것이었다.

하기야마는 수봉을 자살로 몰고 간 집안일이 무엇인지 말할 것을 노인에게 애걸하고 협박도 하고 종용했으나, 노인은 정중하고도 한결같은 대답만을 반복했다.

"자살 같지가 않아요. 노인장, 같은 대답은 이제 그만하시오. '집안일' 이라니! 그것은 자살이 아니라 살인행위요. 그녀 양쪽에 앉아 있던 두 사람의 모습이 마치 처형단 같지 않았소. 그녀 자신의 손으로 이루어지는 살인을 그냥 보고만 있었던 거잖아요. 군대의 처형단과 같이 마지막에 확인 사살을 하기 위해서 말입니다."

"하기야마 소장. 그녀가 원한 일이었기에 막을 수가 없었소."

"제정신으로 하는 소리요? 아이들의 어머니인 그녀가 당신을 증인으로 세우기라도 한 것이오?"

"당신들도 마찬가지로 할복할 때 증인들이 옆에 서 있지 않소."

"우리의 경우와는 다르오. 여자들은 할복을 하지 않소."

"조상님 곁으로 가려는 그녀의 뜻을 존중했을 뿐이오."

"말도 안 되는 소리!"

"우리들에게는 당연한 것이오."

구장도 불려나와 조사에 응하고 있었다. 하기야마는 구장에게도 같은 질문을 했다.

"김 노인이 집안에서 일어난 사건의 이유를 밝히지 않으려고 하니 나로서도 그를 강제로 어떻게 할 도리가 없소. 우리는 마을사람들의 관습을 전적으로 존중하기 때문이오. 또 제각기 스스로의 삶

의 방향을 결정하는 전통을 나 또한 더더욱 존중하는 바이오. 이곳
에서는 다른 사람을 괴롭히거나 해치는 범죄나 행위를 제외하고는
무엇이든 다 할 수 있소. 진심으로 부탁드릴 것은 당신도 우리 마
을의 전통을 존중하여 우리 마을사람들이 당신에게 이야기하는 것
이상을 알려고 하지 말라는 것입니다."

그런데 그때 수비대장이 보낸 한 사병이 주재소에 도착하면서
상황은 뜻밖의 국면으로 전개되었다. 후평의 집에 기거하고 있던
가케야마 대위가 아직 부대에 출근하지 않았다는 전갈이었다.

"김기동 씨. 가케야마 대위에 대해 무언가 아는 게 있소?"

하기야마가 물었다.

"여느때처럼 아침 일찍 집에서 나갔소."

"어디로 간 거요?"

"집안사람들은 아무도 가케야마 대위의 행동에 신경 쓰는 사람
이 없어요."

"내게 말해주시오. 가케야마 대위가 없어진 것과 당신 집안에서
일어난 사건은 어떤 관계가 있는 겁니까?"

"아무 상관도 없소."

"이 문제는 조사를 더 해봐야겠소. 지금으로서는 어쩔 수 없이
당신 둘 다 구속하겠소."

일본인 수비대장과 선임 장교는 너무나 곤혹스러웠다. 순찰대가

마을과 그 주변으로 흩어져서 대위를 찾으러 다녔다. 대위의 부재와 수봉의 자살 시도 사이에 어떤 관계가 있음은 분명한 일이었다. 방씨와 구장, 김 노인, 그리고 다른 두 명의 원로를 체포하도록 명령했으나 아무도 대위를 찾는 데 도움이 되지 못했다. 수비대장은 다음과 같은 공고를 붙였다.

일몰 때까지 가케야마 대위가 온전하게 직책에 복귀하지 않으면 군 당국은 본보기로 다음의 송연 마을 주민들을 마을 광장에서 처형한다.

구장
김기동
김후평의 첩 방씨
원로회의 원로 2명
원로회의 서기

하룻밤이 지나고도 가케야마 대위가 나타나지 않으면, 다음 날 아침 마을 광장에서 다른 20명의 남자들을 처형한다. 사흘째도 그가 나타나지 않으면 15세 이상의 남자 50명을 처형한다. 여자들은 원산으로 끌려가고 나머지 남자들은 종신 노역자로 일본 공장으로 보내진다. 마을은 집 한 채 남기지 않고 모두 불에 태운다.

마을의 전령이 수비대장의 공고를 마을사람들에게 빠짐없이 전했다. 마을사람들은 저녁 정각 7시에 모든 일을 멈추고 광장에 모여서 곧 사람들이 처형되는 광경을 보게 될 것이다. 몇 명의 군인들은 마을의 공동묘지에 저녁에 처형될 여섯 명의 시신을 묻을 수 있도록 구덩이 하나를 파두었다.

구장이 구속되었으므로 마을에는 우두머리가 없어졌다. 이런 경우 마을의 전통적인 관습에 따라 현 구장이 그 후임자를 정하게 된다. 구장은 구속되어 있었지만 방법을 구하여 후임자를 정해주었다. 새 구장은 매우 비정상적이고 너무나 어려운 상황에서 의식도 치르지 않고 직책을 인수했다. 그의 첫 번째 지시는 다음과 같았다.

일본인들은 새 구장이 있다는 사실을 전혀 알지 못하도록 할 것. 그들로 하여금 마을에 구장도 원로회의도 존재하지 않는 것으로 알고 있게 할 것. 원로회의는 소집되지 않을 것임.

다음은 그의 두 번째 지시였다.

마을의 일지는 안전한 장소로 숨기고, 어떤 경우에도 일본인의 손에 들어가는 일이 없도록 할 것.

그 다음 그는 가장 큰 골칫거리인 납치한 대위를 마을로 무사히 데려오도록 처리해야 했다. 어떻게 해야 하나, 걱정이 태산 같았다. 어떻게 두 젊은이가 대위를 마을로 데리고 들어올 수 있을까? 보나마나 대위는 가련한 처지에 놓여 있을 것이 분명했다. 군인들과 순찰대가 마을을 이 잡듯이 뒤지고 있고, 어느 누구라도 마을에서 들로 나가려면 붙잡힐 위험이 있는 이 상황에 어떻게 사람을 보내어 그들에게 연락을 취할 수 있을까? 마침내 마을의 한 노인을 보내어 그들에게 지시를 전하기로 했다.

노인은 자루 하나를 어깨에 짊어지고 불탑이 있는 곳으로 향했다. 언덕의 그의 밭에서는 식구들이 이른 아침부터 일을 하고 있었다. 군인들이 그를 불러 세우면 가족들이 먹을 점심밥을 가져가는 것이라고 쉽게 둘러댈 수가 있었다. 그것은 점심 나절에는 아주 흔한 풍경이었다.

노인은 밭을 지나 불탑으로 가서 대위를 납치한 두 젊은이에게 새 구장의 지시를 전했다. 다행히 가는 길에 일본인을 만나지 않았다. 두 젊은이는 지시를 받고는 세부 상황까지 이해했고, 노인은 식구들에게 점심밥이 든 자루를 전하기 위해 밭으로 갔다.

그들은 새 구장의 지시를 지체 없이 실행에 옮겼다. 대위에게 강제로 다시 바보리자를 먹였다. 지난번과 같이 나타난 증상들을 동일한 방법으로 처리한 후 대위의 2연발총으로 두 마리의 꿩을 잡았다. 오후 5시경이 되자 총을 대위의 어깨에 걸치고, 두 마리 꿩은 목에다 걸쳤다. 그리고는 부대가 있는 마을로 걸어가도록 일렀다.

　마을에서는 음울하고 초조한 시간이 흘렀다. 언제나 순한 조선인들의 얼굴에는 두려운 기색이 역력했다. 난생 처음 당하는 일로 쉽게 이해할 수 없는 일이었다. 해는 서산으로 기울고 있었고, 무장한 일본인들은 철모를 쓴 채 마을을 돌아다니고 있었다. 길에는 한 사람도 보이지 않았다. 다른 집을 방문하는 일도 없이 모두 자신의 집에 틀어박혀 7시가 되기를 기다리고 있었다. 그때가 되면 광장에 모여 사랑하는 마을사람들이 처형되는 것을 보게 되는 것이다. 일본인들의 신경도 극도로 예민해져 있었다. 순사들은 취조를 멈추지 않았다. 사실을 밝히기 위해 집요하게 사람들을 강요했으나 똑같은 대답만을 들을 뿐이었다. 오후 7시가 되자 전령이 골목골목을 다니며 막무가내로 사람들을 광장에 모이게 했다. 처형부대는 준비를 완료했다. 한 사람 한 사람씩 우물과 해태 상이 있는 마을 광장으로 모여들었다. 모두들 동요하지 않고 침묵했다.
　네 개의 높은 망루에서는 군인들이 마을의 집들을 조준하여 사격 준비를 하고 있었고, 장교와 보초들은 망원경으로 마을 주위를 감시하고 있었다. 순찰대는 아무 소득 없이 돌아왔다. 이렇다 할 만한 것이 눈에 띄지 않는다는 감시병의 보고뿐이었다. 단지, 달구지 하나가 마을을 향해 오르막길을 천천히 올라오고 있을 때 좁은 길에 가려 잘 보이지 않자 순찰대가 그 달구지를 검색했으나 아무것도 특별한 것이 나오지 않았다.

그러던 중 한 망루에 있던 보초병이 망원경으로 손부사가 있는 주변을 유심히 살피고 있었다. 그러다 그는 어떤 물체를 확인하기 위해 한곳을 주시했다. 그리고는 사격부대의 장교에게 망원경을 넘겨주면서 한곳을 가리키며 그곳을 살피게 했다. 장교가 자세히 살펴본 후 말했다.

"맞아, 바로 그이네."

장교가 망원경을 내려놓고 망루의 전화기를 들어 급히 손잡이를 잡고 수비대장을 부르기 시작했다. 두 번째 통화에 수비대장이 나왔다. 그는 자신이 들은 사실을 믿을 수가 없었다.

"뭐라고? 대위라고? 혼자요? 어깨에 총을 메고? 그 목에 뭐가 달려 있다고. 뭔지 모르겠소? 좋아, 고맙소."

수비대장은 급히 철모를 쓰고 사무실에서 부대 마당으로 나오며 대위를 처음 발견한 장교를 보고 소리쳤다.

"내가 다시 명령할 때까지 조선인의 처형은 연기하도록 하시오."

그는 수비대 관사 앞에서 운전병과 함께 자동차에 올라탔다. 운전병은 재빨리 부대를 빠져나와 수비대장이 가리키는 방향으로 달려갔다. 마을 가까운 곳에서 가케야마 대위를 발견했다. 그는 마을로 진입하는 길 중간에서 비틀거리며 걸어오고 있었다. 수비대장은 운전병이 차를 멈추자 덮개가 없는 군용 지프에서 일어나 대위가 걸어오고 있는 모습을 주시했다. 그를 보고 있는 수비대장은 놀라움에 겨워 눈이 앞으로 튀어나올 지경이었다. 가케야마 대위의 걸음은 너무나 경쾌했고, 일본 대중가요인 엔카를 휘파람으로 불면서 흥에 겨워 머리를 이리저리 흔들고 있었다. 그의 목에는 두 마리 꿩이 매달려 있었는데, 그 중 한 마리는 긴 실을 매고 꼬리가 바닥을 쓸고 있었다. 수비대장이 차에서 내려 길 중간에 버티고 서서는 대위가 다가오기를 기다리고 있었다. 수비대장은 대위의 모습에 울화가 치밀어 올랐다. 붉어진 뺨은 이내 터져서 피를 쏟을 듯했다. 대위가 다가와 수비대장을 보고는 휘파람을 멈추고 짐짓 엄숙하게 말했다.

"잘 있었어, 친구. 사냥 알지? 나는 멋진 사냥꾼이지. 10미터 앞에 있는 소도 맞추지 못하는 자네와는 달라."

수비대장은 대위의 말을 듣고 뭔가 잘못된 것임을 직감했다. 대위가 직속상관인 자신에게 어떻게 이렇게 말을 할 수 있을까?

"잠깐, 잠깐. 당신 잘 좀 보자고. 당신은…… 당신은 내 상관인 것 같은데. 내가 잘못 봤나? 당신한테 묻는 거야. 뭘 바보같이 보고만 있어. 날 처음 보는 거야? 저런!"

수비대장은 잠시 당황했으나 정신을 차리고는 벽력같이 고함을 질렀다.

"대위!"

"왜 고함을 지르고 그래? 듣고 있잖아. 나는 당신 같은 귀머거리가 아니야."

"가케야마 대위……."

"저런, 저런. 소리를 지르다니."

"명령이야."

"아무 명령도 하지 말게, 아무것도. 먼저 부대로 갑시다. 자넨 좀 쉬어야겠어. 불쌍한 자식. 당신이 누구인지는 내가 잘 알지. 우리 때문에 조선에 온 일본 기생과 밤새도록 놀아났지. 그래 놓고 지금 아무 할 말이 없으니까 소리만 지르는 거잖아. 당신한테 말해주는 건데 세상의 어떤 여자도 내 여자만한 게 없어. 그 여자 손가락만 도 못해. 그 여자는 새하얀 목을 가지고 있지. 그녀의 이름이 뭔지 알아? 자네 정말 그 이름을 몰라? 그러면 나도 자네에게 말해줄 수 가 없지. 내가 미친놈 같지? 밤에 그녀를 나에게 데리고 올래? 그 런 다음에는 내가 어떻게 할 것 같아?"

대위는 산만하고 두서 없이 되지도 않는 말, 상스러운 말을 해댔 다. 수비대장은 대위의 언행에 머리가 어질해졌다. 정신을 차리고 그 앞에서 보고 듣는 것들을 소화하기 위해 머리를 흔들었다. 가케 야마는 수비대장에게 온통 여자 이야기로 모욕적인 언사를 퍼부어 댔다. 수비대장은 더 이상 참지 못하고 그에게 다가가서는 정면으 로 얼굴을 보면서 무쇠 같은 주먹을 그의 목에 날렸다. 그러자 대 위는 허튼소리를 멈추었고, 미처 대항하기도 전에 더 강한 두 번째 주먹이 그의 숨을 끊어놓는 듯했다. 대위는 무릎을 꿇더니 사지를 벌린 채 땅 위에 쓰러졌다. 운전병이 수비대장이 있는 곳으로 달려오자 그는 쓰러져 있는 대위를 차에 태우도록 지시했다. 2연발총과 꿩도 함께 뒷자리에 실었다.

부대로 돌아오자 모든 장교가 모여 있었다. 그들은 자동차에 정신을 잃고 쓰러져 있는 가케야마의 흉한 몰골과 2연발총, 그리고 꿩을 보고는 놀라움에 눈동자를 굴려댔다.

수비대장이 고함을 치면서 그 옆에서 펄펄 뛰었다.

"당장 데리고 가! 내 눈에 띄지 않도록 하게. 하마터면 무고한 조선인만 죽일 뻔했잖아……."

수비대장이 사무실로 들어가 화가 난 듯 철모를 벗어 던지고는 허리에 차고 있던 권총집을 빼놓고 의자에 주저앉았다. 사무실 의자에 앉아 손바닥 사이에 얼굴을 묻고는 정신을 집중하려고 애썼다. 한동안 시간이 흐른 후 고개를 들자 그 앞에 한 선임 장교가 서 있었다.

"무슨 일인가? 명령이다. 아무도 날 건드리지 마라."

"죄송합니다, 대장님. 그런데 아직 아무에게도 지시를 내리지 않으셨습니다."

"그래, 원하는 게 뭔가?"

"처형하려고 한 조선인들은 어떻게 할까요?"

"아직 그들을 데리고 있었나? 석방하도록 해."

"그리고 김 노인의 집안 사건은 어떻게 할까요?"

"나와는 상관없는 일이다. 조선인 모두 자살하라지."

"취조를 중단하도록 할까요?"

"취조는 내 소관이 아니니 순사가 알아서 판단하라고 해."

선임 장교는 용무가 끝나자 경례를 하고는 사무실에서 물러갔다. 수비대장은 혼자서 중얼거렸다.

"자, 이제 수꿩 두 마리를 어떻게 처리해야 하지?"

14

추적

후평의 집에서는 수봉이 의식을 회복했다. 일본인 의사는 두 명의 위생병에게 한순간도 절대로 환자 혼자 있게 해서는 안 된다는 엄명을 내렸다. 환자 옆에서 상태를 주시하며 회복 상황을 보고하도록 했다. 의사는 수봉이 다시 자살을 기도할까 봐 염려되었다.

해가 지고 난 후 구장과 두 원로, 그리고 그 외의 다른 사람은 주재소 소장의 정중한 사과를 받으며 모두 풀려났다. 그러나 김 노인만은 풀려나지 못했다. 소장은 순사를 시켜 그들의 집까지 안내해 주도록 배려까지 했다. 이는 일본인과 마을사람들의 관계는 여느 때처럼 변함이 없으며, 서로 신뢰하고 있음을 보여주기 위한 것이었다. 방씨에게도 집으로 돌아가 아이들을 돌보라며 다정하게 말했다.

이제 하기야마 소장과 김 노인 단 둘만 남았다. 그들은 주재소 휴게실로 함께 들어가 친구처럼 앉아 홍차를 마시며 대화를 시작했다. 분위기는 짐짓 부드러웠고 하기야마는 곤혹스런 내색을 비치지 않았다. 아직 끝나지 않은 피곤한 취조의 격한 대화가 더없이 온화하게 시작되었다. 그러나 김 노인의 대답은 달라진 것이 없었다. 이제껏 해왔던 조선인들을 구속해온 전통적인 관습에 관한 말만 되풀이할 뿐이었다. 그러나 이야기를 하면서 김씨 집안사람들이 살해된 것과 강간당한 것에 대해 더 많은 사실들을 알게 되었다.

"작년 이맘때쯤 갑자기 당신들이 집에서 두문불출했을 때 우리는 마을이 너무 적막하여 놀란 적이 있었소. 그때 당신들은 원로회의에서 마을 내부의 일을 재판했다고 그랬지요. 두 사람이 죽고 두 사람이 강간당한 사건이었소. 원로회의가 죄인을 재판하고 유죄로 판결을 내렸다고 했는데, 우리가 알기로 마을사람 중에는 아무도 벌을 받은 사람이 없었소. 김씨 집안의 두 소녀가 강간을 당하고 두 남자가 살해되었는데, 마을사람 중 어느 누구도 실종되거나 벌을 받은 사람이 없으니, 원로회의에서 어떤 벌을 내렸다는 것이오? 마을사람들 모두 자신의 일에 충실하며, 어떤 사람에게도 적의를 품지 않았소."

"원로들은 당신에게 거짓말을 하지 않았소. 그 문제는 법에 따라 처벌했소이다. 모든 사람들은 원로들의 결정을 존중하오."

"그래, 그런 흉악한 범죄로 누가 벌을 받았소?"

"죄인들이지요."

"그게 누구요?"

"마을의 기밀이 아닌 한 가지 사실만 당신에게 말해드리리다."

"매우 흥미로우니 말해보시오."

"범인은 이 마을 사람이 아니었소."

"아, 그랬군요. 아주 흥미로운 새로운 사실입니다. 우리는 그런 사실을 전혀 알지 못했소이다. 원로들은 우리에게 그런 말은 하지 않았으니까."

"당신네가 물어보지 않았기 때문입니다."

"범인은 다른 마을사람이었소?"

"범인은 우리 마을사람이 아니었소."

"그래서 그는 재판을 받았소? 유죄판결을 받은 것이오?"

"그렇소."

"누군지 말해줄 수 없소?"

"그럴 수 없어 미안하오."

"누군지 알고는 있소?"

"물론이지요."

"그럼 하나 더 묻겠소. 우리는 모든 마을사람들의 일뿐만 아니라 사적인 일까지도 그 결정의 주체는 원로회의라고 알고 있소. 그렇기 때문에 당신 며느리가 자살하려 한 것도 원로회의의 결정일 것이라고 생각하오. 또 분명한 것은 원로들을 체포하여 일본군 행정

과 마을사람을 죽이려 했다는 죄목으로 군사재판에 회부하면 원로
회의의 권한은 인정받지 못할 뿐만 아니라 모두 총살당하고 말 것
이오. 그래서 묻는 것인데 당신 며느리가 무슨 잘못을 했기에 스스
로 목숨을 끊으라는 결정을 내린 것이오? 마을의 어떤 법을 어겼거
나 무시해서 그녀를 죽음으로 내몬 것이오?"

"미안하오, 하기야마 소장. 말할 수가 없소이다. 내가 말하지 않
는 이유를 당신은 이미 당신의 질문에서 답하고 있소이다. 원로들
이 당신에게 이야기하지 않는데, 내가 무슨 권한으로 이야기할 수
있겠소."

"김 노인. 당신 집에서 일어난 불미스런 사건은 자칫 마을 전체
에 좋지 않은 결과를 가져올 뻔했다는 사실을 잊지 마시오."

"결국 아무 일도 일어나지 않았소. 당신은 물론 수비대장님이 침
착하게 처리했기 때문이오."

"그렇지만 우리가 처리해야 할 문제는 아직 끝나지 않았소. 당신
은 우리에게 도움 주기를 계속 거부하고 있지만, 이 문제에 숨겨진
비밀을 밝히기 위해 우리는 최선을 다할 것이오. 필요할 경우 원로
들을 당신 며느리 자살 소동의 책임자로 체포하겠소."

"쓸데없는 일이 될 거요."

"왜지요?"

"당신에게 분명하게 말할 수 있는 것은 우리 마을에는 구장도,
원로회의도 없다는 것이오."

"그건 왜요?"

"원래 그런 것이었소. 원로회의의 구성원이 누구라는 것이 밝혀진 다음에는 언제나 그랬소."

"그래서 지금은?"

"지금 마을에는 구장이 없소. 행정부가 없단 말이오."

"그러면 마을사람들은 서로 간에 생기는 일을 어떻게 해결한단 말이오?"

"마을의 전통 법에 따라서 처리합니다."

"누군가가 그것을 어기면?"

"그런 일은 없소. 만일 있다면 어긴 책임을 스스로가 지게 되어 있소."

"지금 나더러 마을에 구장이 없다는 사실을 믿으란 말이오?"

"좋을 대로 생각하십시오."

"그렇다면 새로운 의회는 언제 구성됩니까?"

"지금으로서는 기약이 없어요. 각자가 자신의 일에 대해 스스로 책임을 질 뿐입니다. 그에 대한 판결은 마을의 모든 사람들이 하게 됩니다."

"김 노인. 내가 조선인을 존경하는 것은 모든 일에 대한 당신들의 자신감 때문이오. 당신들에 대한 나의 존경이 그대로 지속되기를 나는 바라고 있소. 나의 이런 믿음이 깨지는 그런 상황이 벌어지지 않길 바라오."

"우리는 당신을 실망시키지 않을 것이오."

"당신들을 더 깊이 이해할 수 있기를 바라오."

"우리에게는 비밀 같은 것이 없소이다."

"그 반대이지요. 오히려 당신들은 비밀을 성스럽게 간직하오. 집으로 돌아가기 전에 한 가지만 더 묻겠소."

"그러시지요."

"김후평은 원로회의에서 자신의 아내에게 자살을 강요한 사실을 알고 있소? 오늘 자신의 집에서 일어난 참상을 알고 있느냐 말이오?"

김 노인은 조선인에게서 보기 힘든 과격한 어조로 반발했다.

"존경하는 하기야마 소장님. 당신은 계속해서 원로회의에서 내 며느리에게 자살을 강요했다고 하는데, 그건 말도 안 되는 소리요. 그럼 내가 묻겠소. 어느 누가 그런 일을 내 아들에게 전한단 말이오? 내 아들이 어디 있는지 우리는 모르오. 그저 도로 공사를 하기 위해 마을에서 먼 곳으로 부역을 나갔다는 것밖에는."

여기서 대화는 끝이 났다. 김 노인은 집으로 돌아갔고, 하기야마는 김 노인의 취조에서 얻은 것이 없었다. 김 노인이 했던 모호한 비난만이 머릿속에서 맴돌았다. "내 아들이 어디 있는지 모르오." 정말이었다. 김후평은 어디에 있는 것일까?

수비대장은 자신의 사무실 의자에 앉아 있었다. 책상 위에는 진정서, 협의서, 지시 등에 관한 서류들이 놓여 있었다. 그날 하루 종일 그를 황당하게 했던 불미스런 기억들로 침울해졌다. 경솔하고 침착하지 못했던 자신의 행동에 대해 반성했다. 총독부의 지시는 분명했다.

식민지 본토인에게 누를 끼치는 행위를 삼갈 것. 쓸데없이 문제를 일으키지 말 것. 식민지 본토인과의 충돌을 피할 것. 호의를 표시할 것. 조화로운 상생과 동거의 바탕을 마련하고 본토인들이 식민통치 군대에 대해 신임할 수 있도록 할 것. 식민지 본토인도 명실공히 일본인임.

그런데 오늘 마을을 들쑤시며 사람들을 총살하겠다고 협박하며 죄 없는 그들을 체포했다. 또 무장한 군인들로 하여금 마을에 공포 분위기까지 조성했다. 이 모든 것이 부대에도, 집에도 알리지 않은 채 꿩 사냥을 나간 한 일본인 장교의 근무 태만에서 비롯된 것이었다. 대위가 한 행동도 그를 우울하게 했다. 상관을 비웃으며 조롱하지 않았던가! 그는 심기가 몹시 불편했다. 대위의 행동은 전혀 정상이 아니었다. 짐짓 가장을 한 것이었을까? 책임을 면하기 위해 빈틈없이 계획하여 한 행동이었을까? 아니면 무슨 일이 그에게 일어난 것이었을까?

그때 문을 두드리는 소리가 들리고 한 선임 장교가 들어왔다. 그는 수비대장의 지시에 따라 대위와 관련하여 오늘 일어났던 일을 원산 군사령부에 보고하기 위해 수비대장 명의의 보고서를 작성 완료했다고 보고했다. 내일 아침 대위를 원산 군사령부에 인도하기 위한 수송 준비 또한 완료되었다고 보고했다. 그러나 선임 장교는 대위를 군사령부에 보낼 것이 아니라 정신과로 보내는 것이 어떻겠느냐고 아주 조심스럽게 수비대장에게 건의했다. 이상한 병적 상태에 있는 것처럼 보였기 때문이다.

수비대장은 선임 장교의 제안에 속이 뒤집어져 벌떡 일어나면서 고함을 쳤다.

"가케야마의 몸 상태는 내가 알 바 아니다. 근무를 태만히 하고 숲으로 꿩 사냥을 간 그 때문에 까딱했으면 무고한 조선인을 총살할 뻔하지 않았나. 내가 여섯 명을 죽이고 난 후 그가 무사히 돌아왔다면 군 내부에서의 내 입장이 어떻게 됐겠나? 무능하고 못난 책임자라고 직무상 자네가 제일 먼저 사령부에 보고했겠지! 불을 보듯 뻔한 일이지 않은가."

"명령대로 하겠습니다, 대장님. 그런데 가케야마 대위는……."

"다시는 그자의 이름을 듣지 않게 해주게. 잘못했으면 내 군 경력에 오점을 남길 뻔했다."

"알겠습니다, 대장님."

"이해해줘서 다행이네. 다시는 그를 생각하고 싶지 않다."

"알겠습니다, 대장님. 그런데 지금 가케야마 대위는 자기 이름도 알지 못합니다."

"잘하는 짓이다. 뭐, 뭐라고 했나?"

"대위는 완전히 기억을 상실했습니다."

"기억상실? 이해할 수가 없군."

"조사를 받을 수 없는 상태입니다."

"어떻게 된 일이야. 혹시 일부러 그런 것은 아닌가? 기억상실에 걸린 것처럼 가장하는 것은 아닐까?"

"그런 것 같지는 않습니다. 제가 알기로 대위는 바르고 진실한 모범적인 군인입니다."

"그러면 왜 그렇지?"

"대장님께서 잠깐 그와 이야기를 나누어보는 것이 어떻겠습니까?"

"그게 좋겠군. 그를 데리고 오게."

"군의관도 지금 여기 있는데 함께 동석하도록 할까요?"

"그렇게 하지."

잠시 후 대위와 군의관 다무라 도미요시가 함께 들어왔다. 대위는 입가에 야릇한 미소를 흘리고 있었다. 선임 장교와 군의관은 차렷 자세로 수비대장 앞에 섰으나, 가케야마는 군인다운 예의를 전혀 갖추지 않았다. 주변 상황에 전혀 아랑곳하지 않는 사람 같았다. 눈은 몽롱했고 예전의 총기는 찾아볼 수 없었다. 안색은 창백했고, 군복은 구겨진 채였다.

"가케야마 대위, 앉으시오."

수비대장이 정중하고도 사뭇 동정어린 목소리로 그에게 말했다.

그러나 아무 반응이 없었다. 다른 두 사람도 그를 쳐다보며 아연한 표정을 지었다.

"앉으라고 했소. 내 말 안 들리시오?"

그래도 아무 반응이 없었다. 대위는 그저 주변을 한번 둘러보고는 두 장교의 얼굴을 쳐다보며 바보같이 웃을 뿐이었다. 그러고는 한곳을 뚫어지게 응시하여 그곳에 있던 세 사람도 대위가 바라보는 곳을 살펴보았지만 그곳에는 아무것도 없었다. 모두들 대위가 무엇을 보고 있는지 알 수가 없었다.

"지금 무슨 생각을 하고 있소, 가케야마 대위."

그래도 반응이 없자 수비대장이 그에게 가까이 다가가 그 앞에 섰다. 그의 턱을 잡고 자신을 바라보게 했다.

"여러 번 당신에게 말했소. 왜 내 말을 묵살하는 거요?"

그때 대위는 겁을 먹은 듯하다가 다시 미소를 지으며 말했다.

"뭐라고 했소? 나한테 물은 것이오?"

"그렇소. 당신에게."

"그래, 무엇을 나한테 물었다는 겁니까?"

"많은 것을. 그런 것은 중요한 것이 아니고, 오늘 당신이 무엇을 했는지 내게 말해주시오. 오늘 어떻게 지냈소?"

"나 말입니까?"

"그렇소. 당신."

"아, 나? 잘 지냈습니다. 당신은?"

"나도 잘 지냈소. 아침에는 어디에 갔었소?"

"아침에? 나는 아무 데도 안 갔는데. 당신은?"

"아무 데도 안 가다니. 아침부터 어디론가 사라졌다가 저녁때 오지 않았소?"

"잘못 알고 있는 것이오. 그리고 내게 말할 때는 조심하시오. 당신이 뭔데 내가 무엇을 입고 먹고 마시며, 내 총에 어떤 총알을 넣는지까지 간섭하는 겁니까? 전선을 짚에다 연결하든 말든 나는 내가 원하는 대로 할 뿐이오."

"정신 차리고 잘 들어, 인마. 내가 묻는 말에 대답해."

"나도 당신에게 부탁하는데, 우리 빨리 끝내도록 합시다. 당신에게 질렸소. 같은 말을 내게 5천 번이나 하고 있잖소. 태엽을 감은 기계라 같은 소리만 반복하는 것입니까? 아, 당신에게 정말 질렸소. 당신들은 모두 죄인이오. 저 아래 탑에서 당신들을 보고 싶소. 그곳에서 우리 마지막 상봉을 하자고 했지요. 내 말 듣고 있소?"

수비대장은 기가 막혔다. 대위는 주먹을 쥐고 대장의 목을 후려칠 듯한 공격적인 자세를 취했다. 장교들이 본능적으로 달려들어 대위를 붙잡자 잠시 후 대위가 진정했다. 그리고 그의 얼굴에 소름 끼치는 야릇한 미소가 번졌다. 수비대장은 마음을 가라앉히고 그에게 말했다.

"가케야마 대위. 내가 누구인지 알겠소?"

"물론이지요. 탑에서 내게 베풀었던 호의를 내가 잊었겠소?"

"탑이 무엇이오?"

"내게 음식을 주었던 그 탑 말이오. 그와 같은 호의를 잊을 수가 있겠소? 나는 배가 너무 고팠고, 목이 말랐지."

"무슨 말인지 알아들을 수가 없네. 도대체 언제 그런 일이 있었던 것이오?"

"음……, 여러 해 전이지. 대포로 샴에 있는 대농장을 공격했을 때지."

"샴이라고 했소?"

"그럼요. 기억이 생생한데요."

"나는 기억이 전혀 안 나는데."

"하긴 어떻게 기억이 나겠소? 당신의 무례한 행동을 어디에 고소해야 할지 나는 알 수가 없소. 당신이 권총으로 나를 협박했고 내 손을 묶지 않았소. 보시오. 아직도 내 손에 흔적이 남아 있소."

"내가 그런 일을 했다고?"

"그래요, 당신이. 생각이 나도록 흔적을 잘 보시오."

대위가 두 손을 앞으로 내밀며 윗옷을 올렸다. 모두들 대위의 손목을 보았으나 아무 흔적도 없었다.

"좋아, 그만 됐소. 하고 싶은 말이 있으면 내일 다시 하고 이제 가서 쉬도록 하시오."

"고맙소, 아저씨. 언제 다시 더 좋은 날 만나서 술 한 잔, 홍차 한 잔 하면서 지난 일들을 이야기합시다. 됐소?"

"됐소."

수비대장이 낙심천만하여 대답했다.

출입문에 서 있던 장교 한 명이 대위의 팔을 잡고는 사무실에서 나갔다. 그러자 수비대장이 군의관에게 물었다.

"지금 어떤 결론을 내릴 수 있겠소?"

"대장님. 제가 관찰한 바로는 가케야마 대위가 미쳤거나 허황된 말들을 하고 있지는 않은 것 같습니다. 분명 오늘 아침 그에게 무슨 일이 일어났던 것 같은데, 지금으로서는 어떤 결론도 내릴 수가 없습니다. 탑이 있는 곳에서 어떤 곤경에 처했고, 그때 손을 묶였던 듯합니다. 정신 나간 그의 행동은 자신에게 일어났던 일에 대해 크게 분노하고 있음을 보여주는 것입니다. 혹시나 몸에 타박상의 흔적이 있을까 하여 몸을 살펴보았지만 긁힌 자국이나 멍이 든 곳도 전혀 없습니다. 다만, 목을 마음대로 움직이지 못해서 머리와 척추, 목 등을 자세히 검사했는데 아무 이상이 없었습니다. 어디에서 목을 다친 듯한데 대답을 하지 않습니다."

"아, 그건 내가 그의 목과 뺨을 아주 세게 때렸소."

"중요한 사실을 말씀해주셨습니다."

"두 번째로 목을 때렸더니 대위가 무릎을 꿇고는 땅 위에 쓰러졌소. 내가 너무 세게 친 것 같군요."

"알겠습니다. 다음 검사에 참고하겠습니다. 그런데 드리고 싶은 말이 있습니다. 대위가 묵고 있는 집 사람들의 말에 의하면 그가 아침 일찍 집에서 나갔다고 합니다. 흔히들 아침 근무가 없을 때에 도 출근을 하여 부대에서 아침 식사를 하곤 하는데, 집을 나서다 꿩을 보고 사냥이라면 사족을 못 쓰는 그가 총을 가지고 꿩 사냥을 나갔던 듯합니다. 거기서 우리가 생각할 수 없는 어떤 일이 벌어진 것이지요. 목을 자유롭게 움직이지 못한다는 사실이 여러 가지 의 혹을 불러일으키는데 어디서 받쳤을 수도 있고, 발을 헛디뎠거나 넘어지면서 뇌진탕을 일으켜 지금 아무 생각도 하지 못하는 것일 수 있습니다. 계속 탑 이야기를 하는데, 어디에서나 쉽게 찾아볼 수 있는 것이 탑입니다. 손이 묶였다고 말한 부분도 자신이 꿩을 잡아 묶은 것을 스스로 묶인 것으로 착각을 하고 있는 것일 수도 있습니다. 또 음식을 먹었다고도 했는데, 들에서 일하던 송연의 마 을사람이거나 옆 동네 사람이 그에게 음식을 주었을 수도 있습니 다. 처음 꿩을 잡았을 때 부대로 돌아가야겠다고 생각을 했을 것입 니다. 그러나 알 수 없는 충격에 의해 시간 개념을 잊고 계속 꿩을 잡았던 거라고 제 나름대로 추측을 해보았습니다."

"군의관의 말이 옳아요. 지금 말했듯이 오늘 아침 대위의 행적에 대한 추측은 외면상 그럴 듯하오. 설명할 수는 없지만, 그의 기억 상실은 뜻밖의 공격적인 상황과 연계되어 있는 것 같소. 내가 알기 로 그는 아주 예절바른 사람이었소."

"사람을 그렇게 단정하기는 좀 어렵지요. 공손하게 보여도 겉모습만으로는 그 사람을 알 수 없으니까요."

"그건 또 무슨 뜻이오."

"여러 가지, 여러 가지로 생각해보는 겁니다. 좀더 나은 결론을 위해서 이 말씀을 드리지 않을 수가 없네요."

"지금 여기 있는 사람들이 무언가를 알아야만 한다는 말이오. 당신은 의사요. 혹 공연하게 말할 수 없는 의술상의 금기 같은 것이라도 있소?"

"예. 여러분이 언짢게 여기시지만 않는다면……."

"무슨 말을 하려는 것인지는 몰라도 내 일본인 장교로서의 명예를 걸고 발설하지 않을 것을 약속하겠소."

"수비대장님, 저는 군인인 동시에 의사입니다. 대장님에게 이야기하는 것은 전적으로 저의 가설일 뿐입니다."

"말하기가 그렇게 거북한 것이오?"

"바로 그렇습니다. 이야기하기가 아주 곤란한 것이지요."

"신중하게 말해보시오."

"아무리 생각해도 오늘 김후평의 집에서 있었던 비극이 가케야마 대위의 사건과 관계가 있는 것 같습니다."

"어떻게 그런 생각을 하게 되었소?"

"나름 조사를 하여 얻은 증거와 여러 가지 정황으로 미루어볼 때 그런 결론을 내릴 수가 있었습니다."

"이미 발설을 했으니 그 말 때문에 해가 되는 일이 없기를 바라겠소."

"그런 일이야 있겠습니까?"

"그런 말 하지 마시오. 그런 말은 함부로 하는 것이 아니오. 늦은 밤까지 고생하고 있으니 모두들 피곤할 텐데 홍차나 한 잔 하십시다."

수비대장이 초인종을 눌러 홍차를 가져오게 했다. 군의관은 짐짓 목소리와 자세에 신중을 기하고 동요 없는 목소리로 수비대장과 동석한 장교들에게 자신이 알고 있는 것들을 모두 이야기했다.

"벌써 한참 전에 가케야마 대위는 김후평의 부인인 수봉이라는 여인이 마음에 든다고 내게 털어놓은 적이 있습니다. 그래서 그녀가 대위 자신에게 관심을 갖게 하고 싶다고 말입니다. 그러나 알고 계시듯이 대부분 조선의 여인들은 가족 간의 무쇠 같은 전통의 도덕을 지키고 있지 않습니까! 그래서 저는 그에게 그런 생각은 아예 지워버리라고 충고했습니다. 왜냐하면 마을 전체에 화근이 될 수 있으니까요. 두 명의 선임 장교 후지이 노부유키와 가도쿠라 다케시를 대위의 고백에 대한 증인으로 부르도록 하겠습니다."

여기서 군의관은 이야기를 잠시 멈추고 두 사람의 증인이 오기를 기다렸다.

"군의관의 말씀이 맞습니다."

후지이가 말했다.

"맞습니다."

가도쿠라도 동의했다.

그러자 군의관이 이야기를 다시 시작했다.

"어느 날 대위가 제게 '그녀의 남편인 김후평이 방해가 되니 그를 집에서 멀리 보내버려야겠어'라고 이야기하기에 저는 그건 옳은 처사가 아니라고 했습니다. 그러자 대위는 '그렇게 하지 않으면 내가 나 자신을 용서할 수가 없을 것 같아. 내가 원하는 것을 갖고 말거야'라며 말을 듣지 않았어요. 사실 그때는 그가 하는 말을 그대로 믿지 않았고, 또 크게 관심도 없었습니다. 그런데 김후평이 집에서 1천 킬로미터나 떨어진 곳으로 부역을 나간 사실을 오늘에야 알게 되었습니다. 또한 그의 부역이 몇 주일에 불과했는데 다시 6주가 연기가 되었다는 겁니다. 김후평이 이렇게 된 데는 대위의 농간이 있었던 것이 아닌가 하는 생각이 듭니다. 대위가 자신이 원하는 대로 일을 성사시켰는지는 모르겠으나 제가 보기에는 아무것도 달라진 것이 없는 듯합니다. 대위와 그녀 사이에 아주 불편한 분위기가 연출되었고, 오늘의 사건은 바로 이와 같은 일에서 기인한 것이라고 확신합니다. 어찌되었건 그녀는 마을의 어떤 불문법을 어겼기에 마을의 법에 따라 자살을 강요당한 것입니다. 생각지 못한 돌발 상황으로 그녀의 자살 시도가 실패했지만 기회가 주어지면 다시 자살을 시도하지 않을까 걱정이 됩니다."

모두들 깊은 침묵에 잠겼다. 마침내 수비대장이 물었다.

송연 이야기

"군의관, 당신의 이야기는 너무 과장된 것 같소. 김후평이 오랫동안 집을 떠나 부역을 나간 원인 제공자가 대위라는 것을 증명할 수가 있소?"

그러자 참석해 있던 징병관이 대답했다.

"제가 말씀드리겠습니다. 언젠가 가케야마 대위가 군 부역에 나갈 마을사람들의 명단에 김씨도 포함시키라고 했습니다. 또 그 다음 부역을 연장한 것도 대위가 지시했습니다. 왜 연장을 하느냐고 물었더니 '동정해서지. 아이들이 많아서 일을 하고 싶어해. 가족을 먹여 살리려면 돈이 있어야지'라고 했어요. 일손이 필요한지라 감사한 마음으로 그렇게 했습니다. 그 제안이 술수였다는 생각은 하지 못했어요."

"김씨는 이 마을에서 꽤 부유한 사람 중 한 명으로, 도로작업에서 나오는 돈 같은 것은 별로 필요없다는 사실을 몰랐나? 그것이 어떤 구실에 불과하다는 생각을 하지 못했던 건가?"

"전혀 하지 못했습니다, 대장님. 대위의 말을 확인하지 못한 것이 제 실수입니다."

"부역에 동원될 마을사람들의 명단은 누가 자네에게 주는가?"

"주재소에서요. 주재소에서 사람들의 경제적 상황을 우리보다 더 잘 알고 있기 때문입니다."

"순사가 개인의 경제적 상황을 그렇게 잘 알고 있는데도 어떻게 '연민'에 의한 부역이라는 사실을 의심하지 못했단 말인가?"

"전혀 생각지 못했습니다."

"대위의 제안에 어떤 미진한 점이 있음을 발견하지 못했나?"

"그때는 못 했습니다, 전혀. 그의 말은 아주 합리적이었습니다."

그때 군의관이 예의를 갖추며 다시 말을 이었다.

"수비대장님. 이 문제를 더 조사한다고 해도 아무런 소득이 없을 것입니다. 어떤 방법을 동원하여 강요한다고 해도 마을의 조선인들은 한 사람도 우리 조사에 협조하지 않을 것입니다. 사형이나, 차출, 재산 몰수 등 그 어떤 조치에도 그들은 비밀을 발설하지 않을 것입니다."

군의관이 계속해서 이야기하려고 할 때 전화벨이 울리자 수비대장이 수화기를 들었다. 망루 위에서 망을 보고 있던 보초가 외등을 켠 자동차 한 대가 원산으로 난 길을 따라 올라오고 있다고 보고했다. 오토바이인 것 같았다.

수비대장이 말했다.

"전령인 것 같으니 도착하는 대로 신속히 본부로 안내하도록."

통화를 마친 수비대장은 함께 홍차를 마시고 있던 장교들을 돌아보며 이야기했다.

"여러분, 군의관의 말이 일리가 있소. 우리의 회의는 여기서 끝내도록 합시다. 조선인 모두가 자살을 하든지 말든지 내가 관여할 바가 아니오. 우리 부대에는 다른 더 중요한 사안들이 있소. 조선인이 아니라 지금 오고 있는 전령이 내게는 더 중요하오. 오늘밤과

내일 할 일들을 잘 알고 있겠지요. 자, 이제 각기 제자리로 돌아가
도록 합시다."

장교들이 나가고 곧 문을 두드리는 소리가 났다. 정문을 지키는
하사관이 들어와 오토바이를 탄 전령이 원산 사령부에서 보내온 전
갈을 가지고 왔다고 보고했고, 잠시 후 들어온 전령은 미군 포로를
실은 1차 자동차 부대가 한밤중에 도착할 것이라는 소식을 전했다.

15

집으로 돌아온 후평

새 구장의 지시가 내려오자 그날 밤으로 마을사람들 모두가 구장의 지시를 알게 되었다. '미국인 포로들에 대해 아무도 동요나 관심을 보이지 말 것. 군 기지 주변을 지날 때는 호기심 어린 눈초리로 쳐다보지 말 것. 포로들에 관해서는 자신의 집에 묵고 있는 일본인 장교들과 어떤 이야기도 하지 말 것. 미국인을 보려고 안달하지 말 것. 미국인 포로의 출현은 우리 마을에 곤란을 야기할 수 있으니, 조선인은 일본인을 자극하지 말 것. 지금까지 해왔던 것처럼 한결같이 행동할 것. 더 많은 영어를 배우도록 노력할 것' 등이었다.

조선인 의사는 일이 더 많아졌다. 매일 학생들에게 새 단어를 가르쳤다. 짧고 긴 일상의 표현들이었는데, 이런 표현들이 배우는 사람들의 귀에는 너무 낯설은 것이라 자신이 가르친 말을 학생들이 할 때는 무슨 말을 하는지 알아듣지를 못해 애를 먹었다.

마을의 삶은 조용히 이어졌다. 포로들이 수용소로 이송되어온 첫날은 이렇다 할 아무 일도 없었다. 수봉의 집에서도 모두가 평온했다. 수봉의 상처는 하루가 다르게 아물었고, 건강도 나날이 회복되었다. 방씨는 아이들을 돌보았고, 넷째 고모와 하녀는 집안일을 돌보았다. 수봉의 간호는 하녀가 도맡아서 했는데, 밤에도 그녀 옆에서 잤다. 위생병은 부대로 돌아갔고, 일본인 기생도 다른 군부대로 떠났다.

그러던 어느 날 후평이 부역을 마치고 집으로 돌아왔다. 꽃향기 가득한 향기로운 5월 저녁 무렵이었다. 트럭에서 내려 집으로 들어선 후평은 피곤에 지쳐 씻지도 못해 냄새를 풍긴 채 집안 뜰에 서서 소리를 질렀다.

"임자……."

그러자 안채에서 방씨가 나타났다. 후평이 방씨를 반기며 집안으로 들어서면서 물었다.

"내자는 어디 가고, 집에 없소?"

"집에 있어요."

"그런데 왜 안 보이는 거요?"

"우리의 삶을 돌보시는 조상님께서 그녀를 예전 같지 않게 만들었어요."

방씨의 대답에 후평은 크게 놀랐으나 내색하지 않고 침착하게 물었다.

"목욕할 준비를 해주시오. 깨끗이 씻은 후 안방으로 가리다."

"곧 준비하겠습니다."

후평이 목욕을 마치고 잠옷으로 갈아입고는 안방으로 건너갔다. 방 안 희미한 불빛 아래 수봉이 자리에 누워 있었다.

"여보, 내가 왔소. 그동안 고생이 많았소."

수봉이 힘없는 목소리로 미소를 지으면서 그에게 대답했다.

"당신이 돌아오는 것을 반기지 못해 미안해요."

"어떻게 이 모양이 됐소?"

"보시다시피 당신을 맞을 수도, 삶을 기꺼이 이어갈 수도 없게 되었어요."

"내가 떠날 때 당신은 건강했었소. 그런데 무슨 이유로 이렇게 자리에 누워 있는 것이오. 병이 들었소?"

"병이 든 것이라면 나아서 당신에 대한 내 의무를 다할 수 있을 거예요."

"그러면 혹 나을 병이 아니라 불구라도 된 것이오?"

"내가 불구가 되었다면 새사람을 집에 데려올 수도 있겠지요."

"내가 집에 없는 동안 우리 사이에 무슨 문제가 생긴 것이오?"

"바로 맞추셨어요."

"그러면 그게 누구 때문이오, 나요?"

"전혀 아니에요."

"그럼 사람이 원인이 아니라면 죽은 조상님과 법도가 문제인 것이오?"

"예……."

"그렇다면 당신은 어떻게 아직 살아남아서 내가 묻는 말에 답을 하고 있는 거요?"

"제가 조상님 곁으로 가려고 하던 날 절 받아주지 않으셨어요."

"당신이 법도를 어긴 이유가 무엇이오?"

"우리 집안의 명예를 지키기 위해서였어요. 그러다 보니 깜박하고 마을에서 금지한 비밀을 발설하고 말았어요."

"당신 생각에 둘 중 어느 것이 더 중요한 것 같소. 내 명예를 위한 것이오, 아니면 본의 아니게 마을의 법을 어긴 것이오?"

"조선의 모든 여인들이 내가 처한 입장에 있었다면 목숨을 걸고 집안의 명예를 지켰을 거예요."

"그래서 마을의 비밀 누설을 금지하는 법 따위는 지키지 않았을 것이란 말이오?"

"만일 조상님께서 제게 지혜를 주셨다면 마을의 비밀은 발설하지 않았겠지요."

"모든 것이 내가 없는 동안 일어난 일이며, 나와 내 집의 명예를 지키기 위한 당신의 노력이 내겐 더 중요하오. 진심으로 감사하오. 당신의 다른 실수는 불가피한 것이었소. 내 결심을 구장에게 전하겠소."

"누가 당신의 결심을 구장에게 전하지요?"

"방씨가 갈 것이오."

"언제요?"

"지금 당장!"

"여보, 당신이 알아야 할 것이 있어요. 일본인들은 구장과 원로 회의가 더 이상 마을에 존재하지 않는 것으로 알고 있어요. 마을사람들만 알고 있지요."

방씨가 듣고 있다가 후평에게 다가와서 말했다.

"제가 다녀오겠어요."

"구장에게 내 결심을 전하시오. '수봉의 목숨이 나에게는 마을의 모든 법보다 더 값지다'고 말하시오. 알겠소?"

"알겠어요."

한밤중에 방씨가 집을 나서 풀이 돋아 있는 골목길을 걸어갈 때 아무도 눈치 채지 않게 조용히 그녀의 뒤를 따르는 그림자가 하나 있었다. 방씨가 새 구장의 집으로 들어가자 그림자는 풀숲 뒤에 숨어 그녀가 구장의 집을 나와 다시 집으로 돌아갈 때까지 인내하며 기다렸다. 그는 바로 주재소 소장 하기야마였다. 곤혹스러움과 실망감이 함께 섞인 수수께끼 같은 미소가 그의 입가에 번졌다. 원하던 것을 자신의 눈으로 직접 확인한 것이었다. 새로운 인물 주위로 마을사람들이 모이고 있는 것이었다. 그가 바로 새 구장이었다. 그런데도 김 노인은 구장이 없다고 말하지 않았던가. 하기야마의 놀라움은 컸다. 한밤중에 그는 혼자서 중얼거렸다.

"이거 보게. 조선인이 거짓말을 하네. 믿을 수 없는 일이군."

그날 밤 마을사람들은 새 구장이 사직했음을 알게 되었다. 구장이 일을 맡은 지 며칠 되지 않아 마을사람 중 한 명이 원로회의의 결정에 따를 수 없으며, 더 이상 마을의 법을 준수하지 않을 것이라고 통고해왔기 때문이다. 말하자면, '반항'이었다. 그는 자리를 내놓으면서 후임자를 임명하지 못했다. 후평이 원로회의의 결정에 불복하자 아무도 구장직을 맡으려는 사람이 없었기 때문이다. 이제 구장의 권한은 모든 마을사람들의 것이 되었다. 마을사람들은 전임 구장에게 다시 새로운 구장을 임명하도록 부탁했다.

마을사람들은 심한 공황 상태에 빠졌다. 소문을 믿을 수가 없었다. 새 구장이 사임한 것이 김후평 때문이라는 사실이 입에서 입으로 전해졌다. 그가 돌아와 자신의 아내에 대한 이야기를 듣고 마을의 법을 지키지 않겠노라고 새 구장에게 통고했다는 것이다. 그는 자신의 동의도 없이 아내를 죽이려고 한 원로 모두를 비난했다. 그와 같이 결정한 이유조차 자신에게 알리지 않고 한 사람의 생사를 좌지우지하려 했다고 그들을 욕했다. 원로들이 먼저 그를 무시했으므로 이제 그는 옛 법을 버리고 새로운 법을 세우고자 했다. 제일 먼저 그가 취한 행동은 전통에 따라 자신이 구장의 지위를 계승

하는 것이었다. 그런 다음 "동회-재판소'라는 이름하에 열 명의 원로를 뽑아 자신의 아내를 죽이려 했던 원로들을 재판하여 유죄판결을 내리는 것이었다. 이로써 자신과 자신의 집을 곤경에서 구하려는 것이었다.

날이 채 밝기도 전에 마을에서 존경받는 한찬문이라는 사람이 후평의 집을 찾아왔다. 그는 은밀히 할 말이 있다고 했다.

"후평 씨, 나는 새 구장이오. 두 번째 구장이 사임한 후 그 전임 구장이 나를 세 번째 구장으로 임명했소. 마을에 우두머리가 없어서 여러 가지로 곤란하기 때문이오. 처음에 나는 거절했지만 지금은 받아들이기로 했소."

후평은 한찬문의 말을 들으면서 도전적인 자세를 취했다.

"알겠소, 한찬문 씨. 무엇이든 하고 싶은 말이 있으면 간단하게 해주시오."

"나는 구장 직을 맡을 것이오."

"나와는 상관없는 일이오. 당신이 알아서 하시오."

"방씨가 당신의 결심을 사임한 구장에게 전한 것과 또 구장이 사임한 것은 아주 잘한 일이었소."

"나는 그런 일에 관심 없소."

"하기야마 소장이 방씨 뒤를 밟아서 누가 새 구장인지를 알아냈소. 그러나 오늘 순사들은 새 구장이 누구인지를 알지 못할 거요."

"한찬문 씨. 이 모든 것들은 나와는 상관없는 일들이오. 내게 전해줄 좀더 흥미로운 이야기는 없소?"

"있지요."

"나와 내 집에 관한 것이오?"

"반드시 그런 것은 아니오. 원로회의는 표면상 존재하지 않소. 또 회의 소집도 없을 것이오. 이는 일본인들이 알게 해서는 안 되니까."

"존경하는 한찬문 씨. 사실 당신이 내 집을 찾아와 내게 은밀한 소식을 전해준 호의가 나는 조금도 고맙지 않소. 당신이 내게 이야기해준 것들에 대해 나는 관심이 없소. 나와는 아무 상관이 없는 일이오. 나는 이 마을의 일에는 관여하지 않을 것이오. 그러니 당신에게 따뜻한 차 한 잔 대접할 이유도 전혀 없소이다."

두 사람의 대화는 여기서 끝이 났다. 한찬문은 위신이 구겨진 채 흐트러진 걸음걸이에 목은 팽이처럼 휘어져 집으로 돌아갔다. 그는 후평의 행동을 이해할 수가 없었다. 다만, 후평과 같이 별난 조선인이 있어서는 안 된다는 생각뿐이었다. 그는 고분고분하지 않은 반항적인 조선인으로, 마을사람들을 곤란하게 만들 위험한 인물이었다. 후평을 조심하며, 그의 언행 또한 주시해야 할 것이었다.

길에서 하기야마를 만났다. 그는 한찬문이 후평의 집에 들어가는 것을 보지 못했지만 나오는 것은 본 터였다. 둘은 공손하게 아침 인사를 나누었다. 소장은 놀란 얼굴이었다. 이해할 수가 없었다. 이 사람은 또 누구인가? 어제 저녁 방씨가 찾아간 사람은 다른 사람이었다. 그런데 오늘은 다른 사람이 후평의 집을 찾은 것이다.
그는 다시 큰 소리로 중얼거렸다.
"그러면 구장은 지금 누구란 말인가?"

포로들

몇 주일이 지났고, 마을은 평온했다. 사람들은 미국인이 들어오기만을 초조하게 기다리고 있었지만 아무도 내색하지 않았다. 어느 날 아침 마을 광장에 벽보가 붙었는데, 마을의 부녀자들이 포로수용소에 요리사와 청소부로 부역에 동원된다는 내용이었다. 그 안에 방씨 이름도 있었다.

이방인을 본 첫인상은 두려움과 신기함이 뒤섞인 것이었는데, 그들의 키는 너무 컸다. 그들 앞에 서면 방씨는 난쟁이 같았다. 반들거리고 냄새나는 새까만 피부에 새하얀 이를 가진 흑인을 보았을 때 그녀는 혼비백산하기도 했다.

일은 쉬웠다. 채소, 감자, 무, 당근을 다듬고, 설거지와 부엌, 복도 청소를 하고, 포로가 뜰에 나가면 실내를 청소하는 것이었다. 일본인의 방과 사무실도 청소했는데, 몇 명의 부녀자들과 함께했다.

그러던 어느 날 점심 식사 시중을 들게 되었다. 두툼한 긴 나무 의자가 포로와 여인들을 가르고 있었다. 미국인 포로들이 열을 지어 여인들 앞을 지나면 여인들은 식판에 똑같은 양의 음식을 담아 주었다. 주로 마른 음식들이었지만, 가끔 국이나 삶은 채소가 나가기도 했다. 방씨는 일본인에게 교육받은 대로 정성껏 일을 했다. 눈은 언제나 음식에 고정되어 있었지만, 그녀는 몰래 앞을 지나는 덥수룩한 수염, 남루한 옷, 지퍼가 떨어진 군화의 남정네들을 훔쳐보았다. 며칠 지나지 않아 카키색 군복을 입은 포로는 육군이고, 검은 군복은 해군, 청색과 초록색 군복은 공군이라는 사실을 알게 되었다. 일본인 수비대가 검을 장착한 총을 들고 부동자세로 배식받는 포로들을 주시했고, 가끔 재촉하는 고함을 지르곤 했다.

일본인들은 한동안 방씨에게 같은 일을 맡겼고, 방씨는 그 일이 크게 싫지 않았다. 어느 날 점심때 갑자기 포로들이 동요하기 시작했다. 큰 소리로 말하고 웃고 서로 찌르며 부녀자들에게도 고개를 들이댔다. 잠시 일본 군인들과 포로들이 서로 뒤엉키자 군인들은 개머리판으로 포로들을 밀며 영어로 물러서서 조용하도록 말했다. 그런데 키가 아주 큰 한 사람이 나무의자 위로 넘어지면서 삶은 감자를 담은 솥을 건드렸고, 그 옆에 있던 다른 미국인들이 솥이 엎어지지 않도록 잽싸게 솥을 잡았다. 그 중 한 사람이 자신의 얼굴을 방씨의 얼굴에 들이밀면서 재빨리 팔을 뻗어 저고리 사이로 손을 넣어 그녀의 젖가슴을 스치고 지나갔다. 방씨가 놀라 얼굴이 빨개졌다. 피할 겨를 없이 순식간에 일어난 일이었다.

밤에 집으로 돌아와 방씨는 낮에 있었던 일을 수봉에게 이야기했다. 두 여인은 그 일에 크게 개의치 않았다. 미국인이 여자를 만지고 싶었나 보다 하는 정도로 생각했다. 남자니까. 그런데 방씨가 씻기 위해 옷을 벗는데, 여러 번 접은 쪽지 하나가 바닥에 떨어졌다. 펴보니 글자가 적혀 있었는데, 한글이 아닌 낯선 글자였다. 얼른 수봉에게 가서 그것을 보여주었고, 수봉은 다시 후평에게 그것을 가져갔다. 그리고 점심때 일어났던 일들을 이야기하면서, 아마도 미국인 포로들이 일본인의 주의를 분산시키기 위해 일부러 그런 행동을 한 것 같다는 의견을 덧붙였다. 후평은 틀림없이 그 쪽지가 무엇을 알리기 위한 것임을 눈치 챘다. 그렇지만 누가 그것을 읽을 수 있을까? 의사 선생님밖에 없었다.

그즈음 일본인은 마을사람들의 동정을 주시하며, "환자가 생기면 먼저 군 병원에 알려야 한다"는 명령을 내렸다.

후평이 군의관에게 가서 아들 하나가 땀이 나고 열이 나며 몸이 쑤신다고 보고하고, 조선인 의사를 불러 아들을 살펴보도록 허가를 청했다. 군의관은 위생병과 함께 갈 것을 명했다. 잠시 후 조선인 의사가 위생병과 함께 후평의 집으로 왔다. 아들 하나가 정말 열이 있었다. 후평은 틈을 타서 간략하게 막사에서 일어난 일을 의사에게 이야기하고 쪽지를 전해주었다. 의사는 위생병에게 아이가 감기 기운이 좀 있을 뿐이며 곧 괜찮아질 것이라고 말했다. 위생병은 차도 한 잔 얻어 마시지 못하고 돌아갔다. 의사는 방씨 출산으로 여러 번 후평의 집에 왔었기 때문에 이곳에 익숙했다. 중간채에 앉아 수봉이 가져온 차를 마시며 후평에게 쪽지의 내용을 말해주었고, 그 내용은 다음과 같았다.

"우리 미군 몇 명은 어떻게 해서라도 탈출을 해야 합니다. 꼭 해야 할 일이 있습니다. 도와주십시오."

의사는 종이를 잘게 찢은 다음 수봉에게 바로 불태워버리도록 했다.

"이 일은 신중하게 판단해야겠소. 어떻게 돕는다지? 포로의 탈출은 무척 위험한 일이오. 마을이 풍비박산이 날지도 모르오. 누가 책임을 지지? 구장인 한찬문 씨에게 이 일을 알려야겠소."

마을의 원로들은 요즘처럼 빈틈없이 포로들을 감시하고 있을 때 탈출이란 어림도 없는 일이라고 의견을 모았다. 나중에 일본인들의 경계가 좀 느슨해지면 또 모를 일이었다. 아무튼 쪽지를 받았으므로 답을 해야 했다. 그들은 도와줄 마음이 있지만 당분간은 일본인들의 의심을 사지 않도록 조심하라고 그 미군에게 전하기로 했다. 의사가 물었다.

"방씨, 당신에게 쪽지를 준 그 미군의 얼굴을 기억할 수 있소?"

"그럼요. 초록색 군복을 입고, 얼굴은 붉고 푸른 눈을 하고 있어요."

"그래요. 작은 쪽지 하나를 전해줄 수 있겠소?"

"어떻게요?"

"감자 사이나, 빵 조각 안에 넣거나 아니면 어떻게 하든."

"한번 해보지요, 뭐."

"그러면 혹여 들킬지도 모르니 조심을 해야 하는데, 수용소 출입할 때 몸수색을 하나요?"

"손가방이나 보따리를 들고 있으면 출구에서 열어보는데, 그 외에는 하지 않아요. 지금까지 별다른 수색은 하지 않았어요."

"부엌까지 가는 동안 어디다 쪽지를 숨기지요?"

"품에요."

"좋소. 그러면 구장과 상의한 다음 어떻게 할 것인지 결정합시다."

구장이 동의하자 의사가 쪽지 하나를 방씨에게 주었고, 방씨는 감자 안에 그것을 숨겨 미군에게 전했다. 쪽지를 읽은 다음 그 미군은 아주 작은 그 쪽지를 감자와 함께 먹어버렸다.

포로수용소에는 또 다른 포로들이 이송되어와 방마다 포로들로 가득 차 더 이상의 수용은 불가능했다.

그즈음 후평은 집에만 틀어박혀 근자에 일어난 일들을 곰곰이 생각해보았다. 구장의 말에 무조건 복종하는 마을의 전통을 그는 거부했다. 어떻게 할 것인지 구장은 아무런 기색도 없었고, 그 후로 다시 그를 찾는 일도 없었다. 구장의 입장은 어떤 것인지, 원로들은 어떤 결정을 내렸는지 알 수가 없었다.

후평은 걱정으로 잠을 설쳤다. 이미 자신을 마을에서 추방하기로 결정하고는 아직 연락을 하지 않은 것일까? 오래 전에 어떤 사람이 원로회의의 결정을 거부했는데 모든 사람, 그의 친척들까지도 그를 외면하여 마을에서 설자리가 없음을 알고는 가족들과 함께 마을을 떠났다. 그런데 그가 새로 정착한 마을에서도 그를 받아주지 않자 새로운 곳으로 떠난 후 소식이 끊겼다. 그가 어떻게 되었는지, 어디에 사는지 아무도 몰랐다. 어느 누구도 관심을 갖지 않았다. 자신은 어떻게 될 것인가? 왜 아무 소식도 없는 것일까? 아직 의논 중이라 결론이 나지 않은 것일까? 아니면 지난번의 결정을 수정할 것인가? 어찌 되었건 자신은 끝까지 굽히지 않을 것이다. 그래서 집안이 망하고 가족이 파멸된다 해도. 그런 상황까지가게 되면 후평은 마지막 카드를 쓰겠다고 마음먹었다. 이미 열 개연합 원로회의 앞으로 이 마을의 원로회의를 고발하겠다고 통고한상태이다. 자신이 후퇴하는 것보다 그들이 양보하는 것이 더 나을것이다.

키가 큰 미군이 용하게 두 번째 쪽지를 방씨에게 전해왔다. 두어마디밖에 없었다. "무기를 가지고 있소?" 의사가 방씨에게 기회를보아 한 마디 말을 전하도록 했다. 아주 쉬운 한 마디의 말이었다. "예스."

어느 날 점심시간, 배식을 할 때 방씨가 웃음을 머금고 옆의 아낙과 말을 하듯이 그 미군의 얼굴을 빤히 쳐다보면서 '예스' 라고 말했다. 미군이 한순간 적이 놀란 얼굴을 하면서 방씨의 얼굴을 뚫어지게 바라보았다. 방씨가 다시 미군의 눈을 들여다보며 '예스' 라고 하자 그제야 미군의 입가에 회심의 미소가 번졌다. 서둘러 식판을 챙겨서 동료가 있는 곳으로 사라졌다. '예스' 란 '무기를 가지고 있다' 는 조선인의 회답이었던 것이다.

어느 날 아침 방씨가 다른 사람들과 함께 일본인이 지시한 방으로 들어갔다. 빗자루, 삽, 쓰레받기, 물을 담은 양동이를 들고 들어가 청소를 하기 시작했다. 미군 포로들이 있는 방이었는데, 그들은 아직 뜰로 나가지 않고 있었다. 무심코 둘러보는데, 놀랍게도 그들 중에 쪽지를 준 그 미군이 이층 침대 아래 칸에 앉아 있었다. 무심한 척하며 침대가 있는 곳을 잘 기억해두었다. 끝에서 세 번째, 오른쪽 이층 침대였다. 혹시 필요할 때가 있을지 몰라 다시 한 번 더 그 침대가 그의 것인지 확인할 때까지는 아무에게도 그 사실을 말하지 않았다. 한 번 더 기회가 왔고, 그의 침대라는 것이 확실해졌다.

무더운 여름이 찾아왔다. 마을은 평온하기만 했다. 그러던 어느 날 주재소에서는 벽돌공, 목수, 미장이 등으로 이루어진 부역자 명단을 발표했다. 이튿날 이들을 마을 병영에서 멀리 떨어진 언덕으로 데리고 가 세 채의 같은 모양의 막사를 짓게 했다. 마을의 막사보다 훨씬 보기 좋은 것으로, 큰 창문과 방범창이 없는 대신 철망을 튼튼하게 수차례 감고 유자철선으로 아주 높은 철조망을 쳤다. 철조망이 너무 촘촘하여 쥐새끼 한 마리 드나들기 힘들 정도였다. 세 채의 막사 중 하나는 다른 것보다 훨씬 컸는데, 막사가 다 완성되자 이곳으로 의무실과 사무실이 들어왔고, 나머지 막사에는 일본인 수비병이 무기와 함께 옮겨왔다. 그리고 몇 명의 미군 부상자들이 의무실로 옮겨졌다.

어느 날 방씨가 후평과 조선인 의사에게 미군이 건네준 쪽지를 전했는데, 다음과 같이 적혀 있었다.

"신속하게 탈출해야 할 일이 있소. 도와주시오."

방씨가 '페이션트(인내)'라는 새로운 영어 단어를 익혀 그 미군에게 전했다.

여름이 지나고 가을이 왔다. 마을사람들은 밤을 따기 위해 추애산으로 흩어졌다가 저녁이 되면 밤 자루를 한곳에 모은 후 기다리고 있던 일본인에게 넘겨주었다. 일본인은 밤의 무게를 달아 돈을 지불하고는 밤을 트럭에 실었다.

그런데 어느 날은 산으로 세 대의 트럭에 포로들을 태우고 와서는 자루를 주면서 밤을 따오라고 했다. 일본인은 무기를 든 채 그들을 감시하고 있었다. 점심때가 되자 조선의 아낙들은 그들의 배식을 도왔다.

어느 날 늦은 밤, 마을 의사와 구장 한찬문이 후평의 집을 찾았다. 나지막한 탁자를 사이에 두고 구장이 먼저 입을 열었다.

"후평 씨. 당신이 마을로 돌아온 후 지금까지 여러 생각들을 했을 것이오. 당신은 우리에게 큰 문제를 안겨주었소. 그 때문에 우리 모두 밤잠을 설치며 우리 관습에 어긋나는 당신의 입장을 어떻게 처리해야 할 것인지 고민했소이다. 마을에 우두머리가 없으면 안 되기 때문에 나는 구장직을 사임하지 않고 내 소임을 다하고 있소. 여러 말 생략하고 마지막 결정만 알려주리다."

"말씀하시오."

"원로회의에서는 당신이 동회의 일원이 되어 새로운 일을 맡아주었으면 하오."

"무슨 말인지 더 자세히 설명을 해주시오."

"당신 집안에서 일어난 불미스런 일에 대한 우리의 결정을 당신은 받아들이지 않았소. 당신은 우리의 결정에 반대하고 또 다른 열 개 마을 원로회의 총회에 이 문제를 상정하겠다고 우리에게 통고한 바 있소."

"그 입장에는 변함이 없소."

"그래서 우리도 난감하여 다른 마을의 원로회의와 연통하여 그들과도 의논을 했소. 다른 마을에서는 '야당(반대) 의원' 제도를 만들었다고 하오. 당신은 아주 대담하게 우리 마을사람들을 지켜온 법과 같은 동회의 결정을 거역했소. 우리의 결정에 한 사람이라도 대항한다면 우리는 절대적 권위를 갖지 못하게 되오. 지금의 원로

들이 모두 물러나고 새로운 사람들이 다시 마을을 이끌어가도록
하게 할까도 생각했는데, '야당 의원' 제도가 있다는 이야기를 듣
게 되었소. 그래서 옛것을 수정하여 새로운 상황에 맞도록 적응하
지 않으면 안 된다는 것이오."

"무슨 말인지 이해가 갈 것 같군요."

"원로회의에서는 당신이 그 자리를 맡아주었으면 하는 것이오."

"왜 다른 사람이 아닌 내게 그 자리를 맡기려고 하는 것이오?"

"두 가지 이유 때문이오. 첫째, 전체 원로회의 결정에 처음으로
불복함으로써 당신은 칼로써 그 자리를 얻은 것이오. 둘째, '야당
의원'은 노인이 아닌 젊은 사람이 더 적합하오. 노인들의 행정은
시험적인 것, 새로운 연습 같은 것이라는 것을 알았소. 더 현명하
고 완전해지기 위해서는 조화가 필요한 것 같소이다."

"구장님. 묻고 싶은 것은……."

"잠깐, 우리 가운데 누구도 구장은 없소."

"아, 미안하오. 깜박했소. 이번 제의를 내가 거절할 수 있는 거요?"

"그런 질문을 할 줄 알았소. 대답은 간단하오. 당연히 거절할 수
있지요. 그렇다면 노인들만 용감하게 들고일어나 우리 앞에 닥쳐
올 어려운 날들을 위해 큰일을 하는 수밖에 없습니다."

후평이 눈을 아래로 깔았다가 다시 단호한 표정으로 물었다.

"어르신들이 무슨 큰일을 한단 말이오! 내가 도울 일이라도
있소?"

"오랫동안 방씨와 미군이 접촉한 이래 매일 의논을 했는데 될 수 있는 대로 신속히 행동을 하기로 했소. 일본인은 어디서나 그들이 승전하고 있다고 선전하지만, 우리는 그 말을 믿지 않소. 벽보에는 어디서나 일본이 이기고 있다고 하는데, 우리는 다만 어디서나 지고 있다고 희망하고 또 그렇게 믿고 있소. 지리를 잘 모르니 그들이 말하는 섬들이 일본에서 얼마나 멀고 가까운지도 모르오. 확실한 것은 오늘의 정복자가 언젠가는 패배자가 될 것이란 것이오. 우리는 할 수 있는 데까지 정복자의 패배를 위해 노력해야 하지 않겠소? 지금 우리는 몇 명의 미군 포로가 관련되어 있으며, 몇 명이 탈출하려고 하는지 아무것도 몰라요. 미군은 우리의 우군이고, 정복자 일본인은 우리의 적이오. 당연히 우리의 우군을 도와야겠지요. 우리 마을에는 무기가 있어요. 그것을 미군에게 주도록 합시다. 미군과 처음 접촉한 방씨가 도와야 합니다. 총알을 장전한 권총 하나와 쪽지를 베개 밑에다 가져다놓는 거요. 쪽지에는 이렇게 적을 것이오. '밤 따는 산 나무뿌리가 엉킨 곳, 세 개의 큰 흰 바위 아래 일제 총 스무 자루, 충분한 총탄이 있음' 이라고. 후평 씨, 우리 계획에 대한 당신의 의견은 어떻소?"

후평이 잠시 생각에 잠겼다. 방씨는 물론 마을 전체가 위기에 처하게 될지도 모를 일이었다.

"이 일로 마을 전체에 화가 미칠 겁니다. 그녀가 권총을 막사 안으로 가지고 가는 것은 위험천만한 일이에요. 들키는 날이면 총살형에다 우리 집안은 풍비박산이 나고 또 얼마나 많은 사람이 죽을지 모릅니다. 추방되거나 일본으로 끌려갈 테고, 우리 마을은 이 땅에서 영원히 사라질 거예요. 권총을 보면 일본인들은 우리가 그것을 들여온 줄 대번에 눈치 챌 것이오. 그 이상은 생각도 하기 싫습니다. 권총을 막사에 무사히 가져갔다고 합시다. 또 미군이 반란을 일으켜 몇 명의 일본인 수비병을 죽이고 총을 몇 자루 빼앗았다고 합시다. 수용소에서는 어떻게 나오고, 어디로 가며, 어디에 숨는단 말이오. 권총만 가지고는 이 계획의 끝이 보이지 않소. 포로들이 드나들 때 일본인들이 몸수색을 하지 않습니까. 손톱깎이나 조그만 가위 같은 것도 지니지 못하게 되어 있어요. 내 말을 잘 생각해보세요. 반대를 하는 것이 아닙니다. 당신들의 제안을 생각해보겠소. 그렇지만 그녀는 칼 하나도 미군에게 전해줄 수가 없어요. 숲속의 소총 스무 자루라면 그들에겐 큰 도움이 될 것입니다. 쪽지에는 총이 어디 있는지만 간단하게 적는 거요. 그 외 미군에게 전할 말이 있으면 하세요."

"이미 다 계획한 것이 있소. 그 밤에 조선인이 포로들을 안전한 곳으로 인도할 것이라는 말을 쪽지에 적는 거요."

"어디로요?"

"손부사의 암자요."

"그 다음에는?"

"자신들이 알아서 할 거요."

"미리 준비를 해놓았습니까?"

"그렇소. 포로들을 인도할 조선인들은 '동지'라 부르기로 했소. 조선의 옷과 음식을 그들에게 줄 것이오. 그들을 돌보도록 스님들에게도 미리 연통을 해놓았소. 다행스러운 것은 일본인들이 포로들을 데리고 마을에서 멀리 떨어진 산으로 밤을 따러 가는 것이오. 내일도 늘 가던 곳으로 갔으면 하는 바람이오. 그곳에 무기를 숨겨 놓았으니까."

이야기는 여기서 끝이 났다. 결정한 대로 움직였지만 일이 계획한 대로 진행될 수도, 그렇지 않을 수도 있다.

17

탈출

  그날 밤 미군은 부탁했던 권총이 베개 밑에 없어 실망했다. 그저 평범한 작은 칼 두 자루만 놓여 있었다. 방씨가 집에서 10센티미터의 면도날과 함께 가져온 것인데, 흰색의 손잡이에 잘 드는 칼날이 있는 것이었다. 잘하면 군화 안에다 숨길 수 있는 것들이었다. 이것도 없는 것보다는 나았다. 밤새도록 산에서 어떻게 대처할 것인지 작전을 짰다.

  들은 대로 밤나무 숲의 나무 한 그루터기에 세 개의 큰 바위가 있었다. 미군 포로들은 점심 배식 시간을 기해 행동하기로 했다. 그때는 수비병의 주의가 조금 느슨해지고 모두 배식에 여념이 없기 때문이다. 매일 그 시간에 밤 따는 작업을 마쳤다. 음식을 실은 트럭이 올라오고 수비병들이 일을 마치는 호각을 불면 포로들이 밤 따기를 멈추었다. 한 사람씩 밤 자루를 들고 트럭이 있는 곳으로 가 트럭에 밤을 쏟아부은 다음 포로들은 식판을 들고 열을 지어 음식을 받으러 갔다. 포로들은 여기저기 흩어져 있었으나, 수비병들은 그들을 에워싸고 수상한 동작이 감지되면 언제라도 발사할 준비를 하고 있었다. 그곳에는 가시가 성성한 껍질에 쌓인 밤이 온통 널려 있었다. 포로들이 군화로 밤송이를 밟아 까면 그 안에 있던 밤알이 튀어나와 땅 위에 굴렀다.

미국인 공군이 칼 하나를 갖고 나머지 칼 하나는 다른 미군이 가졌다. 그들은 세 개의 흰 바위가 있는 곳 가까이에 있었다. 그들은 음식을 받으러 가는 데 서두르지 않았다. 미군 포로 둘이 두 명의 수비병 뒤로 돌아가는 데 성공했다. 공군과 또 다른 한 명이 각각 수비병 뒤에서 칼로 목을 공격한 다음 무기를 빼앗는 순간, 다른 미군들은 세 개의 흰 바위가 있는 곳으로 뛰어가 숨겨놓은 무기를 찾아냈다. 순식간에 그곳은 전쟁터로 변했다. 무장을 한 포로들이 멀리 숲속에 있는 일본인 수비병을 겨누어 총을 쏘았다. 다른 미군들은 무슨 일인지 몰라 땅에 엎드렸고, 영문을 모르는 일본군도 땅에 엎드려 무엇이든 움직이는 것을 향해 총을 쏘았다. 일본군에게 빼앗은 기관총과 숨겨놓은 총으로 포로들도 마주 총을 쏘면서 산을 오르기 시작했다. 그들은 나무에서 나무로 몸을 숨기며 반은 쏘고 반은 달아났다. 달아난 반이 몸을 숨길 자리를 찾아 총을 쏘면 나머지 반이 달아나는 식이었다. 이렇게 그들은 숲속으로 달아났다. 총격전이 멈추자 수비대는 달아난 포로들을 추격했으나 그들은 이미 흔적을 감춘 뒤였다.

밤나무 숲에 남은 포로들은 아직도 땅에 엎드려 고개를 들 엄두도 내지 못했다. 누군가 부상당한 사람이 소리를 질러 도움을 청했다. 화약 냄새가 진동을 하고 푸른 연기가 공중에 퍼졌다. 아주 멀리서 기관총 소리와 소총 소리가 들려왔다. 영문을 모르고 땅에 엎드려 있던 일본군은 상황을 파악하기 위해 눈치를 볼 뿐이었다.

일단 진정 국면으로 접어들자 분대장이 혼동과 공포로 벌게진 얼굴을 하고 호각을 불며 고함을 치기 시작했다. 그러자 엎드려 있던 일본군도 일어나 따라서 고함을 치기 시작했다. 미군 포로들은 말을 알아들을 수가 없어 개머리판으로 때리고 총검으로 찌를 때까지 가만히 있었다. 나중에야 자동차 옆에 모이라는 뜻인 줄 알았다.

한 미군 포로가 일본군이 크게 부상당해 신음하고 있는 것을 보고 도울 생각으로 그에게로 다가갔다. 그 모습을 본 일본군이 총을 쏘아 그를 쓰러뜨렸고, 또 다른 일본군도 총을 쏘았는데 총알이 부상당한 일본군의 가슴에 박혔다. 미군과 일본군이 서로를 안고 쓰러져 죽었다.

다른 한 미군 포로도 부상당한 일본군을 발견했는데, 그는 땅 위에서 신음하며 떨고 있었다. 포로는 손을 위로 번쩍 들어 일본군이 들을 수 있도록 소리를 질렀다. 이번에는 총을 쏘지 않고 다가와서 부상자를 들것에 눕혀 트럭으로 옮겼다. 포로들은 또 다른 다섯 명의 부상자를 트럭 옆으로 옮겨왔다. 미군 포로 중 의사 한 명이 숲에서 임시방편으로 구한 것들과 자동차에 있던 응급의료품을 가지고 부상자들을 치료했으나 턱없이 부족했다. 시신들도 수습을 했는데, 일본인 여덟, 미군 포로가 다섯이었다. 미군 포로 중에도 부상자가 있었다. 분대장이 자신의 전용차를 보내어 위생병과 의료품을 가져오게 하고 수비대장에게 사건을 보고했다.

밤 따기는 중단되었고, 점심 배식은 하지 않았다. 포로들은 일본군 수비대에 의해 포위되었다. 시체와 부상자 및 생존자들을 모두 세어보니 아홉 명이 달아나고 없었다.

도망자들은 숲속으로 달아났다. 일본군의 추격을 완전히 따돌린 후 모두들 한곳에 모여 가쁜 숨을 진정하며 휴식을 취했다. 지금까지 일어난 일들과 현재 상황을 점검했다. 한 사람이 땅에 떨어지면서 손을 크게 다쳤다. 뼈에는 이상이 없었으나 살갗이 많이 상했다. 피가 계속 나지 않도록 손목을 매어 응급조치를 했다.

'동지'라는 조선인들이 어떤 식으로든 자신들을 발견할 것이다. "조선인들이 밤에 그들과 접촉할 것이다"라고 쪽지에 적혀 있었다. 그런데 어떻게 이 숲에서 자신들을 발견할 수 있단 말인가. 그들은 조선인을 믿고 그 이상의 복잡한 생각은 하지 않기로 했다. 자신들이 도망칠 수 있도록 도왔고, 무기도 주지 않았던가. 또 어떻게 해야 할 것인지 조언까지 해주었다. 지금은 아무것도 먹을 것이 없었다. 잠시 쉬었다가 다시 길을 떠나 가능한 한 멀리 도망쳐야 했다. 두 명이 망을 보았는데, 일본군이 그들을 계속 추격해올 것이기 때문이다.

잠시 후 다시 산 쪽으로 올라가기 시작했다. 산속에는 암자가 여기저기 흩어져 있다는 말을 수용소에서 들은 적이 있었다. 혹 길을 가다가 일본군 순찰대를 만나지나 않을까 걱정이 되었다. 짐승이 다니는 외진 길을 따라 계속 산을 올라가자 숲은 다른 모습으로 바뀌기 시작했다. 밤나무 대신 아주 키가 큰 소나무와 전나무가 해를 가리고 있었다. 오색 날개와 기다란 꼬리를 가진 꿩이 끽끽 소리를 내며 날아올랐다. 푸드덕거리는 날갯소리도 요란했다. 거울같이 맑은 계곡 물을 만나 물을 마셨지만 아쉽게도 물을 담을 만한 통이 없었다. 배가 많이 고팠지만 계속 걸었다. 송연과 포로수용소로부터 멀어져야만 했다.

숲속에서는 사람의 그림자조차 찾아볼 수 없었다. 잠시 비행기 엔진 소리만 들렸을 뿐이다. 이렇게 나무가 빽빽한 숲속에서 비행기를 확인할 수는 없었다. 아마도 그 비행기는 자신들을 찾기 위한 것은 아닌 듯했다. 너무 높이 떠 있었고, 또 조선인들의 말에 의하면 이 근처에는 비행장이 없다고 했다.

숲속 한 빈터에 상돌과 한자가 새겨진 비석이 있었다. 틀림없이 묘지였다. 그들은 그 빈터를 가로지르지 않고 둘러갔다. 개간하지 않은 거친 땅, 밟지 않은 풀들, 아름다운 꽃들이 가득했다. 저녁 무렵이 되어서야 숲에서 빠져나와 밤을 보내기 좋을 만한 곳을 찾았다. 길었던 오후가 가고 곧 땅거미가 지려 하고 있었다. 먼 길을 서둘러 온 피곤함, 연이은 경계심과 도주의 흥분, 시장기로 모두 녹초가 되었다. 두 명의 보초를 세우고 모두 조선의 숲에서 자유의 몸이 되어 잠을 청했다.

꽤 시간이 흘렀다. 멀리서 짐승의 울음소리가 들려왔다. 무슨 소리가 들리는 듯한데 밤이라 잘 분간이 되지 않았다. 보초는 자는 사람들을 깨우는 것이 좋겠다고 생각했다. 아래로는 경사진 길이, 위로는 검은 숲이 이어져 있었다. 밤새의 날갯짓 소리, 짐승의 울음소리, 가볍게 스치는 나뭇잎 소리가 주의를 환기시켰다. 어느 곳을 경계해야 할지 판단이 서지 않았다. 저 먼 계곡 깊은 곳에서 사람의 눈빛 같은 아주 가는 불빛이 보이는 듯하더니 이내 사라졌다. 또 다른 불빛이 잠시 나타났다가 그것도 금방 사라졌다. 이상한 울부짖음만 간간이 숲에서 들려왔다. 모두 잠이 달아나버렸다. 사방에 묘한 기류가 흐르면서 이상한 소리의 변화가 그들의 신경을 자극했다. 그들은 희미한 불빛을 보았던 계곡 쪽으로 주의를 기울였다. 적당한 간격으로 떨어져 소총과 기관총으로 무장을 하고는 어둠 속을 살피며 전투 준비를 했으나 아무도 그들 뒤쪽을 경계하지 않았다. 그때 등 뒤에서 이상한 소리가 들려왔다. 젊은이의 목소리였다.

"발리 씨, 발리 씨……."

키가 큰 공군의 이름이 발리였다. 아무도 대답하지 않고 기다렸다.

"발리 씨, 발리 씨."

이번에는 소리가 좀더 커졌다.

모두 소리를 들었지만 꼼짝도 하지 않았다. 계곡의 불빛과 등 뒤의 소리가 그들을 당황하게 만들었다. 혹시 일본인들의 함정이 아닐까? 포위된 것인가? 소리가 다시 들려오자 발리는 포복한 채 조용히 대답했다.

"누구인지 나서라."

"발리 씨입니까?"

"그렇다."

"저는 조선인 '동지' 입니다. 나가겠습니다."

발리가 기관총으로 소리나는 쪽을 겨누었다. 어깨에 아주 큰 자루를 멘 작은 키의 사람이 무장도 하지 않은 채 겁도 없이 씩씩하게 걸어오고 있었다. 발리는 그가 가까이 다가오자 땅에서 일어나 그의 어깨를 잡아 주저앉혔다.

"다른 사람들은 어디 있소?"

조선인은 동요하지 않고 물었다.

다른 한 포로가 겁을 먹고는 조선인에게로 다가와 몸수색을 했다. 아무것도 없었고 어깨에 메고 있던 자루에는 음식과 물통이 들어 있었다.

"내 이름을 어떻게 알았소?"

발리가 물었다.

"우리 조선인들은 다 알고 있어요."

"누가 당신에게 내 이름을 말해주었소? 어떻게 알았습니까?"

"당신에게 칼을 건네준 여인이 우리에게 말해주었소."

"그녀가 내 이름을 어떻게 알았을까? 한 번도 말한 적이 없었는데."

"막사에서 사람들이 부르는 소리를 듣고 알았다고 했소."

"당신 혼자요?"

"아니, 여럿이오."

발리는 아직도 겁이 났다. 그가 조선인이라는 것을 아직 믿지 못하고 있었다. 일본인이 아닐까? 모두 같은 얼굴을 하고 있어 구별하기가 어려웠다. 그러나 칼을 전해준 그 여인에 관한 말에 용기가 났다. 일본인이라면 그 일은 알 수 없었을 테니까. 다시 물었다.

"그녀의 이름이 무엇이오?"

"그녀는 방씨이고, 김후평의 아내요."

그 조선인 동지는 다행히도 영어로 의사소통을 하는 데 큰 어려움이 없었다.

"알겠소. 그런데 당신들은 여럿이라고 했지요. 다른 이들은 어디 있소?"

"내가 휘파람을 불면 나타나게 되어 있소. 당신들 찾느라고 고생 많이들 했소. 얼마나 빨리 움직이는지 하마터면 놓칠 뻔했소."

"어디서부터 우리를 따라온 거요?

"밤나무 숲에서부터요. 우리가 무기를 그곳에다 숨겨놓았지요."

"그러면 휘파람을 불어보시오."

작은 키의 조선인이 땅에 박았던 고개를 들고 입술을 오므리더니 기묘한 소리를 냈다. 아름답게 들리는 갈라진 음정의 낯선 새소리 같았다. 이내 위쪽과 아래쪽에서 같은 소리가 들려왔다. 잠시 후 다시 휘파람을 불자 화답의 소리가 더 가까이에서 들려왔다. 그가 세 번째 같은 소리를 내자 열댓 명에 가까운 키가 작은 사람들이 나타났다. 이쪽으로 허리를 굽혀 인사를 한 뒤 뭐라고 말을 하는데 발리는 알아들을 수가 없었다.

처음으로 만난 사람이 말했다.

"앉으시죠, 발리 씨. 음식을 가져왔소. 시장할 게요. 다른 사람들은 어디 있소?"

"이 근처에 있소. 이곳으로 올 것이오. 당신들은 무장을 하고 있지 않나요?"

"권총 세 자루를 가지고 있소."

"겨우 그것뿐이오?"

"많이 구할 수도 없소. 그리고 나중에 쓸모도 없을 텐데……."

미군 포로들이 하나 둘 경계심을 풀고 모여들기 시작했다. 웃으면서 예를 표한 다음 음식을 먹기 시작했다. 손을 다친 포로가 아파서 손을 움직이지 못하자 한 조선인이 말했다.

"내일 치료를 할 테니 걱정하지 마세요."

"약을 가지고 있소?"

"이럴 때 어떻게 처치를 해야 하는지 알고 있소."

"이곳 가까이에 일본군이 있소?"

"그럼요. 반시간 정도 거리에 큰 부대가 있소."

순간 모두 놀라 꼼짝하지 않고 있다가 정신이 드는 듯 고개를 흔들었다.

"걱정들 마시오. 당신들 쪽으로 가는 걸 보았다면 우리가 막았을 것이오."

"어떻게, 어떻게 막는단 말이오?

"다 방법이 있지요. 허허."

송연에서는 초저녁부터 주재소 급사가 종을 흔들어대며 남녀노소 가릴 것 없이 마을사람들을 광장에 모이게 했다. 수비대장의 명령이었다. 일본군들은 광장에 모인 마을사람들을 포위하여 총을 겨누었고, 높은 망루에서는 대포로 마을사람들을 겨냥하고 있었다. 급사는 계속 마을을 돌아다녔고, 군인들은 들에서 돌아오는 사람들을 광장으로 데려갔다. 잠시 후 조명이 켜지자 광장은 빛으로 가득했다. 사람들이 광장에 모이자 그때부터 군인들이 집집마다 수색을 하기 시작했다. 어느 한곳도 빠뜨리지 않고 방이나 창고, 가축 우리까지 샅샅이 뒤졌다. 모든 것이 수상쩍어 보였다. 그러나 밤늦도록 살림살이나 시골 농부들이 매일 쓰는 농기구 외에 전쟁에 관련될 만한 그 어떤 것도 찾아내지 못했다. 총도 탄약도 없었다. 수비병들이 광장으로 돌아와 수비대장에게 이 사실을 보고하자 수비대장이 확성기로 말했다.

"구장은 앞으로 나오시오."

한 사람이 일어났다. 머리에 갓을 쓰고 수염이 가슴까지 내려와 흩날리고 있었다. 불빛 조명을 받으며 일어서서 말했다. 전임 구장이었다.

"존경하는 수비대장님. 아주 오래 전에 말씀드렸습니다만, 우리 마을은 구장도 없고 원로회의도 없습니다."

"왜 없지요?"

수비대장이 확성기에다 대고 말했다.

"우리 마을의 습속입니다. 구장이나 동회가 한 번이라도 마을사람들로부터 비난을 받거나 감옥에 가게 되면 그들을 파면해버립니다."

"그래 그 후임자는 누구요? 누가 다음 원로회의의 의장이 되었소?"

"아무도 없소. 마을에 어른이 없어요."

"당신 자리를 아무도 물려받은 사람이 없단 말이오? 전임 구장!"

"아무도 없습니다. 청컨대, 수비대장님께서 한 사람을 임명하여 그와 연락을 하고 또 우리가 그의 지시에 따르도록 해주시기 바랍니다."

"그 문제는 생각해보도록 합시다. 지금은 당신을 구장으로 알고 묻겠소. 마을사람들이 여기 내 앞에 다 모인 것이오?"

"그거야 아주 쉽게 알 수 있지요. 존경하는 순사들이 우리 마을 사람들을 잘 알고 있습니다. 가족별로 나누어 사람들을 확인해보면 알 수 있습니다."

"일리 있는 말이오. 사람들을 가족별로 나누어 당신이 순사들과 함께 누가 없는지 확인해보시오."

순식간에 사람들이 가족별로 나누어 섰다. 순사들이 전임 구장과 함께 그들 사이를 다니면서 사람들을 확인했다. 확인이 끝나자 구장이 다시 조명을 받으며 중간에 서서 말했다.

"존경하는 수비대장님. 남자 여섯이 없습니다."

"누구요?"

"주재소 소장인 존경하는 하기야마 씨가 당신에게 그 이름과 사유를 이야기해줄 수 있을 것입니다."

"하기야마 소장, 말해보시오."

"두 명은 춘천의 도로 공사 부역에 동원되었고, 네 명은 원산 부두에서 군대 일로 부역하고 있습니다. 또 여자 둘은 임산부로 자리에 있고, 다섯 명은 나이가 많은 노인들로 걸을 수가 없어 나오지 못했습니다."

"보이지 않는 사람은 없소?"

"없습니다."

"현재 없는 사람은 정말 타당한 이유가 있는 것이오?"

"그렇습니다, 수비대장님. 제가 책임을 지겠습니다."

"알겠소, 하기야마 소장. 구장은 이리 가까이 오시오."

구장이 일본군 장교 가운데 서 있는 수비대장에게 다가가자 그는 구장에게 소총 하나를 내밀었다.

"이 총을 잘 보시오. 그 총이 누구의 것인지 아시겠소?"

구장은 총을 받으려 하지 않고 정중하게 말했다.

"존경하는 수비대장님. 제가 구장으로 20년간 마을을 돌보아왔지만 마을사람들에게 총 같은 것은 없습니다. 당신이 가지고 있는 총은 우리 마을사람의 것이 아닙니다."

"총은 구식 일본 총이오. 현재 우리 군인들은 이런 총을 사용하지 않소."

"미안하지만 총 같은 것은 알지 못하오."

"마을사람과 미군 포로들이 밤을 따던 숲에 어떻게 이 총이 있었는지 혹시 집히는 것이라도 없소?"

"송구하오만, 수비대장님. 그 점에 관해서는 아무것도 아는 것이 없소이다. 마을사람 누구도 아는 사람이 없을 것이오. 다만 참고가 될까 해서 하는 말입니다만, 마을 밖 들판과 언덕 곳곳에 일본식 총이 묻혀 있습니다."

"뭐라고 했소, 구장. 일본식 총이?"

"예."

"많이요, 조금이요?"

"아주 많이요."

"매우 흥미로운 일이군."

"총이 있는 장소도 알려드릴 수가 있습니다."

"믿을 수가 없군. 그래서요?"

"지금은 밤이니 내일 날이 밝으면 당신을 안내하겠소."

"구장, 조선인들이 그 총을 사용하지 않나요?"

"그럼요."

"그걸 어떻게 장담할 수 있소?"

"30여 년 전 일본군 사령부가 원산에 있을 때 여러 관공서가 있는 장소에 얼마간의 총과 전쟁용 무기를 묻은 적이 있습니다. 묻으면서 서류를 만들었는데, 그 사본이 우리에게 전해졌고 우리는 절대로 사용하지 못하게 했어요."

"당신들이 그걸 사용하지 않았다는 것을 지금 내게 믿으라고 하는 것이오?"

"믿으셔야 합니다. 그렇지 않고는 다른 도리가 없어요."

"무기 매장에 관련된 서류를 가지고 있소?"

"그럼요. 원본은 원산에 있을 겁니다."

"그래서 앞으로 어떻게 했으면 좋겠소?"

"내일 서류를 모두 보여드리지요. 바로 현장조사를 해서 수량을 확인해보고, 총과 탄약 등이 없어진 것이 있는지 살펴보십시오."

"그렇다면 밤나무 숲에 있던 총은 어디서 난 거요?"

"그것에 대해서는 아는 바가 전혀 없습니다."

"알겠소. 광장에서 밤을 샌 다음 내일 당신이 말한 대로 확인해 보도록 합시다. 숲에서 나온 총은 이 마을에 그 책임이 있다는 것을 알아두시오. 오늘 밤 잘 생각하여 그 주동자를 내게 말해주시오. 마을 전체가 아니라 한 사람만 벌을 받도록 하자는 것이오."

일본군 의무대 작은 건물 안에서 미군 포로 군의관, 일본인 의사와 위생병들은 부상자들을 돌보느라 정신이 없었다. 피가 많이 필요했는데, 포로들이 헌혈을 해주었다. 수술을 담당한 의사와 위생병은 피로에 지쳤다. 마을사람들이 광장에 모여 있던 그 밤에 군인들과 순사들은 무기를 찾기 위해 더 정밀한 2차 수색을 감행했다. 결과는 헛수고로 총이나 탄약은 나오지 않았다. 엽총 몇 자루가 나왔을 뿐인데 그것은 이미 주재소에서 허가를 받은 것들이었다.

수비대장도 잠을 자지 않고 장교들과 밤나무 숲 사건에 대해 논의했다. 수비병들은 포로 중 누구도 총을 가지고 있는 것을 보지 못했다. 그런데 어떻게 포로가 수비병들을 공격했을까? 무엇으로 그들을 죽였을까? 숲속에 누군가가 그들을 위해 무기를 숨겨놓았던 것일까? 아니면 죽인 수비병의 무기와 기관총을 사용한 것일까? 어떻게 총격전이 벌어진 그곳에 단 한 자루의 구식 일본 총만 발견된 것일까?

　다음 날 날이 밝자 수비대장은 구장의 말이 사실이라면 마을사람들을 집으로 돌려보내줄 것이지만, 만일 거짓으로 드러나면 마을 전체에 무서운 보복이 가해질 것이라고 말했다.

　수비대장은 구장과 마을 서기와 함께 소형 자동차를 타고 구장이 알고 있는 구식 총이 묻혀 있는 곳으로 갔다. 숲속 빈터 첫 번째 장소는 마을에서 30분쯤 거리에 있었다. 군인들이 땅을 파기 시작했다. 땅은 오랫동안 판 흔적이 없는 듯했다. 주변 산들의 아름다운 모습은 사람을 황홀하게 만들었다. 점점 깊이 파 들어가 도끼로 내려치니 아래 빈 공간이 나왔다. 조심스레 조금 더 파보니 길고 좁은 나무상자들이 나왔으나 상자들은 흙 속의 습기로 썩어 있었다. 뚜껑을 부순 후 총을 꺼내어보니 녹이 쓸고 썩어서 사용할 수가 없었다. 나무로 된 총신과 개머리판이 온통 썩어 있었다. 상자를 모두 꺼내어 헤아려보니 정확하게 숫자가 맞았다. 서류에 있는 그대로였다.

　"총알은 여기 없나?"

　수비대장이 말했다.

　"서류에 총알에 관한 내용이 없으면 없는 것이지요."

　다시 한 번 서류를 살펴보니 총에 관한 내용만 적혀 있을 뿐 총알에 관한 내용은 없었다.

　"다시 묻도록 해. 완전히 무용지물이군. 쓸 수가 없어."

수비대장이 명령했다.

다시 자동차에 올라타고 더 깊은 산속으로 갔다. 그곳에서도 서류에 적힌 상자들을 발견하여 총을 세어보니 그 수가 꼭 맞았다. 세 번째 장소도 마찬가지였다. 그곳을 파기 전 구장은 아마도 이곳의 총은 크게 상하지 않았을 것이라고 말했다. 서류에 철로 만든 상자에 내부 처리를 잘했고, 총은 기름칠을 듬뿍한 종이에 싸여 있다고 적혀 있었기 때문이다. 사실 구장이 말한 대로였다. 손질만 잘하면 아직도 쓸 수 있을 정도로 거의 상하지 않았다. 숫자도 서류와 정확하게 일치했다. 수비대장은 한 장교에게 휘발유에 불을 붙여 폐기한 후 다시 묻으라고 지시했다.

또 다른 장소에서 구장은 수비대장에게 말했다. 서류에 적힌 바에 의하면 그곳을 팔 때는 아주 조심을 해야 한다는 것이다. 묻혀 있는 것이 수류탄, 최루탄, 탄약, 여러 가지 폭발장치, 다이너마이트 같은 것이라고 한다. 큰 위험이 따랐다. 수비대장은 땅을 판 적 없이 30여 년 동안 무기들이 그대로 있는지 자신의 눈으로 직접 확인을 했다. 땅 위에는 속새, 덩굴식물, 키 작은 관목들이 아름다운 꽃을 피운 채 엉겨 있었다. 수비대장은 서류를 자세히 검토한 뒤 구장의 의견에 전적으로 동의했다. 구장의 의견에 따라 그곳은 손을 대지 않기로 했다. 아직 몇 곳이 더 남아 있었으나 구장이 말했다. 남은 곳들도 이곳과 같은 모습, 속새와 만개한 관목들이 빽빽이 들어서 있다는 것이다. 총뿐만 아니라 최루탄, 위장 폭탄, 수류탄 같은 위험한 무기들이 있으니 땅을 파는 것이 겁이 났다. 구장의 경고에도 불구하고 그들은 한 거대한 흙구덩이를 팠는데 묻혀 있는 것들은 흙과 한몸이 되어 완전히 녹이 쓸고 썩어서 아무 쓸모가 없었다.

점심때쯤 별수없이 막사로 돌아와 수비대장은 같은 질문을 했다. 실망과 피곤이 겹쳤지만 그래도 완강했다.

"어떻게 이 총이 숲에서 나왔는지 그 이유를 알 수가 없소."

"수비대장님. 정확하게 그것을 어디서 주웠습니까?"

"한 밤나무 뿌리가 있는 곳이오. 마른 가지 밑에 가려져 있었소. 군인 하나가 마른 가지에 걸려 헛디디는 바람에 우연찮게 발견하여 그 주변을 수색했지만 더는 아무것도 나오지 않았소."

"이건 그냥 저의 추측입니다만……."

"말해보시오."

"손부사 암자 위로 160킬로미터 떨어진 곳에 산소리라는 작은 마을 이야기를 들어보셨습니까?"

"아니 들어본 적 없소."

"그러면 혹 거진과 간성이라는 두 개의 작은 해변 마을은요?"

"그곳도 들어본 적이 없소."

"이 마을들은 일본군에게 아주 오랫동안 저항한 곳인데, 항복을 했을 때는 사람들이 얼마 없었다고 합니다."

"다들 어디로 갔소?"

"산으로도 가고 만주로도 갔다고들 하나 제 생각에는 아직 조선 땅에 있는 것 같습니다."

"그런데 그들과 숲에서 나온 총과는 무슨 연관이 있단 말이오?"

"일본이 30여 년 간 조선 땅에 머무는 동안 이 세 마을의 주민들과 또 다른 조선인들이 일본인을 계속 괴롭히고 있다는 것을 잘 알고 있을 것입니다. 일본군이 그들을 잡으려고 혈안이 되어 있지만 아직 잡지 못하고 있지요. 오래 전 우리 마을에도 온 적이 있었소. 소수로 무리를 지어 음식과 의복 등을 얻어가지고는 사라지곤 했는데, 순사들이 부임해온 후로는 나타나지 않았어요."

"그러니까 내 말은 그들이 숲에서 나온 총과 무슨 연관이 있느냔 말이오?"

"제 말씀은 그들이 여러 번 우리 마을에 왔을 때 대장님이 제게 보여준 그 총과 같은 것을 메고 있었던 생각이 난단 말입니다."

"재미있는 이야기요. 그래, 그 사람들이 우리에게 대항한다고 칩시다. 그런데 어떻게 그들이 숲에 있었고 그곳에다 총 한 자루를 남겼단 말이오?"

"말씀드렸듯이 저의 추측을 이야기한 것뿐입니다."

"그렇다면 그들이 포로들에게 총을 마련해주기라도 했다! 어떻게 포로들과 접선을 하여 도주하도록 했지?"

"글쎄, 그런 것은 잘 모르겠소. 말씀드린 대로 그들이 똑같은 총을 가지고 있었소."

"혹시라도 이 마을에 아직 그들과 접선하는 사람이 있소?"

"그런 사람이 있었다면 당신들에게 바로 알려주었지요."

"왜요?"

"우리 마을의 평화를 지켜야 하니까요. 오랜 시간 동안 조선인과 일본인이 함께 살아왔지만 흉한 일은 한 번도 없었소. 조용히 사는 데 익숙해져 있기 때문이오."

"당신네 조선인들이 동족을 우리에게 넘긴단 말이오?"

"물론이지요. 주저 없이."

"총살형에 처하는 것을 알면서도 말이오?"

"그런 것을 미리 공지해놓았소."

"믿기 어려운 일이군."

"그 무엇보다 우리 마을사람들의 안전이 우선이기 때문이오."

"혹시 이 근처에 유격대(빨치산)들이 돌아다니고 있다고 보시오?"

"그런 것은 전혀 모르겠소."

"발견된 총은 상태가 아주 좋은 것이었고, 총알도 최고 품질의 것이었소. 이런 사실을 어떻게 설명할 수 있단 말이오?"

"그건 잘 모르겠소."

"혹시 다른 서류가 있는데 감추어놓고 우리에게 내놓지 않은 것이 아니오?"

"내 말의 진실은 원산 군사령부에서 확인해보시오. 원본이 그곳에 있으니까. 일본인과 그 지역의 구장, 서기가 서명을 합니다. 조선인은 자신이 한 서명을 존중하오."

"일본 무기를 다른 마을에도 묻어놓았소?"

"그것에 대해서는 전혀 아는 바가 없소."

"만일 묻어놓은 것이 있다면 그 자리에 그대로 있을까?"

"그대로 있지요."

"어떻게 그리 장담할 수가 있소?"

"다른 마을에도 조선인들이 사니까요."

"그게 무슨 말이오?"

"내 말은 그들도 자신이 한 서명을 존중한다는 말이오."

"만일 유격대들에게 그 사실을 알려준다면?"

"절대 그런 일은 없소. 어떤 일이 있어도 절대로 무기를 사용하지 않겠다는 것과 다른 누구에게도 무기를 넘기지 않겠다고 서류에 서명을 했기 때문에 반드시 약속을 지킵니다."

"전혀 이해할 수가 없소. 정복자와 피정복민 사이에 그런 동의를 할 수 있다는 말이오?"

"수비대장님, 그때는 세월이 달랐습니다. 그렇지만 우리는 달라진 것이 없어요. 당신들을 존중하고, 당신들이 우리를 해롭게 하는 그런 일이 생기지 않도록 조심하고 있지요."

"그거야 당연하겠지요. 저항이 표면화되기까지는."

"순사들이 세 밀의 진실을 증명할 수 있을 겁니다."

"여기서 끝냅시다. 구장 당신을 믿겠소. 당신의 말에 내가 졌소.

매장된 무기의 확인이 내 의혹을 덜어주었소. 가도 좋소. 마을사람들도 이제 자유요."

"감사합니다. 그런데 서류를 다시 돌려주셨으면 합니다. 그것은 마을의 것으로, 필요할 때는 언제나 이용할 수 있습니다."

수비대장은 구장의 합당한 요구를 받아들여 서류를 돌려주었다. 구장이 돌아가자 수비대장은 혼자 중얼거렸다.

"이사람들은 아주 정상적인 사람을 미치광이로 만드는 것 같군. 분명 포로들이 탈출하는 데 일조를 한 것 같은데 도무지 증거를 찾을 수가 없네."

옆에 있던 장교들도 수비대장의 혼잣말을 들었다. 그들은 함께 여러 가지 가능성에 대해 의논을 했다. 유격대가 어떻게 탈주자들과 접촉을 했을까, 혹시 잠수함을 타고 해변에서 잠입한 미군이 있었던 것은 아닐까, 조선 땅에 미군 첩자가 있는 것은 아닌가 등등. 장교들은 그런 두려운 가능성들을 순사들에게는 이야기하지 않았다.

일본군 의무대 뒤쪽으로 십자가 몇 개가 세워졌다. 불교를 믿는 송연 마을에 처음으로 기독교식 봉분이 만들어졌다. 미군의 무덤 위에 기독교 신에 대한 첫 번째 기도문이 적혀 있었다. 주님이 어린 양들을 천국으로 영접해달라는 것이었다. 일본군 시신은 배로 원산에서 일본으로 옮겨져 그들의 선조들과 함께 묻힐 것이다.

탈주자들은 발리와 함께 이튿날 아침부터 손부사 암자로 향했다. 높이 올라갈수록 키가 작은 빽빽한 소나무 숲이 이어졌다. 조선인 안내자들은 부근의 일본 수비대와 병영을 피해 완전히 우회하여 오솔길로 접어들었다. 손부사의 비구니 암자에는 일본군이 있었으나 비구 암자에는 없었다. 비구 암자로 가는 길은 장대 같은 나무들이 탈주자들의 모습을 가려주었다.

암자에 도착하자 부상당한 동료를 스님에게 부탁하고, 나머지는 계속 걸어서 저녁 무렵 높은 고개 꼭대기에 도착했다. 높은 나무 사이에 허물어진 탑과 절이 있었는데, 대(大)손부사에 딸린 기수암이라는 절이었다. 그곳에서 하룻밤을 묵었다. 하루 종일 걸었으나 그다지 크게 피곤하지는 않았다. 먼저 주변 상황부터 점검했다. 고개에서 내려다보면 동해의 푸른 바다가 한눈에 들어왔고, 오른쪽 아래로는 거대한 도시 원산의 불빛이 희미하게 보였다. 원산은 큰 항구 도시로 일본인이 시멘트와 철근으로 튼튼한 기지를 만들었다. 크고 작은 배들이 항구에 정박해 있었고, 더 멀리 떨어진 선창에는 몇 척의 잠수함이 닻을 내리고 있었다. 소형 활주로에 추격기와 정찰기 몇 대가 서 있었는데, 그것들은 때로 수색이나 정찰을 위해 부근 하늘을 날곤 했다.

그들은 저녁을 먹은 후 모두 모여 앞으로의 일에 대해 의논했다. 조선인 안내사들은 아침이 되면 이 지역 지리에 더 밝은 '동지'들이 와서 그들을 안내할 것이라고 했다. 조선인 유격대 동지들은 30

여 년 동안 일본군에게 항복하지 않은 채 산에서 산으로 다니며 자유롭게 살았다. 모든 조선인이 동료였으며, 그들에게 동조했고 그들을 보살폈다. 그들은 일본인이 있는 도시, 시골, 항구 등을 다녔지만 아무도 알아보지 못했다. 일본인들은 그들에 대해 익히 들어 알고 있었지만 언젠가부터 그들의 존재를 믿지 않았다.

"당신들은 송연 마을 사람들이 아닙니까?"

발리가 물었다.

"아닙니다. 어떤 마을에도 속하지 않습니다. 우리는 조선 팔도의 주민이지요."

"송연 주민들은 왜 우리를 돕지 않았습니까?"

"일본인의 의심을 사지 않게 하기 위해서지요."

"내일 새로운 동지들이 온다고 했지요?"

"아니, 그런 말이 아니라 내일 당신들을 인계받을 것이라고 했지요."

"그들은 지금 어디 있습니까?"

"여기 절 안에 있습니다."

발리가 놀라 입을 다물었다. 방심하고 절 주위는 주의를 기울이지 않았던 것이다. 자신의 목숨을 조선인 동지들의 손에 내맡기고 있었다. 같은 절 안에 다른 사람이 있을 거라고는 생각지 못했다.

"그러면 그들을 불러서 인사를 합시다."

"기도가 끝나고 제사를 다 드리고 나면 그들이 올 것입니다."

"어떤 제사요?"

"고기를 삶아먹고 올 거요. 중요한 임무를 맡을 때는 늘 그렇게 합니다."

절은 폐허였다. 많은 방이 있었는데, 지상 이층이며 지하에도 방이 있었다. 한 부대가 숨어도 될 만한 곳이었다. 절 주변에는 반쯤 무너진 집들이 있었다. 돌로 담을 쌓고 짚이나 돌로 지붕을 이은 집들이었는데, 손을 보지 않고 내버려둔 것들이라 누렇게 이끼가 끼어 있었다. 넓은 뜰에는 높은 소나무들이 하늘을 찌르고 있었고, 배수구에서는 물이 흘러내렸다.

얼마의 시간이 흐르자 새로운 '동지'들이 나타났다. 그들은 통이 넓은 바지, 넓은 저고리에다 고무신을 신고 평퍼짐한 코를 한 전형적인 평범한 조선인들이었다. 서로 통하지 않는 말로 인사를 나누었다. 그들은 처음 보는 서로의 모습에 감정을 드러내지 않았다.

"영어를 할 줄 아는 당신이 가버리면 누가 통역을 하나요?"

발리가 영어를 하는 '동지'에게 물었다.

"나는 가지 않을 겁니다. 당신과 함께 있을 것이오."

"잘됐소. 그런데 당신 집에는 돌아가지 않아도 되는 거요? 마을로 말이오."

"나는 가족이 없소. 나 또한 '동지'요."

"처음부터 묻고 싶었던 것이 있었는데, 영어는 어디서 배웠소?"

"부산. 조선의 남쪽 끝이오. 나는 여자와 아이들이 있는 수용소

송연 이야기

에서 부역을 한 적이 있소. 전쟁이 시작되자 소수이기는 했지만 영국인과 미국인들을 잡아서 군대에 수용했는데, 그곳에서 영어를 배울 기회가 있었지요."

한밤이 되자 송연에서 함께 온 조선인들이 돌아가고 새로운 사람들과 함께했다. 담배를 피우면서 영어를 아는 '동지'가 통역을 해 발리와 이야기를 나누었다.

"발리 씨."

"이보시오. 내 이름은 발리가 아니고 버클리오."

"알고는 있으나 발음이 잘 안 되오. 혀가 잘 돌아가지 않아요. 미안합니다. 당신들 계획이 어떤지 알고 싶소이다. 그리고 우리가 무엇을 어떻게 도우면 됩니까?"

군대에서 계급이 높았던 이유로 버클리가 탈주자들의 대표가 되어 말했다.

"오랜 시간 함께했는데, 당신 이름도 아직 모릅니다. 이름이 무엇입니까?"

"찬연이라고 합니다."

"자, 찬연 씨. 우리의 계획은 간단합니다. 실천이 어려울 것 같아 걱정이 되긴 합니다만."

"결심만 하면 어려울 것이 없지요."

"맞는 말이오. 그래서 우리도 탈출을 한 것이니까. 먼저 무전기를 하나 구해야겠소."

"무전기가 뭐요?"

"기계인데, 이곳에서 말하면 송연에서 들을 수 있는 것이지요."

"어떻게 그런 일이 가능하단 말이오?"

"이곳에서 말하면 저곳에서 들을 수 있는 전화 같은 것입니다. 전화와 다른 점은 무전기는 전선이나 플러그 없이 전파를 통해서 전달하는 것이오."

"그런가요."

"무전기로 아군과 통신할 수 있소."

"아군이 어디 있소?"

"바다, 배 안에."

"그들에게 뭐라고 말할 거요?"

"우리가 어디 있는지 알려서 구해달라고 해야지요."

"어떻게 당신들을 데려간단 말이오?"

"잠수함으로."

"잠수함이 뭐요?"

"잠수함은 배인데, 물 위로도 다니고 물고기같이 물속으로도 다닐 수 있는 것입니다. 비행기로 구할 수도 있지요."

"그런 것이……. 처음 듣는 소리요. 잠깐, 동지들에게 먼저 통역을 합시다."

통역을 하자 조선인들 모두가 웃었다. 버클리의 말을 믿지 않는 것이다. 버클리는 모두의 웃음이 멈추기를 기다렸다가 물었다.

"혹시 무전기를 어디서 구할 수 있는지 알고 있소?"

"모르겠는데요."

"그렇다면 일본군에게 빼앗아야겠소. 그들은 크고 작은 집단마다 서로 연락을 취하기 위해서 무전기를 가지고 있습니다. 산에 있는 일본인들 가까이 가본 적이 있소?"

"예."

"그때 일본인 자동차에 큰 전선을 감은 코일이나 1미터나 2미터 높이쯤 되는 철로 된 긴 막대기 같은 것을 본 적이 있소?"

"아니요. 생각이 안 나는데요. 잠깐, 다른 사람들에게 한번 물어볼게요."

다른 동지들 아무도 알지 못했다. 기이한 이야기를 들은 터라 다들 놀란 얼굴들이었다.

"그런 막대기로 무엇을 합니까?"

"그 막대기를 안테나라고 하는데, 기계에 대고 말을 하면 이쪽 안테나가 그 말을 받아서 공중으로 내보내면 상대방의 다른 안테나가 공기로 오는 소리를 받아서 말로 바꾸는 거요. 무슨 말인지 알겠소?"

"아니요. 하지만 괜찮소."

"그러면 이렇게 합시다. 우리를 일본인 소집단이 있는 곳으로 데려다주시오. 우리가 직접 무전기가 있는지 확인을 하겠소. 자동차 한 대쯤 볼 수 있을지도 모르니까요. 어쨌든 먼저 해야 할 일은 일본인 소집단을 찾는 것입니다. 이 근처에 그런 집단이 있소?"

"왜 소집단을 찾는 거요?"

"일본인을 공격해야 하기 때문입니다. 숫자가 적으면 적을수록 상대를 공격하기가 쉽지요."

"그런 소집단은 어디를 가든 있소."

"몇 명쯤 됩니까?"

"두 명, 열 명, 쉰 명. 조선 땅 어디를 가든 그런 소집단의 일본인을 볼 수 있소."

"됐소. 그러면 당신이 집단을 고르시오."

몇 가지 의논을 더한 다음 두 명의 보초를 세우고는 미군과 조선인은 함께 잠자리에 들었다. 저 멀리 고요한 바다가 검게 물들었다. 그 바다 건너 저편에 활 모양의 일본열도가 있었다. 그리고 그곳에 바다의 비정한 전쟁에서 조금의 관대함도 없는 동양인이 살고 있었다.

18

무선전신기 작동

기수암에서 동남쪽으로 추가령 골짜기 너머 약 30킬로미터 떨어진 곳에 철령이 있었다. 그곳은 특히 봄이 되면 연분홍 철쭉이 만개해 끝없이 이어져 있는 주변 산을 온통 뒤덮었다. 산에서는 물이 한없이 솟아나고 푸른 계곡에서는 높은 폭포가 떨어져 푸른 안개를 만들어내어 아름다운 경관을 이루었다. 탈주자들은 자동차 길을 피해 돌계단으로 연결된 끝없이 이어진 뱀 같은 좁은 길을 꼬불꼬불 돌아갔다.

그곳의 숲이 우거진 산꼭대기에 일본인들이 크고 작은 무리를 지어 영구 기지를 만들어 산재해 있었다. 일본군 부대가 있는 곳을 정확히 파악한 다음 행동에 들어가야 했다. 원하는 것은 일본군만이 가지고 있었다. 음식 같은 것은 걱정하지 않아도 되었다. 식사는 조선인 동지들이 절에서 얻어온 것으로 해결했다. 점심때 잠깐 쉬고 밤에는 아무 곳에서나 자고 다음 날 다시 기운을 차려 행진했다. 곳곳에 산재해 있는 일본군들 중 한곳에서는 무장도 하지 않은 채 평화롭게 지내고 있었다. 한 무리의 일본군이 강에서 목욕을 하고 있었다. 조금 떨어진 둑에 옷과 총이 있었지만, 사방이 탁 트인 곳이라 그들을 공격할 수 없었다. 될 수 있는 한 무력 충돌은 피하는 것이 좋았다. 또 그것이 지금의 주요 목적이 아니었다.

행운의 여신이 미소를 지었다. 동지를 따라 수가 적은 일본군 병영 가까이 다가갔다. 아침이었는데, 잎이 무성하고 빽빽하게 들어선 나무에 몸을 숨기고 일본군들의 동태를 살폈다. 나무 뒤쪽 넓은 빈터 한쪽에 막사가 있었는데, 막사 앞에서 무장하지 않은 세 명의 일본군이 잡일을 하고 있었다. 그들은 상체는 옷을 입지 않고 반바지만 입고 있었다. 버클리가 찬연에게 물었다.

"무슨 막사요?"

"잘 모르겠습니다. 수가 많지 않은 것 같은데."

"얼마나 될 것 같소?"

"많아야 열다섯."

"여기서 무슨 일들을 하지요?"

"내가 어떻게 알겠소."

"있은 지 오래됐소?"

"아주 오래됐지요."

"망원경이 뭔 줄 아시오?"

"모르오."

"돋보기 같은 건데, 그걸로 보면 멀리 있는 것을 잘 볼 수 있습니다."

"그래, 그걸로 뭘 할 거요?"

"망원경이 있으면 저들이 바로 우리 눈앞에 있는 것처럼 잘 볼 수 있어요. 말하자면, 10미터 정도 앞에 있는 것처럼 말입니다."

"잘 모르겠소. 직접 해보면 알겠지요, 뭐."

"망원경을 구해야겠는데. 저들이 그걸 가지고 있을 겁니다."

"그럼 어떻게 하지요?"

"좀더 잘 볼 수 있도록 가까이 갑시다."

버클리는 다른 미군들과 상의를 한 후 좀더 접근하기로 했다. 병영의 남쪽에서 험한 길을 헤치며 조심스럽게 접근했다. 좁은 숲길과 작은 동물들의 소리가 그들의 은신처가 되어주었다. 한 미군이 짧은 나뭇가지를 잘못 밟아서 우지끈 소리가 났다. 한순간 모두 땅에 엎드렸다. 그러자 낯선 사람 하나가 그들이 있는 곳으로 다가왔다. 엎드려 있는 그들의 머리 위로 새들이 지저귀고 물 흐르는 소리가 들려왔다. 낯선 이는 무장도 하지 않고 방심한 채 주변을 두리번거리고 있었다. 일본군이 분명했다. 버클리가 몸을 일으켜 총을 그에게 겨누었다. 일본군이 놀라서 주춤하자 다른 미군들도 일어나 조준을 했다. 그리고 한 사람이 그의 손을 번쩍 들게 하고는 몸수색을 했으나 아무것도 나오지 않았다. 손을 등 뒤로 돌려 단단히 묶고, 그의 입에는 재갈을 물린 후 모두 땅 위에 앉았다. 찬연이 막사에는 몇 명이 있는지 그에게 물었다. 그는 놀란 채 대답을 하지 않고 무슨 소리를 냈다.

"버클리 씨, 일본군이 무슨 말을 하는데 무슨 뜻인지 알아듣지 못하겠소."

"그럼 어떡하오?"

"입에 수건으로 재갈을 물렸으니 말을 하지 못하는 거요."

"어떻게 하면 되겠소?"

"재갈을 풀어주어야 할 것 같소."

"소리를 지르면 어떡하오?"

"소리치면 당장 죽인다 하고 풀어주면 괜찮을 것 같소이다."

"정말이오?"

"그럴 것 같은데요."

"그러면 풀어주도록 합시다."

그래서 입에 물렸던 재갈을 풀어주고 몇 명이 있는지 다시 물어보았다.

"빌어먹을 동지들. 말하지 않겠다."

"뭐라고 하는 거요?"

버클리가 물었다.

"일본인이 아무 말도 하지 않겠다고 정중하게 대답하는데요."

"그런데 당신에게 '동지'라고 하지 않았소?"

"예. 나에게 '빌어먹을 동지'라고 했소."

"대답을 하지 않으면 죽인다고 하시오."

그래서 '동지'가 다시 일본인에게 말했다.

"당신이 대답을 하지 않으면 미군이 당신을 죽이겠다고 하오. 당신이 먼저 죽으면 당신이 원인이 되어 그 다음에는 다른 사람들도 죽어요. 아무것도 아닌 일 때문에 당신이 말을 듣지 않아 그런 일이 생긴단 말이오."

"왜 나를 죽이려는 거요?"

일본군이 놀라서 물었다.

"난들 아는가. 그렇게 한다는데."

"무슨 말이 그렇게 많습니까?"

버클리가 물었다.

"대답을 하도록 구슬려야지요."

"알았소. 다시 물으시오."

찬연이 일본군에게 다시 묻자 그가 답했다.

"모두 열네 명이라고 전하시오."

일본군이 대답하자 버클리가 다시 말했다.

"지금부터는 간단하게 질문해주시오. 그들 지휘관의 계급을 물어보시오."

"자, 지금부터 미군이 묻는 말에 대답을 잘 하시오. 그렇지 않으면······."

"또 길게 말하는 거요? 찬연!"

"아닙니다. 당신 질문을 전달하는 거요."

"그래, 뭐라고 했소?"

"아직 물어보지 못했습니다."

"얼른 물어보시오."

찬연이 다시 일본군에게 물었다.

"당신 지휘관의 계급은 뭐요?"

"또 질문을 하는 거요?"

일본군이 말을 되받았다.

"다른 말 하지 말고 대답이나 하시오."

"하사요."

"버클리 씨, 하사라고 합니다."

찬연이 버클리에게 통역을 해주었다.

"좋소. 그런데 내 이름은 부르지 않는 게 좋겠소."

"알겠습니다. 나도 부탁하는데, 내 이름을 부르지 마시오."

"그렇게 하지요. 미안하오. 어떤 무기를 가지고 있는지 물어보시오."

그들은 일본군으로부터 대포와 자동차 각 두 대, 소총 열 자루, 다수의 탄약과 수류탄, 다이너마이트, 망원경, 무선전신기가 있다는 것을 알아냈다. 그리고 일본군 중 세 명은 외출하여 오후에 돌아오고, 통신병은 지금 무선전신기 앞에 없으며, 지휘관인 하사는 총을 가지고 사냥을 갔다고 했다. 총은 내무반 안에 있으며, (소형)대포는 창고 안에 있는데 한 달에 한 번 청소만 한다고도 했다.

만족할 만한 정보를 얻고는 함께 작전을 짰다. 일본군이 준 정보가 사실이라는 전제하에 그들이 방심하고 있을 때 남쪽에서 막사를 공격하기로 했다. 문제는 일본군을 잡은 다음 그들을 어떻게 처리해야 하는가였다. 묶어서 안에 가두기로 하고 계획한 대로 일을 진행했다.

동지들은 숲속으로 흩어졌다. 일본군 하사가 사냥에서 돌아오면 공격하기 위해 일본군 눈에 띄지 않도록 조심하면서 그를 기다렸다. 미군들은 재빠르게 철조망을 뛰어넘어 막사 안으로 들어갔다. 일본군들은 순식간에 기습을 당해 미처 저항도 하지 못했다. 그들을 안으로 몰아넣은 후 서로를 도와 묶은 줄을 풀지 못하도록 멀찌감치 떨어뜨려 한 명씩 꽁꽁 묶었다.

그들은 필요한 물건을 모으기 시작했다. 먼저 철모를 주워 썼다. 그리고 미군이 이동식 무선전신기의 배터리, 비상용 전등, 안테나 등을 분리했다. 나무상자 안에 있는 (소형)대포, 탄약이 들어 있는 상자, 망원경, 기관총, 소총 등 무기로 보이는 것은 모두 챙겼다. 또 창고에 있던 담배, 통조림, 다이너마이트의 심지, 총의 공이(격침), 하사가 가지고 있던 권총 등도 빼앗았다. 하사는 사냥을 가지 않았었다. 그리고 통신병의 기록 수첩, 공책과 연필, 인쇄물, 필기

한 것들까지 모두 챙긴 후 냄비에다 커피를 끓여 설탕을 듬뿍 넣어 마셨다. 오랜만에 마셔보는 커피였다. 그들은 갑작스런 일에 놀란 일본군이 묶여 있는 곳으로 가 음식을 먹기도 했다. 숲에 묶어놓았던 일본군을 데리고 와 재갈을 물린 후 다른 일본군과 함께 바닥에 눕혔다. 그런 다음 진심으로 예의를 갖춰 '아리가토(감사합니다)'를 여러 번 반복한 후 필요한 부엌도구를 챙겨서는 재빨리 그곳에서 빠져나왔다.

돌아오는 길은 발걸음도 가벼웠다. 가능한 한 빨리 그곳으로부터 멀어져야 했다. 사흘 만에 기수암에 도착하여 이번 작전 결과에 대해 생각해보았다. 해병대 소위로 통신 경험이 있는 미군이 전신기를 작동하자 일본과 조선의 기지국이 잡혔다. 자신들의 위치를 노출시키지 않기 위해서 마이크로폰은 계속 꺼놓았다. 모스부호는 수천 가지가 있는데, 미국의 부호와 맞춰보았지만 맞는 것이 하나도 없었다. 일본 기지국과 라디오 주파수뿐이었다.

찬연이 옆에 앉아 미군의 기이한 동작을 지켜보았다. 한순간 찬연이 펄쩍 뛰며 고함을 쳤다.

"잠깐, 여기 조선말이 들려요."

미군이 다시 주파수를 맞추자 조선 여인의 소리가 들려왔다. 뉴스 시간으로, 일본군이 비군을 이기고 있다고 찬연이 통역을 했다. 이시가키와 미야코 섬의 미군 기지에 일본군이 어떻게 공격을 했는지에 대해 전하고 있었다.

그 말에 이번에는 미군이 펄쩍 뛰었다.

"찬연, 그 섬 이름을 잘 들었소?"

"그럼요. 분명하게 들었지요. 가만, 다시 말하고 있어요."

"뭐라고 하오?"

"이들 섬에 미군 해병과 공군이 대거 집결했는데, 일본군이 이들을 격파할 것이라고 합니다."

해병 출신 미군이 동료들을 불러 소식을 전해주었다. '그 섬들은 대만 북쪽에 있는 것인데, 미군이 어떻게 그곳까지 이동한 것일까? 몇 달 전 우리가 포로로 잡힌 곳이 필리핀이었고, 그때 맥아더는 일본군에 밀리고 있었는데 어떻게 대만 북쪽에서 싸우고 있는가 말이다. 미군이 일본군 영역 안으로 들어온 것인가, 미군의 공격에 일본군이 수세에 몰리게 된 것이란 말인가?' 미군의 머릿속에서는 추측들이 꼬리를 물고 스쳐지나갔다.

어찌되었건 그것은 아주 귀중한 정보였다. 모두 들떠서 좋은 소식이라고 동지에게 말해주었다. 동지는 잘은 몰랐지만 덩달아 기분이 좋아졌다. 그는 지도나 지리에 관한 지식이 없었다. 미군은 일본군 막사에서 지도 몇 장을 가지고 왔다. 조선 지도와 일본열도 지도가 있었는데, 그곳에 이시가키와 미야코 섬이 있었다.

미군이 다시 무선전신기와 씨름을 하기 시작했다. 아주 어렵게 미국의 주파수로 추측되는 희미한 전파가 잡혔고, 송신기는 미약

한 음을 내다가 다시 멈추었다. 반복해보았으나 응답이 없었다. 그 신호가 미군의 암호와 일치한다고 생각했다. 그는 미군에서는 사용하지 않는 무선전신기에 딸린 높은 안테나를 올려다보았다. 다중 안테나와 여러 방향의 전파를 감지할 수 있는 것이어야 했다.

송신기가 송신을 중지했을 때 전신기와 안테나를 다른 방향으로 틀어서 수신의 범위를 확대했다. 기계가 워낙 구식이라 장치하는 데 한참 애를 먹었다. 작업을 마치고 전신기를 다시 작동하니 신호가 훨씬 깨끗해졌다. 블록을 바꾸자 잡음도 적어졌다. 그때 송신기가 신호를 보내자 다른 전신기가 응답을 했다. 미군이 흥분하여 그 주파수를 기록했다. 암호를 잘 기억하지 못했으나, 결론은 전신기들이 서로 다른 전파를 사용한다는 것이었다. 수신기 따로, 송신기 따로였다. 상대 수신기의 전파를 알아야 했다. 미군이 전파를 보내기 시작했다.

여러 시간을 골몰하면서 송신기로 신호를 보내고, 시간마다 새로운 접선을 시도했으나 상대 수신기의 주파수를 알아내지 못했다. 바늘을 조심스럽게 옮기면서 또 다른 신호를 감지하려고 애를 썼다. 힘든 작업이었으나 그는 침착하게 수시간 동안 다른 전파를 수신하기 위해 노력했으나 헛수고였다.

뉴스가 다시 흘러나와 찬연이 통역을 했다. 탈주자들은 미군이 공격에 나선 것이라고 결론을 내렸다. 무선을 보내기 위한 작업은 다음 날 계속하기로 했다.

그동안 버클리는 망원경으로 주변을 샅샅이 살펴보았으나 수상한 움직임은 어디에도 없었다. 저 아래 깊은 곳, 청간정 바다에 간간이 떠가는 배가 긴 선을 뒤로 남기고 있을 뿐이었다. 찬연은 망원경을 가지고 있는 이 낯선 사람들의 마술이 너무 신기하여 어린 아이처럼 행동했고, 자신이 무장의 '동지' 라는 사실도 망각했다. 버클리는 그런 조선인의 소박한 즐거움이 싫지 않았다.

이튿날 아침 일찍 해병 출신 미군이 다시 무선전신기를 조작하기 시작했다. 이미 알고 있는 신호로 수신을 하여 전투 상황, 함대의 움직임, 일본 함대의 위치, 비행 편대 상황 등의 정보를 알아냈다. 그러나 여전히 다른 주파수를 사용하고 있는 수신자를 파악할 수가 없었다. 언급되는 장소는 숫자암호로 되어 있어 이해할 수가 없었다. 함대의 이름과 종류, 부대 명칭도 숫자암호였다. 아무도 암호를 모르니 미칠 지경이었다. 실망하여 신호를 보낼 엄두도 내지 못했다. 백이면 백 이쪽 소리를 듣지 못할 것이다. 마침내 장파를 이용해 혼선을 시도하면 자연히 듣게 될 것이라는 데 생각이 미쳤다. 할 말을 준비하여 조용히 기다리다가 전신기가 수신자의 응답을 듣기 위해 정지했을 때 안테나 차단기를 열고 신호를 보냈다.

"주의바랍니다. 구조바랍니다. 긴급."

다시 수신기를 들어 귀에다 대고 안테나를 차단하고는 기다렸다. 멀리 있는 전신기가 신호를 정상적으로 보내는 소리가 들렸다. '끝' 이라는 신호에 미군은 계속해서 신호를 세 번 내보냈다.

"주의. 구조바랍니다. 긴급."

이번에는 혼선이 생기지 않았다. 다시 한 번 시도하자 상대방에서 신호를 보내기 시작했다. 미군도 신호를 보냈다. 신호가 정상적으로 작동되면 누군가 두 개의 신호를 동시에 듣게 될 것이다. 미군이 잠시 기다리니 '반복합니다' 라는 신호가 감지되었다. 혼선의 처음 증후였다.

"여기까지는 우선 됐군."

미군이 중얼거리며 장파 송신으로 다시 혼선을 시도했다.

"주의. 구조바랍니다. 긴급."

몇 분이 흐르는 동안 전신기는 완전히 벙어리였다. 미군은 이 기회를 이용해 여러 번 같은 말을 반복했다. 연필을 손에 쥐고 희망을 가지고 결과를 기다렸다.

"현재 위치는 북위 39도선."

미군의 얼굴에 환한 미소가 번졌다. 전신기가 혼선을 가려내어 빨리도 위치를 파악해주었다. 탈주자들은 현재 북위 39도상에 있었다.

"주의. 구조바랍니다. 긴급."

"계속하시오."

응답이 왔다.

"우리는 미군이오. 조선 어딘가에 있소."

"계속하시오."

"우리는 탈주한 포로들입니다. 도움이 필요하오."

"내일 접촉 바람. 같은 시간, 같은 주파수."

송신이 끊기고 아무런 신호도 들리지 않았다. 전신기가 다른 주파수, 다른 코드로 접속을 바꾼 것이다. 탈주자들은 모두 뛸 듯이 기뻐했다. 첫 번째 접속에 고무되어 있었다. 그날 남은 시간은 다음 통신에 보낼 내용을 정리하고, 장소도 가능한 한 정확하게 알려서 자신들의 위치를 파악하기 쉽도록 했다. 모두 기쁨에 들떠 몸을 씻고 일본군 막사에서 가져온 것들로 맛있는 음식을 만들어 잔치를 벌였다. 밤에는 오랜만에 달콤하고 깊은 잠을 잘 수 있었다. 그날 오후 비행기 한 대가 암자가 있는 지역을 몇 번 돌다가 숲 저편으로 사라졌다. 찬연이 가끔 이 지역에 나타나는 비행기라고 말하자 탈주자들은 크게 신경 쓰지 않았다.

19

야마다 씨

야마다 대령은 키가 작고 통통한 아주 인상적인 사람이었다. 그의 눈은 카멜레온같이 여러 겹 둥근 주름에 싸여 새까만 두 눈동자만 보였다. 삼각뿔 모양의 분화구를 가진 작은 화산 같았다. 높은 계급의 일본인들은 대부분 대머리였는데, 햇빛에 반짝거렸다. 그는 한 가닥의 머리카락도 없었다. 손가락은 짧고 통통해서 어린아이의 손 같았다. 영양이 좋아서 목은 세 겹의 주름이 졌고, 고개를 돌리면 늑대 같아서 몸 전체를 돌리는 편이 더 나았다. 다른 사람과 같이 그도 몸을 돌리기가 어려웠다.

어느 날 야마다 대령은 주재소 소장인 하기야마 씨와 함께 후평의 집을 찾아왔다. 대령은 그날부터 가케야마가 묵었던 방을 사용하기로 했다. 후평은 그들을 방으로 안내했다. 한동안 아무도 사용하지 않던 방이었지만 청소를 깨끗이 해서 정갈해 보였다. 대령은 마음에 들어했고 목욕간을 보고 싶어했으며, 중간채에서 안채로 나 있는 문은 폐쇄하지 않는 것이 좋겠다고 했다. 아이들이 있는 것도 별로 개의치 않았는데, 자신도 두 명의 아들이 일본에 있다고 하면서 후평의 아들을 자신의 아들처럼 생각하겠다고 했다.

대령은 자신의 짐을 옮겨왔다. 후평은 권력을 가진 그가 자신의 집에 들어와 또 어떤 불미스런 일이 생기지 않을까 골똘히 생각에 잠겼다. 그는 대령이 탐탁치 않았다. 마을에서 그를 처음 본 순간 알 수 없는 거부감이 생겼다. 이유는 알 수 없었지만 마음속에서 대령을 믿어서는 안 된다는 소리가 들려오는 듯했다.

대령이 후평의 집으로 옮겨온 첫날은 조상님께 그해 수확한 가을 곡식을 바치는 날이었다. 그날 저녁 집 안에는 갖가지 과일과 음식 냄새로 가득했다. 제사 준비가 끝났을 때 대령은 방으로 들어가 잠옷으로 갈아입었다. 그때 후평이 방문을 두드렸다.

"대령님, 저 집주인입니다."

"무슨 일이오?"

"오늘 수확한 곡식을 조상님께 올리는 제사를 지내는데, 혹시 제사상에 불을 지피는 예를 당신이 맡아주실 수 있는가 해서요."

대령이 문을 옆으로 밀어 중간채 마루의 제사상 앞에 사람들이 무릎을 꿇고 앉아 있는 모습을 보았다. 상 위에는 쌀밥, 감, 대추 등과 마을사람들이 일본인에게 공출했던 밤도 있었다. 군복으로 갈아입은 대머리 일본인은 제사상 앞에 꿇어 엎드려 상에 머리가 닿을 정도로 깊이 절을 했다. 나이가 제일 많은 넷째 고모가 심지에 불을 붙여 대령에게 건네주자 대령은 그 불로 향에 불을 붙여 모래 항아리에 꽂았다. 향내가 실내에 가득했다. 이번에는 집주인인 후평이 나와 또 향에 불을 붙여 항아리에 꽂았다. 제사에 참석한 이들 모두가 한 사람씩 향을 피워 절을 하고는 제사가 끝이 났다. 집집마다 제사가 끝난 뒤 제각기 음식을 나누어 먹기 시작했다. 넷째 고모, 수봉, 방씨, 하녀가 음식을 몇 개의 상에 나누어 차린 후 모두 둘러앉아 먹기 시작했다.

몇 주일이 흘렀다. 첫서리가 내리고 나뭇잎에 단풍이 들어 떨어지기 시작했다. 마을사람들은 겨울을 나기 위한 장작이랑 사람과 짐승이 먹을 음식을 장만했다. 원산으로 부역을 나가는 일도 중단되었다. 일본 돈으로 옷감과 여러 가지 살림살이를 사기도 했다. 겨울이 오고 눈이 내리자 사람들은 문밖출입을 하지 않았다.

포로수용소의 미군 포로들은 여름 군복을 입고 있었다. 대다수가 필리핀에서 이송되어 왔는데, 그곳은 겨울이 없는 곳이라 두꺼운 옷을 입지 않았다. 군화도 창과 끈이 해져 쓰레기 같았다. 추위를 피할 만한 곳은 잠을 자는 방뿐이었다. 조선 여인들은 지난여름 이후 더 이상 청소를 하러 오지 않았고, 포로들은 뜰로 나가는 일도 없었다. 많은 눈이 내려 산과 들에 쌓여 쉴새없이 불어대는 강한 바람에 흩날렸다.

그러던 어느 날 조선 여인들과 접촉하지도 않았는데, 한 미군 포로가 점심에 받은 빵 안에서 쪽지 하나를 발견했다. 여러 겹으로 접은 종이에는 다음과 같은 글이 적혀 있었다.

미군 포로 여러분.

우리는 잘 있습니다. 지금 조선 땅 안에 있으며, 식량도 충분히 구했습니다. 겨울이 지나고 봄이 되면 작전을 개시하여 여러분을 구출할 것입니다. 그때까지 인내하고 동요하지 마십시오.

미 공군 중위 버클리 스미스

쪽지는 일정한 수신자 없이 모두에게 전해진 것이었다. 쪽지를 처음 발견하여 읽은 포로는 놀라고 감동하여 옆 사람에게 건네주었다. 수용소 안의 모든 포로가 쪽지를 읽고 며칠 동안 그것에 대해 의논했다. 긴 겨울날 수용소 안에는 희망찬 일들만 생겼다. 조선인들이 전쟁 소식을 담은 또 다른 쪽지를 전해주었다. 미 공군이 일본의 섬들을 공격하고, 일본군 함대가 침몰했다는 내용과 유럽의 전쟁 상황에 관한 내용이었다. 이렇듯 여러 곳에서 벌어지고 있는 전쟁 소식들을 듣는 것으로 탈주자들과 포로들 간의 접선은 더 이상 이루어지기 힘들었다. 포로들은 감사했고, 용기백배했다. 춥고 감기도 걸렸지만 다행히 잘 버티고 있었다. 일본군과 미군 의사가 최선을 다해 환자들을 돌보았다.

그러던 어느 날 연예계에 종사했던 포로 몇 명이 동료들을 위해 공연을 하기로 마음먹고 수비대장에게 건의를 했다. 수비대장은 그들의 청을 받아들여 필요한 것들을 마련해주었다. 공연은 큰 성공을 거두었다. 말을 알아듣지는 못했지만 무언극을 할 때는 정말 많이 웃었다. 포로들이 보여준 노력에 감동하여 수비대장은 그들에게 신발 한 켤레, 코트 한 벌씩을 나누어주고, 적십자가 가져다 준 선물상자도 하나씩 주었다. 그 안에는 감사하게도 사탕 등 간식부터 면도날, 살충제까지 들어 있었다. 수비대장은 장교들과 함께 수용소 포로들에 관한 이야기를 자주 했다. 그는 언제나 불안했다. 포로들은 아주 침착했고 동요의 기미도 전혀 없었으며 희롱을 하지도 않았다. 품위 있고 성실하고 예절 발랐다.

"그들이 조용한 것이 마음에 들지 않아. 뭔가 있는 것 같단 말이야. 우리에게 최면을 거는 것 같아. 언젠가 갑자기 들고일어날까봐 걱정이 되는군."

그러나 야마다 대령은 크게 개의치 않았다.

"그들은 미군이지 않소. 그들을 이해할 수가 없지요. 우리와는 사는 방법과 생각이 다르니까요."

"대령, 당신 말이 맞고 내 생각이 틀리기를 기도하겠소. 철령에 있던 분대가 그들에게 당한 것을 알고 있지 않소. 무기랑 무선전신기를 모두 들고 갔어요. 사람을 꽁꽁 묶어 재갈을 물려놓고 말입니다. 그놈들은 우리 포로수용소에서 탈주한 포로들이 틀림없어요. 주변을 샅샅이 수색했지만 헛수고였소. 탈주자들이 종적도 없이 사라졌어요. 그들이 탈주하고 무기를 빼앗는 데 조선인이 도왔을 가능성을 배제할 수 없고, 이곳의 포로들과 접선할 가능성도 없지 않지만 아무것도 알 수 없으니…… 그래서 수용소가 조용한 것이 난 왠지 불안하기만 하오."

수비대장은 이런저런 생각으로 잠을 설쳤다.

후평의 집은 모든 것이 평온했다. 시간이 흘러 야마다 대령은 집 안사람들과 친해졌다. 그는 다른 일본인과 같이 갑자기 돌변하지 않았다. 밤에는 후평과 여러 가지 놀이를 했다. 화투도 하고 장기도 뒀다. 놀이 중간에 일본어와 조선어를 섞어서 지르는 후평의 기합 소리도 싫지 않았다. 그는 집에서는 길고 넓은 '유카다'를 입었고, 작은 술잔에 술을 담아 마셨다.

아이들은 이방인이 나타나면 보통 조선의 아이들보다 훨씬 더 조용해졌다. 일본인이 집에 있을 때는 아예 돌아다니지 않고 얼른 방 안으로 들어가버려 집에 아이가 없는 것 같았다.

어느 날 밤 후평이 마을의 다른 남자들과 군대를 돕는 일로 부역을 나가 집에 없었다. 그럴 때면 마을에서는 젊은이들로 비밀 '순찰대'를 구성하여 마을을 돌았다. 마을의 부녀자들을 보호하기 위한 것이었다. 대령은 이런 마을의 동정을 전혀 모르고 있었다. 비밀 순찰대원 세 명이 마을을 돌고 있을 때 어디선가 비명이 들려왔다. 후평의 집에서 들리는 것이 틀림없었다. 뭔가 심상치 않음을 직감한 그들은 후평의 집으로 달려가 잠시 기다리자 두 번째 비명이 들려와 그들은 집 안으로 뛰어들어 소리나는 곳으로 가 급히 방문을 열었다. 모두 아연해졌다. 수봉이 이불 위에서 옷이 찢겨진 채 반나체로 거꾸러져 야마다 대령의 억센 팔에서 벗어나려고 안간힘을 쓰고 있었다. 야마다도 반나체였다.

　젊은이들이 들어서는 것을 보고 수봉은 비명을 그치고 상기한 얼굴로 그들을 쳐다보며 저항의 몸짓을 멈췄다. 야마다가 열린 문쪽으로 고개를 돌려 황당한 얼굴로 세 명의 조선인을 바라보았다. 달라진 상황을 아직 실감하지 못한 얼굴을 하고 있었다. 잠시 만에 그가 일어나 잠옷을 추스르며 허리끈을 맸다. 두 눈이 쥐 눈동자같이 작은 점이 여러 겹의 주름으로 둘러싸여 있었다. 그는 젊은이들이 먼저 이야기하기를 기다리며 잠시 상황을 가늠했다. 그리고는 지금의 상황에서 어떻게 빠져나갈지 곰곰 생각했다. 그러나 젊은이들은 주먹을 쥔 채 의연하게 서서는 아무 말도 하지 않았다.

　말없이 의분에 차 서 있는 젊은이들의 모습에 대령은 위축되었다. 무기가 없는 것을 보고 대령이 한 걸음 앞으로 나가자 젊은이들은 한 걸음 물러섰다. 내령이 또 한 걸음 앞으로 나가자 일순간 젊은이들은 대청마루에 흩어져 뜻밖의 공격에 대비하여 방어자세

를 취했다. 대령이 조심스레 방을 나가려고 할 때 젊은이 하나가
소리쳤다.

"대령, 멈추시오."

"어쩔 텐가?"

대령이 멈추어 서서 공격적으로 말을 받았다.

"당신 방에 총이 있소?"

"없소."

"정말이라고 믿겠소."

"당신들은 무기를 가지고 있소?"

"없소."

대령의 두툼한 입가에 억제된 묘한 미소가 번졌다. 젊은이들이
그 모습을 보고 말했다.

"우리에게 무기가 없다고 안심하지 마시오. 지금 밖에는 많은 사
람들이 이 집을 포위하고 있소. 조용히 그 자리에 앉으시오. 폭력
을 쓸 생각은 하지 않는 것이 좋소. 우리가 묻는 말에 바로 대답해
주시오."

대령은 재빨리 상황을 감지하고자 했다. 이놈들이 무엇을 하려
는 걸까? 조선인들은 아무것도 아닌 일에 말을 많이 하는데, 이번
에는 왜 이렇게 재빠른가? 저들은 필요에 의해 빨라지는가?

"말하시오."

대령이 신경질적으로 대수롭지 않은 듯 말했으나, 그의 목소리

에는 겁먹은 기색이 역력했다.

"우리는 지금 이 집에서 본 것을 이 순간부터 잊을 것이오. 그러니 당신도 이곳에서 한 행동을 잊어주시오."

대령은 어떤 대답을 해야 할지 잠깐 생각한 다음 조심스럽게 말했다.

"아, 그래요. 그렇게 간단하고 쉬운 거요?"

"맞소. 간단하고 쉬운 것이오."

"그런데 무례하고 반갑지 않은 당신들의 출현을 잊지 않으면 어떻게 되는 거요?"

"그러면 당신은 죽을 거요."

"지금 여기서?"

"그렇소."

대령은 머뭇거렸다. 밖에서 들리는 다른 잡음이나 소리를 들으려고 귀를 기울였다. 젊은이가 말하는 것처럼 집 밖에 사람들이 가득한지를 알고 싶었던 것이다. 그러나 아무 소리도 들리지 않았다.

"당신들이 하는 행동의 결과에 대해 생각하지 않소?"

"생각하지 않소."

조선인이 한마디로 단호하게 말했다.

"일본인 고관을 죽인다는 협박은 군법에 의해 사형이오."

"당신에게 물었소. 빨리 내답하시오. 시간이 흐를수록 당신은 불리해지오."

"달리 내게 말할 것이 있소?"

"있소. 모든 것을 잊겠다는 약속에도 불구하고 그것을 어기는 행동을 했을 때는 당신은 죽은 목숨이라는 것이오. 무장한 천 명의 군인이 있다 해도 우리는 당신을 죽일 것이오."

"그렇게 간단하게, 그렇게 쉽게?"

"그렇소."

"당신들 앞에서 맹세하겠소. 오늘 이 집에서는 아무 일도 없었소. 감히 일본인 장교에게 그런 맹세를 요구하는 당신들의 배짱에 당혹스러울 뿐이오."

"맹세해주어 고맙소. 느닷없이 나타나 실례했소이다. 우리의 무례한 행동을 용서하리라 믿겠소."

"나는 당신들을 본 적이 없고, 당신들도 나를 본 적이 없는 거요."

"잘 주무시오. 대령."

세 명의 젊은이는 허리를 숙여 예를 표한 후 문간에서 다시 허리를 굽히고는 사라졌다.

이튿날 아침 야마다는 대문의 넓은 계단을 내려왔다. 운전병에게 잠시 기다리라 하고는 집 안의 뜰을 재빨리 살펴본 후 집 안을 한 바퀴 돌아보았다. 어제는 눈이 내리지 않았고, 바람도 불지 않았다. 공기는 훈훈하여 사람의 숨통을 시리게 하지 않았다. 가슴이 날개를 단 듯 가벼워졌다. 집 뜰과 주변, 바깥 골목길에는 쌓인 눈이 꼭꼭 밟혀 있었다. 많은 사람들이 밤새도록 걸어다닌 것이 분명했다. 조선인은 밤에 산책하기를 좋아하는가 보다라고 생각했다. 자동차 안에서 대령은 어젯밤 젊은이들이 마지막으로 한 말을 생각했다.

"야마다 씨, 이 마을에는 예쁜 아낙이 없는 집들이 많소. 그곳에서 당신을 감사한 마음으로 재워줄 거요."

20

청간정 해변의 잠수함

고인과 고성 마을은 해변가에 있었다. 주민의 대다수가 고기를 잡아 생계를 유지했다. 대도시 속초에서 고인은 25킬로미터, 고성은 70킬로미터 정도 떨어져 있다. 이 마을을 잇는 도로 옆으로는 고혹적이고 아름다운 해변과 깨끗한 모래, 작은 포구들이 이어져 있다. 바닷가에 솟아 있는 흑록색의 바위와 나무들이 어우러진 절벽은 운치를 더하여 여행하는 사람들을 흐뭇하게 했다.

이 도로를 일본인들은 매일 자동차로 왕래했다. 일본인들은 이곳 바닷가에 방어 기지를 설치하지 않았다. 바다를 향해 적을 조준하고 있는 대포도, 이렇다 할 초소도, 레이더도 없었다. 두 대의 순찰차가 매일 도로를 다녔으나 지금까지 일본인을 괴롭히거나 불안하게 하는 일은 한 번도 없었다. 조선인 어부들이 바다에서 한가롭게 어망을 던지는 모습과 밤에 환한 전등불로 바위나 육지 쪽으로 물고기를 유인하는 모습만을 볼 수 있었다. 낯익은 일상의 풍경이었다.

　그러던 초여름 어느 날 밤, 꽃이 만발하고 후덥지근한 조선 땅에 갑자기 검은 물체 하나가 그곳 청간정 고요한 바닷가에 솟아올랐다. 바로 잠수함이었다. 그 위에서 소형 단발 경비행기가 요란한 프로펠러 소리를 내면서 떠올라 검은 밤하늘을 흔들었다. 잠수함은 다시 칠흑같이 검은 바다 속으로 사라졌다.

　단발 프로펠러의 소형 경비행기가 소음을 내며 재빨리 떠올라 해변으로 향했다. 6천 피트 상공으로 올랐을 때 비행기는 이미 30킬로미터를 이동하고 있었고, 그곳에서 약 100킬로미터를 더 가서 착륙 준비를 했다. 이륙에서 착륙까지 15분간의 비행이었다. 조종사가 마지막으로 기기들을 점검하고 착륙 지점을 확인한 후 어둠 속에서 착륙을 시도했다. 바로 그때 두 줄로 이어진 빛이 보였다. 활주로임에 틀림없었다. 비행기는 활주로 끝에서부터 부드럽게 땅위로 내려앉았다. 조종사는 만일에 대비해서 엔진을 끄지 않은 채 조종석의 창문을 열고 주위를 살펴보았다.

　비행기 앞으로 사람들의 그림자와 흥분하여 떠들며 환영하는 소리가 들려왔다. 그를 기다리는 '그의' 사람들이었다. 비행기 날개에 기어오르고 조종석으로 올라와서는 그의 손을 잡고 헬멧과 군복을 쓰다듬었다. 조종사는 그들을 진정시킨 후 비행기를 활주로

끝으로 몰고 가서 이륙 준비를 해두었다. 그런 다음 엔진을 끄고 밖으로 뛰어내려 옆에 있는 나무숲 사이로 들어갔다. 미국인과 조선인들에 둘러싸여 앞으로 나아가기도 힘이 들었다. 비행기의 존재를 아무도 눈치 채지 못하도록 미군 한 명과 조선인 몇 명이 준비해두었던 가늘게 엮은 볏짚단으로 비행기를 덮었다. 활주로의 불을 밝혔던 여전히 타고 있는 기름이 든 깡통들을 모래에 모두 묻고, 땅 위에 난 비행기 바퀴 자국을 갈퀴로 밀어 없앴다. 그리고 발길에 쓰러진 계곡의 풀들은 다시 세워서 들판에 흔적이 남지 않도록 했다. 날이 밝으면 조선 땅 어느 곳에서 흔히 볼 수 있는 큰 오두막 한 채가 계곡 끝에 있는 것으로 보일 것이다.

조종사는 며칠 동안 그들과 함께 생활하게 되었다. 그는 그곳의 사정을 살피고, 주변 사진을 찍고, 해변을 자세히 파악하고, 탈주한 미군 포로들이 이미 준비하고 있던 수용소에 남아 있는 포로들의 구출에 필요한 사항들을 기록했다. 많은 산속 동지들의 무장 상태는 참으로 보잘것없었고, 신무기에 대한 정보도 전무했다. 그들은 미국인이 공급할 무기의 사용법을 빠른 시일 내에 익혀야 했다. 조종사는 상당한 양의 무기를 가지고 왔는데, 그것은 며칠 안으로 공급될 무기의 견본이었다. 그것으로 무기 사용법을 익혀 공격에 나서야 하는 것이다.

버클리 스미스는 작전 지휘관이 되어 즉시 간단하게 적은 쪽지 하나를 송연 마을로 전했다.

송연 포로수용소에 있는 미국인 여러분.

한 달 안으로 당신들을 구출하기 위한 작전이 개시될 것입니다.

그때까지 아무런 동요도 하지 마십시오.

일본군 수비병들에게 깍듯하고 공손하게 대하십시오.

공군 중위 버클리 스미스

이튿날부터 탈주자들은 공격을 위해 동지들을 각 조로 편성했다. 그들은 M1 소총과 자동 카빈총을 신속하게 익히는 데 골몰했다. 깊은 숲 주변에는 동지들의 사격 연습 소리가 연신 울려 퍼졌다. 그 지역에는 30년 넘게 일본에 투항하지 않은 많은 동지들이 몰려 있었다. 그들은 단호하고 거칠었고, 찢어진 그들의 눈에는 이 나라를 지배하고 있는 정복자들에 대한 증오로 가득했다.

어느 날 한 동지가 추애산 쪽에서 달려와 비구니 암자에 있던 일본군이 완전히 떠났다는 말을 전했다. 한밤중에 남쪽 바다 어딘가를 향해 떠났다고 했다. 큰 트럭이 수도 없이 많은 군인들을 싣고 산을 내려와 송연 마을을 지나 원산으로 갔다. 그들은 그곳 군인 막사에서 하루를 머물고는 다음 날 배를 타고 바다로 떠났다.

"한 사람도 없단 말이오?"

버클리가 물었다.

"예. 다 가고 그 옆에 있던 비구 암자의 스님들이 바로 그곳으로 들어갔어요."

"잘 됐소. 얼른 돌아가서 주지스님에게 송연 주재소로부터 빈 암자를 사용해도 좋다는 허락을 받아오라고 하시오. 그러면 일본군이 암자에 스님들이 있는 줄 알고 안심할 것이오. 그 결과를 다시 와서 알려주시오."

그 다음 며칠 동안 밤을 틈타 명사십리 남쪽 해변에 잠수함이 수면으로 올라왔고, 고무보트로 많은 장비들을 뭍으로 실어날랐다. 미군과 조선인 동지들이 굴곡이 진 해변의 만(灣)에서 기다리고 있다가 그것을 받아서는 추가령 구조곡 산록의 숲속으로 옮겼다. 그곳에서 동지들에게 무기를 공급하고 훈련에 들어갔다. 잠수함은 작전을 도울 미군들도 실어왔다.

일본군이 조선 땅에서 떠났다. 그들은 배를 타고 본토로 건너가 공격과 후퇴가 치열하게 교차되는 전투 지역으로 배치되었다. 일본인 기지가 하나씩 미군들에게 넘어갔다. 태평양 일본 함대의 괴멸은 놀랄 만한 것이었고, 예전 무적의 일본 함대는 나날이 힘을 잃고 쇠약해져갔다. 조선 땅의 일본인들은 아직 크게 동요하지 않았다. 당시 미군들에게 조선은 먼 이국의 땅이었다. 군수품 보급이 너무 어려웠으므로 조선에 교두보를 설치할 엄두를 내지 못했다. 그래서 일본군 총사령부도 조선반도에 방어시설을 설치할 필요성을 느끼지 못했다. 전쟁은 일본열도가 있는 바다에서 이루어지고 있었다.

버클리는 다른 탈주자들과 그들을 돕기 위해 온 또 다른 미군들과 함께 상세하게 작전을 짜고 있었다. 무기는 충분했다. 새로 합류한 미군들은 여러 가지 무기를 가지고 있었고, 앞으로 전개될 작전에서 각각의 역할들을 들어 익혔다. 일본군이 추애산 비구니 암자에서 떠난 후 군사훈련을 맡은 미군 장교들과 동지들은 암자와 그 주변에 자리를 잡았다. 무선전신기로 교신을 하며 일정한 장소에 작전 인력을 배치했다. 미군 탈주자들은 새 군복으로 갈아입고 한결 새로운 기분이 되었다.

그런 와중에 뜻하지 않은 일이 생겨 모두들 크게 놀랐다. 일본군 정찰기 한 대가 아무 이유도 없이 숲속으로 떨어졌다. 송연 가까운 곳, 한 동지 집단이 모여 있는 중간 지점이었다. 조종사는 나무 꼭대기에 비행기를 착륙시켰다. 미군 장교가 재빨리 결정을 내려 동지들을 통해 조종사를 구해내도록 했다. 구출된 조종사는 자신을 송연 마을로 데려다 달라고 소리쳤다. 동지들은 그의 말을 듣지 않고 그를 체포하여 미군 장교에게 데리고 갔다. 장교는 버클리 스미스에게 사건을 보고하고 버클리는 장교들과 의논한 뒤 산속 모든 집단에 경계를 지시했다. 송연의 포로수용소에서 일본군 수색대를 파견해 사라진 비행기와 조종사를 구하러올지도 모르기 때문이다. 그들은 수색대가 조종사를 구하러 오면 수색대를 공격하여 동시에 체포하고자 했다. 일본군의 힘을 조금이라도 분산시키는 것이 작전에 도움이 되기 때문이다. 이튿날 밤이 되도록 일본군 수색대는 이렇다 할 움직임이 없었다. 또 조용히 이틀이 지나가도록 송연의 일본군들에게는 아무런 경보나 불안의 징조가 보이지 않았다.

예정된 작전의 밤이 왔다. 그날 일찍 포로들은 이미 쪽지 하나를 받았다.

미군 포로 여러분.

오늘 밤 12시에 여러분을 구출하기 위한 작전을 개시합니다. 준비하십시오. 혹시 차질이 생기면 연락하겠습니다. 행운을!

공군 중위 버클리 스미스

포로들은 여느때와 같이 시간이 되자 각자의 방에 갇혔다. 수비병은 수용소의 방들을 모두 잘 잠그고 순찰을 돌았다. 순사들도 일상적으로 주재소 앞과 마을의 곳곳을 살폈다. 장교들은 하나씩 각자가 묵고 있는 조선인 집으로 돌아가 잠을 잘 준비를 했다. 송연의 마을사람들도 보통때의 밤과 같이 사뭇 조용해 보였다. 마을에 별다른 기미는 보이지 않았다. 저 높은 막사 망루에서 조명이 인근을 환하게 밝히고 있었다. 밤이면 언제나 들려오는 새와 짐승의 소리뿐이었다.

21

불안의 밤

그러나 수비대장은 마음이 편치 않았다. 그는 사무실에서 불안한 마음으로 통신 책임자인 야마다 다쿠야 대령과 이야기를 나누고 있었다. 트럭 열 대가 도착 예정 시간보다 한 시간이 지났는데도 아직 도착하지 않고 있었다. 보통 몇 달에 한 번씩 막사의 수비병을 교체하는데, 교대할 수비병을 태운 트럭이었다. 트럭은 저녁 7시경이면 송연에 도착하곤 했는데 8시가 지나도 연락이 없었다. 야마다 대령이 상황을 파악하기 위해 무선전신기로 트럭을 호출해보았으나 아무 대답이 없었다. 계속 연락을 해보았지만 연락이 되지 않았다.

"한 시간 정도 늦는 것이 사실 뭐 그리 큰일이겠소?"

수비대장이 대령에게 물었다.

"물론 그 때문이 아닙니다. 제가 걱정하는 것은 트럭을 지휘하는 대위가 지체하는 이유를 알려오지 않고 있기 때문입니다."

"혹시 무슨 사고라도 난 것일까요? 무선전신기가 고장이 났거나 하는……."

"그럴 가능성도 생각해보았지요. 원산 본부와 연락을 해봤는데 그쪽도 트럭과 연락이 안 된다는 겁니다."

"대령은 그 이유가 무엇인 것 같소?"

걱정 가득한 어조로 수비대장이 물었다.

"한 시간쯤 늦는 것은 중요한 일이 아니오. 두 시간 전에 대위와 마지막 통신을 했는데, 그 후로는 연락이 되지 않고 있소. 이동 통신기를 가진 오토바이 통신병을 보내서 상황을 알아봐야 할 것 같습니다."

"그러시지요. 그런데 트럭이 언제 원산에서 출발했답니까?"

"여느때와 같은 오후 4시. 이곳까지 넉넉잡아 두 시간 반에서 세 시간이 걸리니까 늦어도 7시면 도착을 해야 합니다."

"오토바이 통신병을 보내도록 합시다. 그리고 대령은 들어가서 좀 쉬도록 하시오. 일이 생기면 연락할 테니."

야마다 대령은 온종일 사무에 지쳐 있었다. 무선전신기의 수신기를 귀에서 떼지 않고 있었다. 무선 통신병이 아침부터 계속 미국의 통신 암호가 잡힌다고 보고했기 때문이다. 대령은 발신지와 내용을 주고받는 전신기들 사이의 거리를 파악하고자 했다. 그러나 두 명의 통역관이 일 때문에 외출을 하여 부대 내에는 영어를 아는 사람이 한 명도 없었다. 그는 영어를 할 줄 아는 일본인 의사를 불러 통역하게 했으나 아무런 소득이 없었다. 모두 숫자이거나 암호화된 이름들로 합성된 문장들뿐이었다. 수비대장에게 그것을 보여주었으나 그도 별 도움이 되지 못했다.

"대장님, 제 생각에는 미군 기지국이 아주 우리 가까이에 있는 것 같소."

"얼마나 가까이 말이오?"

"대략 100~200마일 안쪽인 것 같습니다. 위치 추적기가 있으면 거리와 방향을 정확하게 파악할 수가 있는데, 그런 기구가 부대 내에는 없습니다."

"원산 본부에 그런 의견을 보고했소?"

"예. 그랬더니 그곳에서도 그와 같은 통신을 몇 달째 듣고 있다고 합니다. 그래서 조사를 해보았는데, 부근 지역 어디에서도 수상한 움직임을 찾지 못했다고 합니다."

"그렇다면 대령, 혹시 100~200마일이라는 계산이 잘못된 것이 아닐까요? 1천 마일쯤 되는데 송신기가 너무 강해 가까이 있는 것처럼 들릴 수도 있는 것 아니오."

"제가 잘못 계산한 것이기를 바랄 뿐입니다."

두 사람은 인사를 하고 대령은 작은 자동차의 밝은 불빛으로 캄캄한 마을 골목길을 밝히면서 후평의 집으로 돌아왔다. 대령은 후

평의 아내 수봉에게 무례한 행동을 한 이후 집을 옮겨달라는 후평
의 청을 받아들이지 않고 있었다.

22

마지막 홍차

야마다 다쿠야 대령이 수비대장의 사무실에서 나와 어두운 골목 길로 사라진 후 얼마 되지 않아 누군가가 문을 두드렸다. 한 통신병이 쪽지 하나를 가져왔다.

"무슨 일인가?"

수비대장이 긴장을 하며 물었다.

"말씀드릴 것은……."

"뭔가?"

"곡천 공군 기지 본부로부터 온 연락입니다."

"뭐라고! 공군이라고? 지금까지 공군이 우리에게 연락한 일이 한 번도 없었는데. 그래, 뭐라고 했나?"

"작은 비행기 한 대가 송연 부근 숲속으로 떨어졌다고 합니다."

"그게 언제인가?"

"아침 10시에 기지로 돌아와야 했다고 합니다."

"그런데 그런 연락을 왜 이제 한다는 건가?"

"모르겠습니다, 대장님."

"물론 그렇겠지. 우리는 아는 것이 없고, 내일 수색을 하겠다고 전해라. 그리고 왜 아침에는 아무 말 없다가 지금에야 우리에게 연락했는지 그 이유를 물어보도록."

"알겠습니다, 대장님."

통신병은 인사를 하고 사라졌다가 잠시 후 다시 나타났다. 원산에서 연락이 오기를 트럭이 잘 도착했는지를 묻는다는 것이었다.

"아니, 도착하지 않았다. 오는 길을 살펴보기 위해 통신병을 보냈다고 전해라."

잠시 후 다시 문을 두드리고 다른 군인 한 명이 들어왔다. 막사 지휘관으로 있는 후지야마 히로시 소위로 일과 마감 보고를 하러 왔다. 포로는 막사에 473명, 병원에 6명, 일본인 장교와 군인 153명, 조선인 집에 장교가 21명, 병원에 1명이라고 보고했다.

"막사의 안전 상태는?"

"아주 양호합니다."

"막사의 조선인은?"

"부엌에 세 명의 조선 여인이 있습니다."

"조선인 남자는?"

"한 명도 없습니다."

"포로들의 분위기는?"

"아주 좋습니다. 말 잘 듣고 아무 소란도 피우지 않습니다. 아주 양호합니다."

"조명은?"

"정상입니다. 조명과 비상등을 위해 발전기 하나가 작동 중입니다."

매일 밤 수비대장은 똑같은 보고를 받고 똑같은 질문에 똑같은 내용의 대답만을 들었다. 아무 변화가 없는 일상이었다. 수비대장은 포로들이 이렇게 말을 잘 들을 것이라고는 기대하지 않았다. 조선의 다른 수용소에 있는 수비대장들은 포로들과 자주 충돌하여 그들을 거칠게 다루고 있는 것을 잘 알고 있었다. 자신도 탈주한 포로들 때문에 고생을 했으나, 지금은 모든 것이 정리되었다. 탈주자들은 그 몇 달 동안 어디에도 나타나지 않았고, 큰 문제를 일으키지도 않았다. 이미 사라진 놈들은 자신과는 무관했다. 수용소에 있는 포로들만 조용하면 그것으로 족했다. 수비대장이 말했다.

"지휘관, 트럭이 제대로만 도착했다면 나도 지금쯤 자러갔을 텐데. 오늘은 아주 피곤하군."

"트럭은 어떻게 된 겁니까?"

"모르겠네. 도착이 늦어지는군."

"걱정하지 마십시오, 대장님. 전에도 이렇게 늦은 적이 있었습니다."

"그랬지. 그런데 그들과 통신이 안 돼. 응답을 하지 않아. 본부에서 하는 연락에도 응답이 없다."

"아, 그건 좀 문제가 있는 것 같군요."

"그렇게 생각되지?"

"제가 도울 일이라도 있습니까?"

"지금으로서는 없네. 상황을 알아보기 위해 오토바이 통신병을 보냈으니까."

"오토바이 통신병은 이동 통신기를 가지고 있습니까?"

"가지고 있네."

"무슨 연락이 있었습니까?"

"그것도 이상한 것이 처음에는 연락을 하더니 한 시간쯤 전부터 연락이 끊겼네."

"대장님, 제 생각으로는 다시 오토바이 통신병을 보내는 것이 좋을 것 같습니다."

"나도 그럴까 생각 중이었네. 지금 바로 한 명을 더 보내고, 통신기는 항시 열어두라고 하게."

야마다 대령은 후평의 집에 도착하자 곧장 방으로 들어가 유카다를 입고 목욕간으로 갔다. 하루의 피로를 풀기 위해 몸을 씻었다. 목욕간에서 나오는 길에 후평의 식구들이 중간채에 모여 있는 것을 보았다. 작은 탁자를 중간에 두고 방석 위에 앉아서 홍차를 마시고 있었다. 차향이 코에 닿자 대령도 그들과 함께 홍차를 마시고 싶은 마음이 들었다.

"대령님, 따뜻한 홍차 한 잔 하시겠습니까?"

"아, 그래요. 감사하오."

야마다는 반가운 마음에 주저 없이 청을 받아들였다. 그러다 갑자기 뭔가 개운치 않은 느낌이 스쳤다. 오늘은 웬일인가? 그날 밤, 그 일이 있은 후부터 방석에 앉아 홍차를 마셔본 적이 없었다. 후평은 물론 아무도 그를 초대하지 않았다. 그 집 사람들은 예전과 변함이 없는 듯했으나 냉랭하고 꾸민 공손함이 배어 있었다. 집안 사람 모두가 탁자에 둘러앉아 있었지만 그곳에 수봉은 없었다.

"자리를 미리 만들어두었소. 밤이 늦어 아이들은 내일 학교에 일찍 가야 하니 곧 자러갈 것이오."

대령은 이내 의혹을 지우고 마루로 올라서서 밝은색 꽃무늬가 있는 방석 위에 앉았다. 찻잔을 들어 한 모금 마시고는 코로 향을 음미했다. 아이들은 일어나 방으로 건너갔다. 하녀와 넷째 고모가 탁자 위를 정리하여 부엌으로 가져가고 홍차가 든 다기와 찻잔 두 개만 남겨놓았다. 이제 남자 둘만 남았다.

"고맙소, 후평 씨. 초대해줘서."

"야마다 씨, 한 잔 더 하시지요."

"아, 이제 그만해도 될 것 같소."

"지금 내 청을 거절해서는 안 될 것 같소이다. 조금 더 인내하시
지요."

"아니, 후평 씨. 지금 초대를 받아서 차 한 잔 마시는데 인내라니
그게 무슨 말이오?"

대령이 여러 겹 주름이 진 작은 씨앗 같은 눈으로 의아하게 후평
의 얼굴을 바라보았다. 그러자 후평이 말했다.

"자, 먼저 차를 드세요. 그 다음 천천히 이야기합니다."

후평이 먼저 차를 마시자 대령도 따라서 마셨다. 그러자 후평이
말했다.

"대령님, '그 일'이 있은 지 몇 달이 지났습니다. 그런데 왜 나에
게 꼭 해야 할 사과 한 번 하지 않으시오?"

대령은 잠자코 있었다. 대일본의 막강한 장교이지만 그가 저지
른 일에 대해 언젠가, 어떤 식으로든 대가를 치르지 않을까 늘 생
각하고 있었다. 주인 같기도 하고 죄인 같기도 한 모습으로 대령이
물었다.

"어떤 사과를 말하는 것이오?"

"지난겨울, 내 아내에게 저지른 일에 대한 것 말이오. 내가 멀리
부역에 나가고 없을 때 내 집, 내 가족의 도움을 받으면서 당신이
묵고 있는 이곳에서 저지른 일 말이오."

"그때 나는 젊은이들과 약속을 했고 또 그 약속을 지키고 있소.
그들도 약속을 지키기로 했고, 그와 관련해서는 당신과 아무것도

이야기할 것이 없소."

"대령님, 당신이 약속을 지킨 점에 대해서는 경의를 표하겠소. 그런데 당신에게 말해줄 것이 있소. 내 아내 수봉은 당신이 건드리기 전에 이미 또 한 사람의 비열한 일본인 장교에게 수모를 당했소. 첫 번째는 가케야마 대위요. 두 번째가 당신, 지금 내 앞에서 나와 함께 홍차를 마시고 있는 야마다 다쿠야 대령이오."

"이런 하찮고 위험한 이야기를 계속하기 전에 후평 씨. 당장 그 헛소리를 멈추고 당신이 범한 무례한 언동에 대해 내게 사과하는 것이 좋겠소. 당신 머리 위에, 그리고 집안 모든 사람들에게 미칠 화를 생각해서 말이오."

"그래요?"

"가케야마 대위의 경우는 나는 모르겠소. 내가 송연에 없었을 때이니까. 그러나 나는 별로 잘못한 것이 없소. 이 모두는 당신 집에 들어왔던 젊은이들과의 약속에 따른 것뿐이오."

"대령님, 그것이 바로 당신 잘못입니다. 당신 입으로 지금 말하고 있는 것 말이오. 약속에 따른 것이라고 했지만, 그들은 제삼자이고, 이 집의 주인은 나요. 나에게는 아무 말도 하지 않았소. 한 번도 나에게 사과를 한 적이 없으니 그것은 올바른 처사가 아니오."

"나는 내가 한 약속을 지켰소. 그래서 마을에 대해서도 아무런 해를 끼치지 않았소. 정복자 일본 군대의 장교에게 그런 무례를 범한 마을의 대표가 있는 곳을 말이오."

"당신은 참으로 잘못된 생각을 하고 있소. 당신은 마을의 대표와 약속을 한 것이라고 했소. 당신이 약속을 지킨 사실은 인정하오. 그러나 당신이 마을을 대표한다고 말하는 그 젊은이들은 나를 대표하는 것이 아니오. 당신은 나에게 사과를 해야만 하오."

"어느 누구에게도 아무것도 말해서는 안 된다는 약속을 지켰을 뿐이오. 당신에게도."

"유감스럽게도 당신은 계속 잘못된 생각을 하고 있소. 약속은 다른 사람들과 한 것이지 나와 한 것이 아니란 말이오."

"도대체 누가 약속을 깨고 당신에게 그 일을 일러바친 것이오. 대체 누구요?"

"당신이 전혀 계산하지 못했던 사람, 그 입을 막지 못했던 사람이오."

"그게 누구요?"

"내 아내요."

"그래서 지금 나에게 원하는 것이 무엇이오?"

"값을 치르시오."

"어떻게 말이오?"

"이곳에서는 가족의 윤리를 범하는 죄는 아주 엄하게 벌을 받소."

"내가 어떻게 하기를 바라오?"

"지금 우리 집안 사당으로 가면 향이 타고 있소. 그 옆에 칼이 놓여 있소."

"그래서?"

"당신의 조상 사무라이들이 해왔던 것."

"무슨 말이오?"

"스스로 할복하는 거요, 대령. 할복."

상황이 예사롭지가 않았다. 그때까지만 해도 막강한 일본의 강철 같은 카멜레온은 후평과의 대화를 귀찮고 달갑지 않은 잡소리, 시장 잡배들의 헛소리 같은 것으로 받아들였다. 한편으로는 후평의 대담함을 사뭇 대견하게, 또 한편으로는 후평이 반은 짐짓 농담을 하는 것이라고 여겼다. 대령이 비아냥거리는 어조로 물었다.

"내가 거절한다면?"

"당신은 거절할 수가 없소. 가증스런 지배자와 그 군인들, 사람을 짓밟는 민족으로부터 정복당한 피정복민인 나 조선인이 당신에게 당신의 조상에게 속죄할 수 있는 마지막 기회를 주는 것이오."

대령은 진땀이 났다. 정복자 일본인과 피정복민 조선인 사이에 극도의 긴장감이 흘렀다.

"내가 거절한다면?"

같은 소리를 반복했다.

"그러면 조선의 가족을 모독한 죄는 불명예스런 죽음으로 갚아야 하오."

"조선인은 이렇게 배신을 하고 약속을 어기는 것이오? 조선인은 짐승만도 못한 비열한 인종이오?"

"그 말을 그대로 돌려드리겠소. 일본인은 그렇게 무례하여 사과도 할 줄 모르며, 몇 달이 지나도 모른 척한단 말이오?"

"조선인은 약속을 헌신짝같이 버린단 말이오?"

"일본인은 아무 연고도 없는 제삼자와 약속을 하고 피해자는 모른 척한단 말이오? 일본인은 조선인을 짐승으로 여기고 자신은 우월한 민족이라는 잘못된 생각을 하시오?"

"지금 하는 이런 이야기가 말할 수 없이 불쾌하다는 사실을 후평 씨 당신은 잘 알아두시오."

"대령님, 지금 한 이야기가 농담도 만용도 아니라는 사실을 깨닫기 바라겠소."

"너는 하찮고 비열한 조선인, 더러운 조선 놈이야."

"당신이 지금 한 말을 나는 듣지 못한 것으로 하겠소. 당신은 생애 마지막 홍차를 마신 거요. 이제 당신 조상들이 선택한 길을 따르도록 하시오."

대령은 잠자코 있었다. 그때 멀리서 자동차 소리가 들려왔다. 자동차는 점점 더 가까이 들려오고 엔진 소리도 더 분명해졌다. 후평의 집으로 오고 있는 것이었다. 대령은 경멸에 찬 얼굴로 후평을 쳐다보았다. 그 눈은 독약을 쏟아내고 있는 듯 앞에 있는 후평을 없애버릴 것 같았다.

"그래, 할 말이 더 있어? 더러운 조선 놈."

"나는 할 말을 다 했소."

자동차 불빛이 한순간 집 창문을 스치면서 실내를 환하게 밝혔다. 자동차가 멈춘 후 집 안으로 사람이 들어오는 발소리가 들렸다. 대령의 얼굴에는 득의에 찬 조소가 가득했고, 후평을 향한 그의 말은 독을 내뿜는 것 같았다.

"너같이 비열한 인간을 상대해서 내 손을 더럽히고 싶지는 않아."

후평은 아무런 대꾸도 하지 않은 채 방석 위에 가만히 앉아 있었다. 야마다가 벌떡 일어서더니 소리쳤다.

"하사관, 이리로 들어와 이 더러운 조선 놈을 죽여라. 처자들도 모두. 아무도 살아남지 못하도록."

그러다 갑자기 대령이 고함을 멈추었다. 집 안 뜰에서 이상하고 작은 소리가 들려왔다. 사람의 숨넘어가는 신음과 무거운 발자국, 나지막한 소리가 들리더니 다시 조용해졌다. 대령이 가만히 듣고 있더니 놀라서 입을 벌리며 공포에 찬 얼굴로 겁을 먹은 채 물었다.

"무슨 일이지?"

"별일 아니오. 동지가 당신 부하들을 죽인 것이오."

"동지? 이 마을에? 농담하는 거지?"

"농담이라니요. 뭐가 이상한 것이라도 있소?"

"동지라는 말만 들어보았을 뿐인데……."

"그들은 조선인으로 이 땅에 살고 있소. 이방인은 당신들이오.

당신들은 이 땅에 아무 볼일이 없는 사람들이오."

　바로 그때 문이 열리면서 미 해군 한 명이 방으로 들어왔다. 기관총을 손에 들고, 머리에 철모를 쓰고, 어깨에는 무선전신기를 메고 있었다. 그 뒤로 세 명의 동지가 따라 들어왔다.

　"후평 씨, 빨리 끝냅시다."

　한 조선인이 후평에게 말하자 그가 대령을 보며 말했다.

　"자, 대령님. 어서 사당으로 가서 일을 끝내시오. 조선은 더 이상 당신의 것도 아니고, 일본의 것도 아니오. 당신 조상들이 당신을 기다리고 있소."

　대령은 무장을 한 미 해군을 보고 있었다. 머리 위로 높이 솟아 있는 안테나 달린 무선전신기를 쳐다보면서 중얼거렸다.

　"그러니까 미군의 무선전신기가 100~200마일이 아니라 마을 안에 있었던 것이었군. 그 중의 하나가 바로 저것이었어."

　그때 후평이 일어서서 대령의 어깨를 잡아 사당으로 끌고 갔다. 대령이 향 앞에 무릎을 꿇고 앉았다. 그리고는 잠시 후 대령은 한순간 뒤로 벌렁 넘어져 벌어진 입으로 새빨간 피를 쏟으면서 온몸에는 피가 번졌고, 두 손은 배에 박혀 있는 칼자루를 쥐고 있었다. 따라온 미군은 눈앞에서 벌어지고 있는 광경을 기이한 듯 바라보고 있었다.

23

공군 중위 버클리 스미스

동지는 놀라운 광경에 넋을 잃고 멍하니 서 있는 미 해군의 어깨를 쳐서 집 밖으로 함께 나왔다. 후평은 소리쳐 집안 식구들을 집 뒷문을 통해 골목으로 나오게 했다. 그런 다음 안으로 들어가 대령의 권총과 가죽으로 된 권총집을 들어 허리에 찼다. 그리고는 짧은 총구의 자동 카빈총을 들고 탄띠도 어깨에 둘렀다. 입과 배에서 나온 피로 물든 대령을 마지막으로 돌아보고는 문간에 서서 다른 일본인을 기다렸다. 몇 분이 지나자 다른 조선인 집에서 자고 있던 일본인 장교가 처음으로 나타났다. 두 명의 동지와 한 명의 미 해군이 뒤를 따라왔다. 모두 무장을 하고 철모를 쓰고 카빈총을 들고 있었다. 동지가 일본인 장교를 널찍한 방 한 켠, 할복해 죽은 대령이 보이는 곳에 앉게 했다. 잠시 뒤에 조선인 집에서 자고 있던 일

송연 이야기

본인 장교들이 하나 둘 붙들려오기 시작했다. 그들은 모자도 없이 어떤 이는 군복, 어떤 이는 잠옷 차림에 실내화를 신은 채 그들의 집합소인 후평의 집으로 모여들었다. 모두 방 한쪽에 모여 서서 별다른 저항 없이 자신들의 운명을 기다리고 있었다. 동지와 미 해군들이 이를 꽉 문 채 총을 겨누고 있었다. 여차하면 총알이 날아갈 듯한 기세였다. 마침내 작전 지휘관인 공군 중위 버클리 스미스가 들어왔다. 그는 죽은 대령을 등 뒤로 하고 일본인 장교들을 보면서 짤막하게 말했다.

"일본인 장교 여러분. 여기서 계급이 가장 높은 사람이 누구요?"

통역은 수용소에서 탈출하여 제일 먼저 숲에서 만난 동지인 찬연이 맡았다. 버클리는 미리 찬연에게 말을 간단하게 전할 것을 부탁했다. 찬연도 그간 미국인과 함께 생활하면서 그들이 간단명료한 것을 좋아한다는 것을 알게 되었다. 일본인 중 잠옷을 입은 한 사람이 일어나 버클리에게 말했다.

"나는 대령이오. 여기 있는 사람들 중 계급이 제일 높고 노무라 히로토라고 하오."

"고맙소, 노무라 히로토 대령. 나는 버클리 스미스요. 미 공군 중위로 지난 가을 수용소에서 탈출한 포로 중 한 명이오. 지금 내가 묻는 말에 정확하고 간단하게 대답해주시오. 지금 이곳에 있는 장교가 스무 명이오. 막사 안에 장교는 몇 명이 더 있소?"

"중위님. 우리는 제네바 국제조약에 따라 당신 질문에 대답하지 않겠소. 내가 대답해야 할 것은 이미 했소. 더 이상 나와 내 동료들은 당신의 질문에 대답해야 할 의무가 없소."

"당신의 말은 내게 아무런 의미가 없소. 당신 일본인들은 제네바 협정을 전혀 지키지 않았소."

"아무튼 나는 더 이상 대답하고 싶지 않소."

"좋소. 당신은 거절할 자유가 있소. 그러나 그 때문에 당신에게 어떤 불이익이 돌아갈지는 나도 알 수 없소. 당신 앞에 야마다 다쿠야 대령이 죽어 있소. 이 집 주인이 할복자살을 하게 했소. 집주인이 없는 동안 그가 집안에 불미스러운 일을 저질렀기 때문이오. 집 밖에 대령의 자동차 운전병 둘이 죽어 있는 것을 보았을 것이오. 동지의 지시를 거부하고 반항하려 했기 때문에 그들을 죽이지 않을 수가 없었소. 이 마을에는 미군과 군사 훈련을 받은 동지들로 가득하오. 한 가지 더 이야기해둘 것은 포로수용소도 지금 최강의 중무장을 한 미군과 동지들에 의해 포위되어 있다는 사실이오. 오늘 우리는 포로수용소로 향하는 군인을 가득 실은 열 대의 트럭을 기다리다가 전멸시켰소. 모두 150명의 장교, 하사관, 군인들이었으며, 무전 통신병도 있었소. 우리의 요구를 무시하고 무력으로 우리에게 대항하려 했기 때문에 어쩔 수 없이 일어난 충돌이었소. 쓸 만한 자동차와 장비들은 모두 우리가 접수했소. 그리고 조선인 집에서 자고 있던 장교들은 여기 다 모인 것이오. 노부라 히로토 대령, 내 명령을 들으시오. 쓸데없는 피를 흘리지 않게 하려는 것이오. 막사에 있는 473명의 미군 포로 및 병원에 있는 여섯 명의 미군은 석방되어야 하오. 지금 내가 말하는 조건을 잘 들으시오.

첫째, 모든 포로들은 한 명의 예외 없이 석방한다.

둘째, 일본군은 미군에게 무기를 양도한다. 일본군은 지금부터 조선 주재 미 해방군의 포로로 간주한다.

셋째, 일본군 그 누구도 어떠한 저항도 해서는 안 된다.

넷째, 무선전신기와 다른 통신기구를 사용해서는 안 된다.

당신에게 20분의 시간을 주겠소. 내 명령을 숙지하고 일본군과 그 무기는 무조건 우리에게 넘겨야 한다는 것을 전하시오. 만일 이를 어기면 유감스럽지만 가공할 무력으로 공격을 하게 되고, 그렇게 되면 일본군은 한 명도 살아남기 힘들 것이오. 지금 시간은 정확하게 밤 10시, 10시 20분에 내가 한 최후의 명령이 실행되기를 기다리겠소. 자, 노무라 히로토 대령. 빨리 수용소로 돌아가시오."

"중위님, 묻고 싶은 것이……."

"아무것도 묻지 마시오. 이미 1분이 흘렀소."

일본인 장교는 미 공군 중위의 명령을 조심스레 듣고 있었다. 꼼짝하지 않아서 숨을 쉬는지조차 알 수 없을 지경이었다. 너무 갑작스러운 일이라 이 기막힌 반전을 짧은 시간에 현실로 받아들이기가 힘이 들었던 것이다. 옆에 있던 동료가 그의 어깨를 치는 바람에 정신이 들어 뜰로 내려섰다. 공군 중위 버클리와 동지 한 사람이 그를 따랐다. 공군 중위가 자동차 운전석에 앉고, 노무라 히로토와 무장한 동지가 뒤에 앉았다. 자동차는 헤드라이트를 끈 채 달려서 잠시 만에 수용소 정문 100미터 전방에 멈추었다.

"10시 20분이오, 대령. 아시겠소?"

"알겠소."

대령이 대답했다.

"잘 생각해서 처신하시오. 우리는 필요없는 유혈 사태는 원치 않소."

대령은 자동차에서 내려 수용소 정문을 향해 걸어갔다. 수비병이 누군가 다가오는 것을 보고 소리쳤다.

"정지. 누군지 암호를 대시오."

대령이 암호를 댔다. 그러나 수비병은 무슨 영문인지 이해할 수가 없었다. 무슨 일로 대령이 이 야밤에 그것도 잠옷 차림으로 걸어온단 말인가? 수비병에게 그 이유를 알 수 있도록 설명할 때까지 대령은 그곳에 서 있을 수밖에 없었다. 그렇게 시간이 흘렀다. 겨우 막사 안으로 들어가 수비대장을 찾았으나 그는 아무 데도 없었다. 조금 전에 막사에서 나갔다고 수비병이 말했다. 어디로 가는지 아무 말이 없었다는 것이다.

24

공격

수비대장은 트럭이 도착하지 않고 있는 이유를 알기 위해 두 번째 오토바이 통신병을 보내라고 막사 지휘관에게 지시한 후 전화 한 통을 받았다.

"수비대장님, 여기 주재소입니다. 하기야마 소장인데요, 얼른 이쪽으로 좀 오셔야겠습니다. 큰일이 났습니다."

"무슨 일인가?"

"얼른 오십시오. 보통 일이 아닙니다. 될 수 있는 대로 빨리 오십시오."

"하기야마 소장. 당신이 이쪽으로 오시오."

"곤란합니다. 주재소에 저 혼자뿐이고 조선인이 한 명 있습니다. 순사 고이케 마사토가 무장하고 있는 그를 체포했습니다. 또 일본인 장교 한 명이 아주 심하게 다쳤습니다."

"뭐라고! 그 장교가 누구요?"

"기억상실증에 걸려 원산으로 보냈던 가케야마 대위입니다. 빨리 오십시오. 이곳에 오시면 상세하게 말씀드리겠습니다."

운전병이 잠시 만에 그를 주재소 앞에 내려놓자 황급히 안으로 들어갔다.

"무슨 일인지 자초지종을 말해보시오."

"먼저 이 옆방으로 좀 와보십시오. 가케야마 대위가 무슨 말을 하는데 잘 알아듣지 못하겠습니다."

수비대장이 옆방으로 들어가니 대위가 바닥에 엎어져 있었다. 어깨에는 상처가 나서 피가 홍건했다. 모자도 없이 군복은 다 찢어진 채 흙과 피로 얼룩져 가관이었다. 수비대장이 허리를 굽혀 그를 흔들어 무슨 일인지를 물었다. 대위는 눈을 감은 채 무언가 중얼거리며 숨을 깊이 들이마셨다가 가쁘게 내쉬었다.

"의사를 부르시오. 의사를."

"전화했습니다. 지금 오고 있어요."

"그래, 도대체 어떻게 된 일이오?"

"고이케와 마치다 순사가 밤 순찰을 돌고 있었는데, 원산으로 난 동네 어귀에서 오토바이 소리를 들었답니다. 헤드라이트를 끈 채 아주 천천히 마을로 들이오고 있는 것이 이상하여 권총을 꺼내들고는 오토바이가 가까이 오는 것을 주시하고 있었다는군요. 그런데 뒤에서 무슨 소리가 들려 돌아보니 이 조선인이 칼을 든 손을 높이 치켜들고는 마치다 순사를 찌르려고 하여 고이케 순사가 덮쳐서 칼을 뺏고 권총으로 머리를 쳐서 쓰러뜨렸다고 합니다. 그가 어깨에 저 총을 메고 있었고요. 수비대장님, 저 총은 일본제가 아닙니다. 저런 총은 한 번도 본적이 없어요."

수비대장이 총을 들어 살펴보더니 말했다.

"맞는 말이오, 소장. 이 총은 M1 소총으로 미제요. 미군의 무기가 어떤 것인지를 알기 위해 원산 사령본부에서 본 적이 있지. 그래, 그 다음에는 어떻게 되었소?"

"조선인이 길에 쓰러지는 것을 보고 오토바이를 주시했는데, 그게 미친 듯이 달려오고 있었답니다. 두 순사가 오토바이에 뛰어들어 정지를 시키니 거기에 가케야마 대위가 있는 것을 보고는 깜짝 놀랐답니다. 오토바이는 버려두고 대위와 조선인을 데리고 왔습니다. 대위가 뭐라고 말을 하는데 알아들을 수가 없어요. 대충 정리를 하면 '김후평과 허지찬을 체포해야 한다. 그들이 탑에서 나에게 약을 먹여 기억상실이 됐다. 트럭 부대는 함정에 빠져 전멸했고 나만 살아남았다. 오토바이를 타고……' 등입니다. 그래서 순사 두명에게 그 두 조선인을 잡아오라고 그들의 집으로 보냈는데 시간이 꽤 지났는데도 오지 않고 있어요. 그들과 함께 두세 명 예비역 순사를 함께 보냈는데 아무도 돌아오지 않고 있습니다."

"왜 아직 안 오는 거요?"

"잘 모르겠습니다."

"의사는 언제 불렀소? 왜 아직 안 오는 거요?"

"와도 벌써 오래 전에 왔어야 하는데……."

"다시 전화해보시오."

소장이 수화기를 들었는데 아무 소리가 들리지 않았다. 수화기로 책상을 한 번 친 후 다시 시도해보았으나 발신음이 들리지 않았다.

"수비대장님, 혹시 전화선이 끊겼는지도 모르겠어요. 전화기가 작동을 안 합니다."

"제기랄!"

수비대장이 이를 악물면서 욕을 내뱉었다.

"그런 상황이군."

"예. 그런 상황입니다."

"제기랄!"

다시 욕을 하면서 수비대장은 허리에서 권총을 꺼내어 뒤로 손이 묶여 있는 조선인의 가슴을 향해 쏘았다. 조선인의 머리가 가슴으로 떨어졌다. 수비대장은 미친 듯 조선인의 머리를 향해 세 발을 더 쏘았다. 소장이 놀라서 그 자리에 얼어붙었다. 수비대장을 말릴 사이도 없이 일어난 일에 놀라 소장은 입을 벌린 채 보고만 있었다.

"하기아마 소장. 뭘 그렇게 보고 있소?"

소장이 정신을 차리고 공손히 말했다.

"수비대장님. 상황을 잘 살펴 일을 신중하게 처리하는 것이 좋을 것 같습니다."

"무슨 뜻이오?"

"가케야마 대위는 부상을 입었고, 트럭 부대는 전멸했을 가능성이 있습니다. 한 조선인이 미제 무기를 가진 채 체포되었고, 전화는 불통이며 의사와 순사들은 돌아오지 않고 있습니다. 심각한 사태가 벌어지고 있는 것 같은데, 대장님 의견은 어떻습니까?"

수비대장은 주재소장의 말을 더 듣지 않고 조선인이 가지고 있던 총을 주워들어 위로 한 번 튕겨 올리고는 어깨에 멘 뒤 밖으로 뛰어나갔다. 그는 운전병에게 막사로 돌아갈 것을 지시했고, 골목길과 나지막한 짚단을 쌓아놓은 집들과 뜰을 주시했다. 한순간 짚단 뒤로 조심스럽게 움직이는 그림자를 본 듯한 순간 짚단을 향해 방아쇠를 당겼다. 바로 응전 사격을 가했다. 운전병은 최고 속력으로 남은 거리를 달려 막사 안으로 들어왔다. 수비병이 때맞추어 문을 열어주었다. 그 순간 막사 높은 탑에 있던 조명대를 향해 기관총과 대포 사격이 시작되었다. 수류탄이 날아들어 조명대는 순식간에 파괴되었다. 어떻게 손을 써볼 사이도 없이 조명대 건물에 있던 군인들은 깨진 전등 조각과 함께 쓰러져 내려앉았다.

막사의 군인들은 놀라서 무슨 영문인지도 모른 채 밖으로 나와 지시받지 않은 상태로 지표도 없이 우왕좌왕했다. 옷도 반만 입고 철모와 계급장도 없이 손에 총만 들고 있었다. 급한 대로 아무 곳에 몸을 숨기고 어둠 속에서 목표도 없이 사격을 시작했다. 그때

폭죽이 터지면서 낙하산처럼 쏟아져내리기 시작하자 밤이 대낮처럼 밝아졌다. 일본군들은 사방에서 폭포같이 쏟아지는 여러 종류의 총기구 사격 세례를 받아 차례로 쓰러지기 시작했다. 적의 위치를 확인할 수가 없었다. 막사를 지키던 일본군 다수는 실전 경험이 없는 풋내기들이었다.

교전하는 총기의 엄청난 소음 속으로 헤드라이트를 환하게 켠 일본군 트럭이 질주해 들어왔다. 맨 앞에는 중무장한 장갑차 한 대가 있었다. 장갑차는 속력을 줄이지 않고 철조망을 모두 부수고는 그대로 막사 안으로 들어왔다. 강력한 대포가 장갑차 창문을 통해 사방으로 우박 같은 사격을 퍼부었다. 막사 안에서 회전을 하며 무차별적으로 계속 사격을 가했다. 그 뒤를 따르던 트럭들은 아무 장애 없이 수용소 안으로 들어와 미군과 동지들을 내려주었다. 침입자들은 장갑차의 엄호를 받으며 수용소 안으로 흩어져 저항하는 자들을 처리하기 시작했다. 일본군이 하나 둘씩 떨어져나갔다. 폭죽이 지상을 밝히자 침입자들은 일본군 장교 침실의 문을 부수고 들어가 모든 것을 파괴한 후 막사 안을 샅샅이 뒤졌다. 그들은 일본군을 모두 무장 해제시켰다. 그런 다음 포로들이 갇혀 있는 문을 온갖 방법으로 열었다. 잠시 후 수용소 안은 석방된 미군 포로들로 가득 찼다.

노무라 히로토 대령은 한쪽 구석에 서 있었다. 온통 먼지를 뒤집어쓴 참담한 모습이었다. 동지들은 그를 조선인으로 알고, 또 미군들은 민간인인줄 알고 아무도 신경 쓰지 않았다. 공군 중위 버클리가 난리통에 대령을 알아보고 소리쳤다.

"대령, 왜 이런 난장판을 초래했소? 왜 막지 못했던 거요? 어찌이런 참담한 살육이 행해지게 했느냔 말이오?"

"어쩔 수 없었소, 중위. 내가 책임자가 아니었기 때문이오."

"그러면 책임자가 누구요?"

"수비대장이오. 그런데 그를 찾을 수가 없었소."

"그럼 왜 대리를 하지 못했소?"

"모든 것이 갑자기 일어났소. 수비대장이 총격을 시작했고, 당신들이 반격을 해왔단 말이오."

"이미 일어난 일이니 어쩔 수가 없소. 이제 당신이 할 일이 하나있소."

"뭐요?"

"의무대로 갑시다. 병실에 있는 사람들이 피해를 입지 않도록 해야겠소."

"그럽시다."

그들은 함께 자동차에 올라타 재빠르게 수용소를 빠져나와 의무대로 향했다. 병영 안의 자동차들은 불빛을 환하게 밝힌 채 엔진소리를 내고 있었다. 무장 군인들과 비무장 군인들이 병영 출구로달려가고 있었으므로 그들의 앞길을 방해했다. 겨우 의무대에 도착하자 놀란 수비병들이 대령의 명령에 따라 버클리 중위에게 항복했고 가지고 있던 약간의 무기와 탄약을 내놓았다.

주재소도 큰 어려움 없이 인수할 수 있었다. 주재소 안으로 들어서자 소장인 하기야마가 가케야마를 돌보고 있었다. 그는 마을과 병영에서 무슨 일이 일어나고 있는지 분명하게 감지했다. 의사와 순사들이 누군가에게 붙잡혔을 것이라는 사실도 이미 파악하고 있었다. 칼로 자결을 하거나 가케야마를 돌보는 것 이외에 할 수 있는 일이 없었다. 그래서 그는 후자를 택했다. 가케야마의 상처는 깊지 않았다. 그런데 피를 너무 많이 흘려 의식을 잃었고 겨우 생명을 부지하고 있었다. 사람들이 급히 그를 의무대 병원으로 옮겨 수혈을 받도록 했다. 일본인 의사는 주재소에서 의무대로 돌아가는 중에 체포되었다가 지금은 다시 의무대 병원에서 부상자들을 돌보고 있었다. 다만 지금은 정복자가 아니라 패배자 신분의 의사였다. 병영에 있던 몇 명의 일본인 부상자들을 의무대로 옮겨왔다. 부상자들이 너무 많아 모두 의무대에 수용할 수가 없었다. 때는 여름이라 그들은 뜰 안의 야전용 침대나 들것 위에 누워 있었다. 동지는 세 명이 부상당했다.

그들이 가지고 있는 군용 트럭으로는 풀려난 미군 포로들을 모두 실어 나를 수가 없었다. 인원 수가 많고 대포도 몇 대 있었다. 업무용 소형 승용차와 짐차로도 부족했다. 그러나 버클리 중위는 다른 명령을 내릴 필요가 없었다. 해병부대 지휘관들과 동지들이 이런 경우 어떻게 해야 하는지를 잘 알고 있었다. 일단의 사람들이 연료 저장고로 가 한 짐차에서 석유가 든 통들을 찾았다. 그 몇 달 동안 병영 안에서 일한 조선인들이 가져다준 설계도로 병영 내부의 구조를 이미 파악하고 있었다. 창고에서 필요한 생필품들을 가져다 짐차에 가득 싣고, 필요한 주방기구들도 챙겼다. 미군 포로들은 사물을 들고 기관총, 자동소총, 단발총 등을 둘러멨다. 동지들은 두세 개 단발총을 미군 포로들에게 나누어주었다.

버클리 중위는 자동차 위에 서서 이리저리 명령을 내리고, 미군 포로들은 동지 및 해병들과 함께 손부사로 향했다. 모두가 병영을 빠져나오자 파괴조가 석유를 뿌려서 남아 있는 모든 것을 태워버렸다. 조명탑을 비롯한 모든 시설들이 폭약으로 날아가버렸다. 병영에서 굉음과 함께 불길이 솟았을 때 아직 날이 새지 않았다. 나무로 된 막사가 타는 불길은 폭죽과 함께 하늘 높이 치솟았다.

미군 포로 중 환자들은 짐차에 탔고, 중상을 입은 세 명의 동지들도 의사들의 도움을 받아 다른 짐차에 올라탔다.

조선 땅에 먼동이 트고 산과 언덕이 어둠 속에서 밝아올 때 송연에는 미군도 동지들도 남아 있지 않았다. 그들은 이미 멀리 숲속 길을 따라 앞서 마련해둔 피난처를 향해가고 있었다. 버클리 중위와 찬연, 다른 두 명의 미군 포로와 몇 명의 동지들만 뒤에 남았고, 노무라 히로토 대령도 그들과 함께 있었다. 병영은 활활 타올랐다. 버클리 중위가 대령에게 물었다.

"수비대장은 어디 있소. 그를 보지 못했소?"

"그는 집무실에 있었소. 정문 경비병 다음으로 죽었소."

"잘 들으시오, 대령. 마을과 병원을 당신에게 맡기겠소. 의사, 위생병, 부상자 등 살아남은 일본인들을 당신이 돌보도록 하시오. 이런 살육의 책임이 우리에게 있지 않다는 것을 당신은 너무 잘 알고 있으리라 생각하오. 천박한 수비대장을 모시고 있었던 것이 불행이었던 것 같소. 패배에 대한 보복으로 마을사람들을 다치게 하는 일이 없도록 해야 하오. 살아남은 스무 명 장교와 쉰 명의 병사들은 인질로 우리가 데려가겠소. 마을사람들이 조금도 다치는 일이 없을 것이라 믿고 싶소. 그들은 우리 공격과 아무 상관이 없소. 지금 내가 하는 말을 어길 시에는 엄청난 보복이 가해질 것이오. 두 번 다시 이런 일이 일어나지 않도록 유의해주시오. 일본은 이미 전쟁에서 졌소. 버티면 버틸수록 당신들에게 손해요. 바로 당신들을 무서운 파탄으로 몰고 갈 것이기 때문이오. 지금 내가 한 말이 이 서류 안에 상세히 적혀 있소. 이것을 읽어보고 본부에서 올 일본인에게 전해주시오. 또 봅시다. 언젠가 다시 좀더 좋은 모습으로 만나도록 합시다."

대령은 조용히 버클리의 말을 듣고 있었다. 보일 듯 말 듯한 조소가 그의 얼굴을 스치고 지나갔다. 그리고 물었다.

"하나 물어봅시다. 이 많은 사람들이 어디로 간단 말이오? 미군들과 무장 조선인 동지들 말이오. 일본의 육해공군이 완전무장을 한 채 아직 조선반도에 널려 있소. 당신들은 지금 조선 땅 안 위도 39도 선에 있습니다. 조선 땅에서 어떻게 벗어날 수 있겠소?"

"그런 거 말고 다른 질문을 해야 할 것 같소, 대령."

"많은 것들을 이야기할 시간이 우리에게 있었으면 나도 좋겠소."

"괜찮소. 다음에 하지요. 우선 당신이 내게 한 질문에 답하겠소. 당신은 우리가 어떻게 당신들을 습격하게 되었는지에 대해 전혀 생각을 해보지 않은 것 같군요. 간단하게 대답을 하자면, 우리가 온 것과 같이 그렇게 사라지면 된다고 생각하면 되오. 그런데 누가 당신에게 우리가 조선을 떠난다는 말을 했소? 당신들은 오늘은 송연에, 그리고 내일은 또 다른 곳에 나타나는 우리를 '미군 척후대'라고 불러야 할 것 같지 않소? 아니면 척후병 가운데 하나라고 하든지. 아무튼 염려해주어서 참으로 감사하오."

"아, 그렇습니까?"

대령의 얼굴에 스쳤던 조소가 싹 가시면서 그는 겁에 질린 얼굴을 했다.

"잊지 마시오, 대령. 우리 미군이 이곳을 공격하여 병영을 파괴했다는 사실을 말이오. 그들이 어떻게 조선 땅에 있게 되었는지, 어디서 온 것인지에 대해 왜 묻지 않소?"

대령은 아무 대답도 하지 않았다. 버클리 중위는 군인 두 명의 도움을 받아 수비대장의 차에 올라탔다. 다른 미군과 동지들도 작은 짐차에 올라탔다. 그들은 떠나면서 대령에게 말했다.

"원산으로 난 길에 죽어 있는 당신네 병사들을 거두도록 하시오. 너무 완강하게 저항하는 바람에 죽이지 않을 수가 없었소. 그들에게 유감스러울 뿐이오."

두 대의 자동차는 최고 속력으로 손부사 암자가 있는 숲으로 달려갔다.

날이 밝자 마을사람들은 밖으로 나왔다. 밤새 한숨도 자지 못했다. 생전 그런 총소리는 들어본 적이 없었다. 송연의 마을사람 중 몇 사람이 사냥총을 쏜 것 외의 총소리는 들어본 적이 없었다. 그들은 감히 마을이 어떻게 쑥대밭이 되었는지 구경할 엄두를 내지 못했다. 구장으로부터는 아직 아무런 지시도 내려오지 않았다. 밤새 군 기지에서 타올랐던 불길이 무엇을 삼켜버렸는지 알고 싶었지만 마을사람들은 인내하며 집안일에 몰두했다. 외양간으로 가서 가축들을 돌보고 아이들에게 줄 염소젖을 짜기도 했다. 부녀자들은 자질구레한 집안일에 여념이 없었다. 아기에게 젖을 먹이고 잠자리를 정리하고 집과 뜰을 쓸었다. 가끔씩 하늘을 보면 검은 연기가 치솟아 기괴한 모양을 연출했다. 시커먼 검은 구름이 군데군데 검은 그림자를 땅 위에 만들었다. 나무 타는 냄새, 석유 냄새, 이제까지 맡아본 적이 없는 냄새들이 코를 찔렀다. 그러나 마을사람 그 어느 누구도 이웃에게 간밤에 무슨 일이 있었는지 묻지 않았다.

드디어 '어디라도 가도 좋다'는 구장의 지시가 내려왔다. 그때서야 마을사람들은 밖으로 나와 우물이 있는 광장으로 갔다. 그들은 군 기지 막사의 잔재와 또 다른 시설들이 아직도 불씨 속에 있는 것을 보았다. 구장의 지시가 연달아 내려왔다. '남자들은 기지 안으로 들어가 죽은 사람들의 시신을 모두 끌어내어 우물이 있는 광장으로 옮겨올 것', '혹 부상자가 있으면 병원으로 옮길 것', '부녀자들은 모두 군용물품들을 수집하여 마을 광장으로 가지고 올 것. 아무것도 사취해서는 안 되며, 그 파국을 기념할 만한 것도 가져서는 안 됨. 식민지 일본군의 재산이기 때문이라는 것' 등이었다.

일본군과 동지들이 죽은 채 발견되었다. 그들을 의무대 위쪽에 있는 공동묘지로 옮겨와서 그곳에 구덩이를 파고 묻었다. 마을 광장에는 갖가지 군용물품들이 쌓였다. 그것은 엄청난 양의 탄약통, 파괴되고 불에 탄 무기들과 미군 포로들이 입었던 군복의 잔재들이었다. 탈주한 포로들은 기지에서 입고 있던 헤진 군복을 벗어버리고 동지들이 가져온 새 옷으로 갈아입고 새 군화를 신었다. 포로들이 먹을 음식도 엄청났다.

노무라 히로토 대령은 병원에 드러누웠다. 마을 어디에도 그가 있을 만한 곳이 없었다. 정오 무렵이 되자 그는 구장 한찬문에게 마을 원로들 전원과 함께 병원으로 와줄 것을 청했다. 상황을 점검하고, 일본군과 조선인들이 이제 어떻게 해야 할 것인가에 대해 공론을 모으자는 것이었다. 대령이 말했다.

"존경하는 송연 원로 여러분. 솔직하게 말씀드립니다. 식민지 일본군에 의해 점령된 조선에서 유일한 예로, 나 일본군 장교가 조선인과 대등한 입장에서 드리는 말씀입니다. 내 말을 끊지 말고 잘 들어주십시오. 미국인 포로를 탈출시키는 데 송연 마을 주민 모두가 협조했다는 것을 나는 믿어 의심치 않습니다. 우리는 여러분 마을의 전형적인 평온에 깜박 속았습니다. 여러분은 처음 포로들이 도주하도록 도왔습니다. 상세한 내막은 모르지만 지금 내게 그런 것은 중요하지 않습니다. 또한 지금 나는 조사를 하려는 것이 아닙니다. 나는 조선인과 미국인에게 패배한 사람입니다. 보시다시피 나는 원산이나 다른 어떤 곳의 일본군과 연락할 수 있는 처지가 못 됩니다. 기지의 통신장비는 모두 망가졌고, 어떤 방법으로도 복구할 수 없습니다.

며칠 혹은 몇 시간 동안 이 마을이 지금과 같이 이렇게 안전하게 있을지 모르겠습니다. 일본군은 막강한 인력과 무기를 가지고 쳐들어올 것이고, 그 복수는 상상을 초월할 것입니다. 한 본보기로서 남녀 노소 할 것 없이 온 마을사람들이 총살당하지 않을까 나는 걱정됩니다. 그런 학살은 조선의 다른 여러 마을에서도 일어났습니다. 대소 간에 이와 같은 공격이 또 다른 곳에서 있었는지 누가 알겠습니까? 미국인이 조선 땅에 발을 들여놓았습니다. 포로들을 구출하고 포로수용소의 군 기지를 쑥대밭으로 만든 특공대 미국인 대장이 내게 마을사람들이 어떤 피해도 보지 않도록 하라는 최후통첩을 남겼습니다. 만일 이를 어길 시에는 송연으로 다시 돌아와 이곳으로 들어올 일본군과 맞서 싸워서 파국을 맞이하게 만들 것이라고 했습니다. 미국인이 괜한 말을 하는 것이 아니라는 것을 나는 잘 알고 있습니다. 그들의 힘을 똑똑히 보았고 나 자신도 그들이 두렵습니다.

군 기지의 무기 잔재들을 모두 광장으로 모았다고 했지요. 괜한 수고들을 했습니다. 쓸 만한 것이 없습니다. 내가 부탁하고 싶은 것은 될 수 있는 대로 빨리 송연을 떠나라는 것입니다. 숲속으로, 미군들이 은거하고 있는 곳으로 달아나십시오. 여러분은 그곳을 알고 있을 것입니다. 모른 척하지 마십시오. 그렇게 하지 않으면 나의 의지와는 무관하게 나는 여러분의 목숨을 보장할 수가 없습니다.

솔직히 말하면 특공대 대장, 미국인 중위는 다수의 일본군 포로를 인질로 잡고 일본군이 비무장 주민을 학살하면 그 보복으로 그들을 죽이겠다고 협박했습니다. 송연 마을에서도 스무 명의 장교와 쉰 명의 병사들을 잡아갔어요. 그러나 분명히 말할 수 있는 것은 미군들 손에 있는 인질도 일본군이 여러분 마을을 불태우고 주민 모두를 총살하는 것을 막지는 못한다는 것입니다."

마을의 주민 모두가 일본군 대령의 말을 주의 깊게 들었다. 마침내 구장이 입을 열었다.

"존경하는 노무라 히로토 대령님. 우리 마을 주민을 위한 당신의 배려가 참으로 크고, 또 놀라울 따름이오. 왜 오늘에야 전에 없던 호의를 베푸는 것이오? 그리고 지금 우리에게 또 다른 일본군이 미군들과 조선인 동지들이 이 마을의 일본군 기지를 공격하고 일본군들을 죽인 것에 대해 복수를 할 것이니 마을을 떠나라고 이야기하는 이유가 무엇이오?"

"당신이 묻는 의도를 잘 모르겠소. 당신들은 생각이 깊은 사람들이고 대화를 좋아하지요. 지금 인간적으로 나를 생각해주시오. 나는 지금 외톨이입니다. 절망의 외톨이, 절망의 패배자. 며칠 새 나의 자긍심, 나와 내 나라 일본에 대한 자존심을 모두 잃어버렸소. 수년 전 우리는 미군들 그들의 땅을 공격했소. 그런데 지금은 그들이 우리가 있는 이곳에서 반격을 하고 있소이다. 조선 땅에 온 지 얼마나 되는지 나는 모르오. 머지않아 우리는 당신네 땅을 떠나게 될 것이오. 이 땅에서 우리가 야기했던 질곡들에 대해 우리는 비싼 값을 치르게 될 것이오. 지금 부상자를 돌보고, 병원 묘지에 죽은 일본인들을 묻고 있는 한 일본인 장교가 어떻게 행동하기를 여러분은 원하시오? 우리는 500구 이상의 시체를 묻었소. 미국인의 함정에 빠진 사람들과 원산에서 올라오는 길에 죽은 사람들의 시체도 옮겨왔소. 내 옆에는 무장한 사람, 사지가 멀쩡하게 건장한 사람이 아무도 없소. 이것이 내 대답이오. 제발 달아나서 목숨을 건지시오. 최후의 순간에서야 당신네 나라를 정복한 것이 부질없었음을 깨달은 한 인간을 여러분의 삶에서 기억하도록 말이오. 여러분의 성스러운 꽃 무궁화를 지난 30여 년 동안 이 조선 땅에서 없애려고 한 우리의 노력은 헛수고였소. 그 꽃은 불멸이며, 이 땅은 불사였소. 무궁화를 사론의 장미라 칭하시오. 그리고 여러분도 그런 불사의 인간이 되시오. 자, 어서 가시오. 당신들의 죽음을 나는 원치 않소. 자유의 복된 날에 당신네 나라를 다시 찾을 수 있도록 내 조상의 가호가 있기를 빌겠소."

만 사흘이 지났다. 그동안 송연 주민들은 미칠 지경이었다. 소형 비행기, 옆구리에 붉은색 해를 그린 검은 정찰기가 마을, 산, 언덕 위로 연신 떠올랐다. 주변을 정찰하는 것이 분명했다. 분명 사진도 찍었을 것이다. 일본군은 송연에 남아 있는 사람들에 대한 그 어떤 정보도 얻지 못했다. 그들은 총격으로 파괴된 군 막사의 모습, 마을의 집들, 농사일에 여념이 없는 사람들만을 보았을 뿐 일본군의 모습은 보지 못했을 것이다. 단지 병원의 환자와 부상병들만 보았을 것이다. 의사와 군인들이 손을 흔들어 조종사에게 인사를 했다. 아주 저공, 저속 비행으로 지붕 바로 위를 스쳐지나갔다. 처음에 사람들은 이와 같은 저공비행과 기계음 소리에 경악했으나, 나중에는 모두 담담해졌다. 집 뜰, 동네 길에 나서서 연신 손을 흔들어 조종사에게 인사를 하곤 했다. 그리고 마을의 원로들은 일본인 대령의 권유에 대해 끊임없이 토의했다. 비행기가 수없이 떠오르는 것을 보고 그들은 대령에게 물었다. 대령이 대답하기를 적절한 보복 병력을 투입하여 마을을 쓸어버리려고 비행기들이 마을을 정찰하는 것이라고 했다. 마을사람들은 주저했다. 수백 년 동안 조상 대대로 살아온 마을에 대한 애착 때문에 언젠가 급박한 순간이 닥쳐 미처 피하지 못하는 상황이 오리라는 것을 실감할 수가 없었다.

나흘 째 되던 날 정오 무렵, 마을의 한 젊은이가 구장의 집으로 뛰어들어왔다. 그는 절차를 무시한 채 숨을 헐떡이며 말했다. 이 마을을 향해 수많은 일본군 트럭이 서서히, 아주 서서히 올라오고 있다는 것이었다. 많은 군인들이 트럭 옆에서 걸어오고 있는 것을 보았다는 것이다. 아마 늦어도 두 시간 정도면 일본군이 마을 안으로 들어올 것이라고 했다. 그때서야 구장은 요지부동이었던 자신의 고집을 꺾고 정신을 차렸다. 재빨리 상황을 감지하고는 결심을 한 후 소리를 질렀다.

"여러분. 지금은 어떻게 해서라도 살아남아야 합니다. 떠나십시다. 여러분 집으로 가서 처자들을 데리고 손부사 암자로 달아나시오. 물건들은 챙기지 마시오. 시간이 없어요. 모든 주민들에게 연통하고 달아나시오."

구장은 홀로 의무대 병원으로 달려가 대령에게 이 사실을 전했다. 구장은 맨 마지막으로 사람들을 따라 숲으로 들어섰다. 마을의 집에는 소수의 노인들과 병자, 걸을 수 없는 사람들만 남아 있었다.

내령은 군복으로 말끔히 갈아입고 마을 입구, 군용 트럭이 올라오는 길목에 섰다. 자동차가 그 옆에 도착했을 때 손을 높이 들고 정지 신호를 보냈다. 트럭 부대의 대장에게 말을 건넬 참이었다.

그러나 트럭은 정지하지 않았고, 천천히 마을 안으로 들어왔다. 군인들은 그에게 아무런 주의를 기울이지 않았다. 그는 몇 명의 장교가 걸어가는 것을 보고는 소리를 질렀다.

"할 말이 있소. 마을 안에는 사람들이 없소. 모두 달아났소."

아무도 그의 말을 귀담아 듣지 않았다. 한결같은 걸음으로 마을을 향해 걸어갈 뿐이었다. 대령은 소리쳤다.

"마을사람들은 죄가 없소."

그때 첫 번째 총소리가 들려왔다. 트럭이 군 기지가 불에 타서 재가 된 곳에 도착했다. 우물이 있는 큰 광장에서 군인들이 흩어져 앞에 있는 집 안으로 들어갔다. 장교들이 트럭 위에서 확성기로 명령을 내렸다.

"보이는 대로 모두 죽여라. 아무것도 남지 않도록 집에 불을 지르고, 황소, 염소, 무엇이라도 살아 있는 것은 다 죽여라."

대령만 트럭 부대의 맨 마지막에 남아 있었다. 고함을 쳤으나 아무도 듣지 않았다. 대령은 한 장교의 어깨를 잡고서는 마을을 해치지 말라고 소리를 질렀다. 그러자 장교는 꽉 움켜잡은 대장의 손에서 빠져나와 그를 향해 총을 겨누어 쏘았다. 대장은 땅 위에 쓰러져 죽었다. 깔끔한 그의 군복이 피로 물들어갔다.

마을의 집들은 하나 둘씩 타들어가기 시작했다. 집 안에 있던 노인들은 모두 총에 맞아 죽었다. 염소, 개, 황소도 모두 죽었다. 움직이는 것은 모두 총에 맞았다. 방화와 살육이 끝나고 마을에 사람이 없다는 것을 알았을 때 트럭은 추애산을 향해 오르기 시작했다. 달아나던 사람들은 뒤를 돌아보고 마을의 집들이 불에 타는 것을 보았다. 소총과 기관총, 대포 소리도 들었다. 그들은 가능한 한 빨리 숲속으로 달아났다. 여자들은 아이들을 데리고, 남자들은 노인들을 부축하고, 형제들은 어린 동생들의 손을 잡고 길을 재촉했다. 사람들은 큰 길을 피해 숲으로 난 길을 택하지 않고 나무 덤불 속으로 몸을 숨기면서 달렸다. 일본군과의 거리가 점점 가까워졌다. 트럭이 더 이상 갈 수 없는 곳에 이르자 군인들이 트럭에서 내려 주민들을 추격하기 시작했다. 소총 소리가 들리고 기관총 소리가 진동했다. 서서히 숲속에 박격포 탄알이 날아들었다. 몇 개의 총알이 날아와 수 명이 죽고 부상당했으며, 대포에서 쏜 탄알이 사람들이 모인 곳으로 날아들어 처자식의 상당수가 죽었다. 마을사람들이 꽃과 숲의 잡목 속으로 완전히 모습을 감출 즈음에야 일본군의 추격이 멈추었다. 일본군은 미군과 동지들의 함정에 빠져 곤경에 처하게 될까 봐 두려웠던 것이다. 추격을 멈추고 돌아갈 준비를 마쳤을 때 일본군 장교들은 군인들이 조심스레 산을 내려가 길에서 기다리는 트럭이 있는 곳으로 가도록 명령했다.

그때 뜻밖의 인물이 그들을 기다리고 있었다. 그는 바로 버클리 스미스였다. 그는 중무장을 한 미군과 동지, 그리고 수백 명의 구출된 미군 포로들과 함께 함정을 만든 후 측면공격 작전을 짜놓았다. 일본군은 그들의 급습과 측면공격은 전혀 예상하지 못한 듯했다. 일본군은 장교들의 명령에 따라 숲을 빠져나와 여유롭게 트럭이 있는 곳으로 내려가고 있었다. 그때까지만 해도 그들을 향한 총격이나 어떤 저항도 없었다. 일본군은 그저 비무장의 주민들을 추격하여 마지막 순간까지 그들을 사격하여 죽이면 되는 것이었다. 그때 버클리중위는 자신이 이끄는 병력으로 일본군을 포위했다. 병력의 반은 살아나기 위해 숲으로 달아난 주민들의 뒤편 숲속에 포진하고, 나머지 반은 일본군이 돌아오기를 기다리는 트럭 뒤편에 진을 치고 있었다. 빈터로 나온 일본군들은 양쪽에서 갑작스런 총격을 받았다. 수류탄과 기관총의 빗발치는 탄알들이 날아들었다. 일본군은 혼비백산했다. 버클리 중위가 이끄는 병력은 유리한 위치에 잠복해 있다가 공격을 시작하여 무질서하게 산에서 내려오는 일본군을 마비시켰다. 또 다른 공격조의 소수 정예부대가 바주카포(휴대용 대전차 로켓포)와 박격포로 멀리서부터 맹렬한 공격을 퍼붓기 시작했다. 언덕 기슭에 서 있던 트럭을 향해 맹렬한 대포세례를 퍼부었다. 크고 작은 트럭들, 무한궤도차, 작은 탑에 대포를 장착한 차, 소형 승용차, 수십 개의 사이드카, 물 수송차와 기름 탱크용 차들이 파괴되었다. 차들이 굉음과 함께 차례로 공중으로 분해되어 날아가기 시작했다. 미군은 자신들이 이동하는 데 사용하기 위해서 소형차 몇 대만 파괴하지 않고 남겨두었다. 기름 탱크용 트럭 한 대도 남겨두었는데, 그 연료를 쓸 생각이었다. 일본군 병력은 장교와 사병을 합쳐 600명이 채 되지 않았다. 미군의 화력이 월등했으므로, 저항이 무의미하다는 것을 일본군 지휘관이 깨닫자 재빨리 항복을 유도해냈다. 많은 일본군은 시체가 되었고, 나머지는 온전한 사람이나 부상병으로 포로가 되었다.

일본군을 섬멸한 전투가 끝나자 버클리 중위는 일본군 장교들에게 누가 가장 계급이 높은지를 물었다. 한 대령이 일어났다. 그에게 하사관 운전병을 붙여서 작은 승용차(epitelikos)를 내주고는 일본군 사령부가 있는 원산으로 가도록 명했다. 자신이 서명하여 사령관 앞으로 보내는 편지와 함께 대령이 사령부로 가서 보고 겪은대로 보고하도록 했다.

그 순간 전투가 있었던 곳 위로 소형 정찰기 한 대가 떠올라서 그 지역을 정찰했다. 분명히 무전으로 일본군이 섬멸되었음을 원산으로 보고했을 것이다. 그런 예상을 하면서 버클리는 정찰기가 그대로 사라지도록 내버려두었다. 연안의 비행장이나 원산 비행장은 좁아서 대형 추격기와 폭격기가 없었다.

봉투 안에는 다음의 내용을 담은 버클리의 편지가 들어 있었다.

"현재 1,200명의 일본인 장교 및 사병을 체포했고, 500명 이상의 일본 민간인을 인질로 잡고 있소.

마을 주민들을 살해하지 말라고 경고했음에도 불구하고 당신들은 내 말을 무시하고 그들을 살해했소.

무고한 학살에 대해 보복할 것이라고 미리 경고했던 바이오.

내 말을 무시했으므로 이는 당신들이 초래한 자업자득이오.

조선에서 당신들이 떠나야 할 시간이 다가왔음을 깨달았기 바라오.

이곳에 있는 동안은 사람다운 행동을 하시오.

내 손에 있는 포로와 인질의 운명은 당신에게 다시 통고하겠소. 현재로서는 송연에서 있었던 수많은 장교와 사병의 전사자로 충분한 듯하오."

살아남은 송연 주민들은 손부사에 도착하여 여러 암자로 흩어졌다. 각기 식구들을 점검해보았으나 보이지 않는 사람들이 많았다.

후평의 집 식구 중에는 넷째 고모가 보이지 않았다. 숲으로 달려 나올 수가 없어 집에 남아 있던 그녀를 일본군이 산 채로 불에 태워 죽였다. 하녀 또한 가슴에 총을 맞아 그들과 함께하지 못했다. 후평은 수봉과 첩 방씨, 아이들 모두와 함께 살아남았다.

25

후기

손부사 암자에서 마을사람들은 1년을 보냈다. 그동안 일본군은 조선에서 모두 떠나갔다. 두 개의 원자폭탄이 일본에 투하되었고, 일본은 '무조건' 미군에게 항복했다. 그때 마을사람들은 송연 마을로 돌아와서 새로운 삶을 위해 집을 짓기 시작했다. 버클리 중위는 그들을 방치하지 않았다. 그는 조선을 떠나 부대로 귀속하기 전에 마을을 다시 세우는 그들의 노력이 더 좋은 결실을 맺을 수 있도록 힘껏 도왔다. 원산 항구에는 나무와 철골로 된 조립식 가옥을 실은 대형 화물선이 들어왔다.

마을사람들의 노력은 2년여 동안 계속되었다. 마침내 예전의 마을 모습을 되찾아 이제부터는 일본인도, 학살도, 파괴도 없이 평화롭게 살게 되었다고 좋아했을 때 그들은 또 다른 새로운 질곡으로 빠져들었다. 조선은 두 개의 다른 힘의 영역으로 두 동강이 나버렸다. 1950년 한국전쟁이 발발한 것이다. 송연 마을의 세력은 여러번 바뀌었다. 한 번은 북조선과 중공군, 만주인들이, 그 다음에는 미군과 연합군 측이 장악했다. 마을사람들의 수는 점점 줄어들었다. 마침내 마을에 있다가는 살아남을 사람이 없다는 사실을 깨닫게 되었다. 손부사 암자도 이제는 더 이상 그들의 은신처가 되지 못했다. 북조선과 중공군들이 그곳을 무장 거점으로 삼았고, 미군이 막강한 공군 폭격으로 암자들을 폐허로 만들었다. 이제 살아남는 길은 하나밖에 없었다. 조선반도의 남쪽으로 피난을 가는 것이었다. 마을사람들은 최대한으로 어깨에 짐을 지고 피난민 대열에 끼어 남쪽으로 내려갔다.

후평과 수봉, 방씨와 그 아이들도 걷고 또 걸어 남쪽을 향해갔다. 원산에서 북한강, 그리고 남한강을 차례로 건너 충주에 도착했다. 그곳에서도 쉬지 않고 계속 걸었고, 피난민 대열은 끝이 없었다. 마침내 대구 분지에 도착했을 때였다. 후평은 먹을 것을 구하기 위해 잠시 식솔들을 남겨둔 채 피난민 대열에서 이탈했다. 오후가 지나고 밤이 지나도록 후평은 돌아오지 않았다. 그가 흔적 없이 사라진 것이다. 그때 대구 근교에서는 치열한 전투가 계속되고 있었다. 수봉이 기다리다 못해 아이들에게 줄 음식을 구하기 위해 길을 반쯤 걸어갔을 때 총알이 날아들어 수봉은 땅 위에 쓰러지고 말았다. 수봉은 방씨와 아이들 곁으로 영영 돌아오지 못했다.

그리스 군대가 그녀와 여덟 명의 아이들을 발견한 것은 바로 그곳이었다. 그녀는 이 외국인 군대가 중공군인지 미군인지를 물었다. 그들은 중공군도, 미군도 아닌 '엘라다(그리스)' 인이었던 것이다.

외국인의 대답에 방씨는 마음을 놓을 수가 없었다. 그런 이름은 전혀 들어본 적이 없었다. 그런 나라는 세상 어디에 있으며, 어떤 사람들인가?

그러나 이들 외국인은 나쁜 사람들이 아닌 것이 분명했다. 모두들 아이들을 보살피느라 극성이었다. 통조림을 열어 아이들에게 먹이고 머리를 쓰다듬었다. 그런 손길은 보통때는 대수롭지 않지만, 지금 이 참혹한 전쟁터 한가운데에서는 구원을 뜻했다. 아주 천천히 더욱 조심스럽게 마음을 열면서 이제 고난이 한순간 멈추는 듯했다. 방씨의 심정은 착잡했다. 이들 외국인을 전혀 믿을 수가 없었으나, 그저 그녀와 아이들을 해치지만 않았으면 하는 마음뿐이었다. 언젠가 그녀는 전쟁이 끝나면 송연으로 다시 돌아가 집을 지을 것이다. 후평과 수봉이 없어도, 하녀가 없어도, 죽어 사라진 마을 아이들과 마을사람들이 없어도. 그녀의 아이들을 키울 것이다. 가족을 이루고 다른 사람들과 함께 마을을 만들어갈 것이다. 흘러간 세월이 끝없는 슬픔과 고통을 그녀에게 안겨주었다. 이제 다른 식구는 아무도 없이 그녀 혼자뿐이었다. 이 순간 그저 아이들을 해치지만 않기를 그녀는 마음속으로 그리스 사람들에게 빌었다.

옮긴이의 말

서울에 있는 한국 정교회의 트람바스 소티리오스 대주교로부터 이 소설의 번역을 의뢰받은 후 몇 해가 흘렀다. 한국전쟁에 참전했고, 또 우리나라에서 그리스 정교회 신부로 재직했던 저자의 한국에 대한 사랑을 알기에 섣불리 번역하기가 망설여졌다. 그러나 글을 읽다 보니 재미도 있고 그 당시의 풍습이나 일본 식민지배하에서 사람들이 어떻게 대응하며 살았는지 알 수 있는 내용이라 여러 가지로 의미 있는 작업이라고 생각되어 본격적으로 번역을 시작하게 되었다.

《송연 이야기》의 저자인 콘스탄티노스 할바차키스는 한국과의 인연이 매우 깊다. 한국전쟁 때 연합군 그리스 부대에서 복무했고, 전쟁이 끝난 뒤 서울에 있는 한국 정교회 신부로 재직하기도 했다. 그 후에도 그는 캐나다 등지에서 생활하며 종교와 문학 등에 관련된 많은 저술 활동을 벌이며 한국에 대한 끈끈한 정을 잃지 않고 가슴속에 묻어두고 있었다. 《송연 이야기》는 저자가 이미 1967년에 그리스어로 탈고한 작품으로, 이번에 인연이 닿아 한국어로 번역되어 출판하게 된 것이 약 40년 만의 일이다.

《송연 이야기》는 전쟁 통에 피난민들에게 전해들은 이야기를 소재로 삼아 일본 식민지 시대의 함경남도 원산과 강원도 북쪽에 걸쳐 있는 산악과 바다에 연한 지역을 배경으로 하고 있다. 소설은 그리스 군부대와 한 피난민 가족이 만나는 장면으로 시작하여, 그리스인(人)인 저자가 연합군 소속으로 참전했던 한국전쟁까지 그리고 있다.

《송연 이야기》는 식민지 시대의 전통 조선의 가정 및 마을 풍속에 관한 일말의 정보를 담고 있다. 더구나 우리의 전통이 서양인의 시각을 거쳐 한 번 걸러져서 표현되고 있음이 이색적이다. 이 소설에서는 시종 본부인인 수봉과 첩 방씨 간의 관계를 갈등보다는 화합과 기능의 분담 측면에서 긍정적으로 묘사하고 있는 점이 두드러진다. 이것은 이야기의 목적이 한 남자를 두고 함께 사는 여성들 간에 있을 수 있는 심리적 갈등을 미시적으로 그리기 보다는, 더 거시적으로 한국 전통 마을의 특징과 시대적 분위기를 담으려고 한 데 있기 때문인 것으로 보여진다.

또 소설 속에 묘사되고 있는 송연 마을의 원로회의 결정권에 관한 내용은 산간 지방의 자치제도에 대한 귀중한 정보를 담고 있다. 이것은 중앙 혹은 지방의 권력을 중심으로 한 정사(正史)에서 찾아보기 어려운 당시의 풍속에 대한 단서를 제공하고 있는 것이라고 할 수 있다. 일제 강점기 송연에서 정복자 일본의 군경과 피정복민인 마을사람들 사이에 벌어지는 신경전도 상당히 객관적으로, 한쪽으로 크게 치우침 없이 묘사되고 있다고 할 수 있다. 다만, 이야기 마지막에 일본군이 송연 마을을 초토화하는 과정에서는 일본군의 침략

적 근성을 부정적으로 고발하고 있다.

　마지막으로 저자는 '후기'의 형식을 빌려 일제의 수난을 견뎌낸 사람들이 해방 후 다시 동족상잔의 비극을 겪게 되는 어처구니없는 상황을 고발하고 있다.

　번역을 하면서 저자의 허락하에 초고를 번안한 부분들이 없지 않다. 그것은 저자가 외국인으로서 한국에 머물며 듣고 이해한 것들 중 간혹 일본의 유풍을 한국의 것으로 혼돈한 것들이 있었기 때문이다. 또 윗사람과 아랫사람 간의 행동 예법이나 대화법, 서로를 부르는 호칭 등의 세목에서 서양인으로서는 구체화하기 어려운 우리의 관습이 있었기 때문에 그런 것들을 가능한 한 현실에 맞게 바꾸기 위해서였다. 그러나 전체적으로 저자의 의도를 그대로 살리려고 노력했으므로, 다소 미흡한 점이 있다면 양해해주기 바란다.

　현재 우리나라에 일제 강점기를 배경으로 한 작품이 그리 적지 않지만, 《송연 이야기》는 외국인의 눈에 비친 우리나라의 전통 사회 및 풍습이 다시 역수입되어 우리 앞에 전개되고 있다는 점에서 색다르다. 우리가 타성에 젖어 무심코 지나쳐버리거나 진부한 것으로 무시해버리기 쉬운 일상적인 현상들이 새로운 구도 속에 자리를 잡고 참신한 모습으로 다가오고 있는 것이다.

2008년 6월 광안리 해변에서

최자영

송연 이야기

초판 1쇄	2008년 6월 15일
지은이	콘스탄티노스 할바차키스
옮긴이	최자영
펴낸이	박경주
펴낸곳	안티쿠스
편집	박민애
디자인	민진기디자인
인쇄	(주)타라티피에스
출판등록	제300-2006-00133.호(2006년 9월 20일)
주소	파주시 교하읍 상지석리 192-1
전화	02-723-1835
팩스	02-723-1834
홈페이지	www.antiquus.co.kr

2008 ©Konstantinos Halvatzakis

ISBN 978-89-92801-06-5-03890